# 東京からの通信

徐正敏

かんよう出版

# まえがき　―「ディアスポラ」の道―

キリスト教の初期の歴史において、「ディアスポラ（Diaspola）」がたいへん大きな役割を果たした。イスラエルから追放され、あるいは他の理由で小アジア、ギリシャ、ローマの世界まで離散したユダヤ人たちを意味する言葉である。もちろん、その淵源は、紀元前五八七年、バビロニアによるイスラエル滅亡とバビロン捕囚の時期に捕囚されたユダヤ人にまでさかのぼることができる。彼らは民族的、宗教的、文化的に、元来のイスラエルのアイデンティティを維持してはいるが、自分が居住している地域のコンテキストにもうまく順応して、地元の文化を再解釈する能力を大いに発揮した。また、自分たちの宗教であるユダヤ教においても、きわめて前向きで改革的であった。

まさに、彼らこそがイエスの新しい改革運動から出発したキリスト教を誰よりも積極的に受け入れ、グローバル化の中心的役割を果たした。つまり、イスラエル辺境に端を発したキリスト教が、ギリシャとローマ世界に広く浸透していく中心的な位置に立ったのである。その後、「ディアスポラ」という言葉は、世界の多くの場所に離散したユダヤ人を意味するようになった。すなわち、ユダヤ人としてのアイデンティティは維持しながらも、現地に順応したユダヤ人であることを指す言葉として用いられたのである。さらには、それだけでなく、同じ特徴を持った他地域の民族、文化、歴史を論じる場合の比喩としても用いられる言葉である。

私は、宗教学やキリスト教神学を勉強してきて、韓国人、時には日本人「ディアスポラ」の存在について深く考えてみた。日本人の場合も、アメリカ、南アメリカ、ユーラシア等の日系「ディアスポラ」を、いくらでも例として挙げることができるだろう。また、日本がアジア太平洋地域を短い期間ながら支配して、国家政策や経済的、軍事的目的のために移住した日本人の場合は、本来の「ディアスポラ」とは別の意味で、「ディアスポラ」のアイデンティティを形成した。特に近代以降、受難の歴史を生きた韓国人の場合、その範囲と事例とは、より拡大して考えることができる。中国、ロシア、中央アジア、南北アメリカ、ヨーロッパ、そして、ここ日本に至るまで、離散した韓国人「ディアスポラ」は、今日まで独自のアイデンティティを保ったまま、「世界韓国人」として生きている。その数は七〇〇万をはるかに上回ることが分かっている。

私は、特に韓国人「ディアスポラ」中、いわゆる「在日ディアスポラ」に注目したい。「在日ディアスポラ」は現時点では、大きく二つに分けられる。歴史的過程で本人の意思とは関係なく「在日」を生きている伝統的「オールド在日」と、日韓関係が再び確立されて以降他の理由や目的のために自発的に「在日」を生きている「ニュー在日」（ニューカマー）である。この両者には、「自発性」が認められるかどうかという点に加えて、経験の実際、それも深刻な差別体験の有無に、根本的な違いがあることは事実である。私は、自らのアイデンティティを、「ニュー在日ディアスポラ」と考えている。

ところで、私は、韓国人「在日ディアスポラ」の最も積極的な歴史を、「2・8東京朝鮮人留学生の独立宣言」の事例から考えてみたい。彼ら朝鮮人エリートの先輩たちは、自らの祖国が日本の植民地支配下に置かれた状況で、なんと支配者の中心地である首都東京に留学した。そしてこの場所で、人間の自由、人権の価値、平和と善隣の国際関係の理想、さらには民主主義の価値まで学習した。これらをベースに彼らは韓国の独立と日韓関係の肯定的未来までを夢見たのである。このようなことは、3・1独立運動の思想的、方向的始原となった。彼らがこれらの価値を学び、実行することができたのは、東京で「在日ディアスポラ」を生きるという経験と自信を持っていたからこそ可能なことだった。

それ以来、日韓関係の不幸な歴史はいったんさておくとして、一九七〇～八〇年代から、再び新たな可能性のある歴史を読みとることができる。政治史としては、一九六一年の五月一六日、朴正熙（バク・ジョンヒ、一九一七―一九七九）の軍事クーデターによって長い暴圧の時代に入る。軍事独裁政権は、さらに一九七〇年代初め、いわゆる「維新憲法」を強行、終身執権を画策する。その後、内部の葛藤から軍事政権が崩壊し、民主化の希望が芽生えはじめたのだが、後に続く「新軍部のクーデター」（全斗煥、ジョン・ドファン、一九三一―二〇二一、軍部中心の政治勢力によるクーデター）によって民主化は再び後退してしまう。多数の「民主人士」は苦難の道を歩まなければならなかったのである。

ところが、まさにこの時期、韓国民主化運動において最も積極的かつ友好的な協力者たちが日本に存在した。当時の韓国における民主化運動の先鋒に立った進歩的キリスト者を支援するために、大きなリスクと犠牲を惜しまなかった日本人キリスト者の存在である。彼らの働きは、歴史にしっかりと記録する必要がある。これは、日韓関係における最高の友好善隣の事例であった。

そのような中で、最も象徴的な「ニュー在日ディアスポラ」が、池明観（チ・ミョンカン、一九二四―）先生である。彼は事実上の在日亡命者で、日韓関係の不幸な時期に二〇年以上、日本の大学で教鞭をとった。彼の日本における活動全体は、日本の友人、協力者たちに負うところが大きかった。そして長い間、月刊誌『世界』に、「韓国からの通信」を「T・K生」というペンネームで連載し続けた。悪名高き韓国の情報機関ですら、その寄稿がいったい誰によるものなのか、長きにわたる捜査にもかかわらず把握できなかったほどである。それほど、韓国からの資料の授受、執筆、掲載の秘密が、まるで「007」さながらの方法で、日本人の協力によって守られたのである。これこそ、まさに日韓友情の「チームスピリット」であった。

後日、その時期を回顧する池明観先生の講演を私は直接聞いた。二〇一五年六月二〇日の明治学院大学での講演会である。池明観先生は、一九七〇年代から八〇年代の韓国民主化運動における日韓キリスト教の連帯活動の歴史を振り返り、「東京は最も善き気運を懐胎して発信するアジアのパリのようであった」と表現した。池明観先生は「東京がアジアのパリのような時代」に「ニュー在日ディアスポラ」を忠実に生きた象徴的かつ代表的な存在といえるだろう。

しかし、本書を執筆し刊行しようとしている現在の私には迷いがある。池明観先生は、韓国の軍事独裁が強固なときだったが、日本の意識ある協力者たちと韓国の民主主義と日韓の未来について積極的に議論すべきだと語った。もちろん私にも、日韓の将来を共に築こうとする日本の友人、仲間が多く存在する。しかし、現在の日韓関係は戦後そして国交正常化以来最悪ともいえる状況である。しかし、それでもなお、「ニュー在日ディアスポラ」としての役割と使命が確かにあると、私は信じている。ローマ帝国のキリスト教弾圧の歴史を乗り越えて、ローマの公認、そして「世界宗教」にまでキリスト教を発展させた糸口は、このようなディアスポラの存在だったのだから。

本書は、直接的な提案でもなければ処方箋でもなく、外周を回るだけのような原論的な内容であったり、あるいは個人的な感想に近いエッセイであったりするが、「ニュー在日ディアスポラ」としての素朴な使命に少しでも応える内容になることを切に望む。本書は、二〇二〇年一一月に韓国において韓国語で出版されたエッセイ集「他人の視線、境界からの読み」（ソムエンソム）をもとに、日本語で再執筆したものである。しかし、韓国語のエッセイ集をそのまま翻訳したものではなく、多くのエッセイを割愛し、新しいエッセイを追加した。その上で、章構成や掲載順も新たにして、日本人読者のニーズに合わせた内容に再構成した。したがって、韓国語のエッセイ集の翻訳版ではないことを明らかにしておきたい。本書の土台になった韓国語のエッセイ集を刊行した「ソムエンソム」代表の韓熙悳（ハン・ヒドク）氏に、この場を借りて心から感謝の意を伝えたい。

本書が出来上がったのは、これまで私の専門分野の著書出版でお世話になっている「かんよう出版」の全面的な配慮によるものである。特に、編集者である以前に、個人的にも古くからの友人である同社代表の松山献氏は、私の足りない日本語表現を最初から最後まで修正し、整えてくれた。編集と出版に先立ち、専攻分野の論文でもない、ある程度文学的な表現まで含まれる、分かりにくい私の文章を、ネイティブチェックして、日本の読者が分かりやすく読むことができるレベルにまで校正することに渾身を尽くした松山献氏の友情は、一生忘れることができない。これこそ、新しい日韓の「チームスピリット」の素晴らしい事例になると信じている。

本書が、日韓両国の新しい未来を夢見る読者の心に、きらめく一筋の光を射し込むことができればと願うものである。

二〇二一年 晩秋に

東京・白金台にて　著　者

# 東京からの通信　目次

目次

目次

目次

# 東京からの通信

徐正敏

# 第1章　キャンパスにて

## 「ポジティブ・コンタクト・ゾーン」 調和のとれたシンフォニーを目指して

私は「端っこ」が好きだ。学生時代も席が決まっていない場合は、いつも「端っこ」に座った。もちろん（足が不自由な私には）そこが出入りに好都合だという理由もある。大学の教員になっても、研究室は廊下のいちばん「端っこ」を好んだ。現在の研究室も、建物の五階の廊下のいちばん「端っこ」である。「端っこ」とは境界線であり、そこでは隣り合うもうひとつの世界とのコンタクトが可能である。コンタクトすることによって両方の世界を知ることができるし、必要に応じてそのどちらかを選択することもできる。とはいえ、あくまでも私の目指すところは、異なる両者を包み込むための肯定的な境界線の獲得である。そのような立ち位置は、「ポジティブ・コンタクト・ゾーン」とでも言い換えることができるだろうか。

私のクラスに中国の朝鮮族出身の留学生がいた。何年前のことだったか、もう卒業した教え子である。私が韓国人の教員であることを知って、私の研究室に突然やってきた。

「先生、私は事実上、中国人でも、韓国（朝鮮半島）人でも、日本人でもなく、曖昧な存在です。言葉も中国語、韓国語（朝鮮族語）、日本語のどれが自分の本来の言語なのかもわかりません」

私はにっこり笑って、即座に訂正した。

「いや、そんなことはないよ。君は中国人でも、韓国（朝鮮半島）人でも、日本人でもあるんだ。すごいよ。言語だって、中国語、韓（朝鮮）半島語、日本語が全部流暢じゃないか。そのうえ英語も学び、他の外国語としてスペイン語まで学んでいるのだから、もはやアジア人ではなくて完全に世界人だね。これから君のような中国の朝鮮族のエリートは、アジアのために大きな役割を果たすことができるよ、きっと」

彼はにっこり笑って、私の部屋を出ていった。それは教育的配慮で述べた激励の言葉というだけではなかった。私自身が同じ立場にあるから、アジアのことを考えたり、学んだりするとき、できるかぎり徹底的に境界線的思考、つまり周辺とのコンタクトを肯定することにアイデンティティをおいて、過去の歴史と現在、そして未来をみてみようと思うからこそ語ったセリフなのだ。

たとえば、オーケストラは繊細なストリングス、重厚な管楽器、そしてキレのある打楽器が互いに交わって成り立っている。指揮者が、あるいは聴衆が、そんなオーケストラの楽器群の真ん中に入ってゆけば、シンフォニーの全体音律からはむしろ離れてしまうだろう。壮大なシンフォニーの調和のとれた旋律を感じ取るためには、オーケストラの境界線つまり「端っこ」に身を置く必要がある。そうしてはじめて、弦楽器や管楽器のそれぞれの演奏を聞くことができ、さらに後ろ側にいるシンバルの壮大な音響さえ正しく手中に収めることが可能なのである。偏った楽器の中では偏った音に支配されてしまう。指揮者にせよ聴衆にせよ、調和のとれた美しいシンフォニーを正しく聴くために、一度オーケストラの境界地域に退くこと、つまりコンタクト・ゾーンというか、はたまた第三の位置というか、ともかくいったん後退するという考え方を、私はよくする。

日韓、南北、白黒、保革、さらに文明、階級、人種的、経済的な格差は、特に宗教などの尖鋭的なテーマにおいて、アイデンティティの対立と対決の構図がいまなお続き、むしろ先鋭化してもいる。ともすれば私自身も、時にはどちらかの側に立って主張し、偏りを自覚することなく、対立する陣地を構築することがある。歴史の進歩という観点から、人類は成熟度を増し、そのような対立も克服できるものと思っていたが、事実はむしろ後退しているように感じられる。私の考えとは反対に、対立と対決はますます強くなっている状況なのだ。

私は今、韓国と日本の境界に住んでいる。もともとの存在は韓国であり、実存は日本だ。母語は韓国語で、生活と活動の言語は日本語である。韓国に家族、友人、弟子、知人等が出国当時のままいて、日本にも家族、友人、弟子などがたくさんいる。韓国のことも心配であり、日本のことも心配だ。あなたは韓国の側か、日本の側かという質問をよく受けるし、それを自問することもある。

私は韓国の誰よりも、日本の近代史を批判し、日本の保守右派の考えと現実政治を批判する。一方で、親しい日本の友だちと深い友情を分かち合い、よき思い出を語り合い、未来を図る。そして、最終的には、日韓がともに平和になり繁栄しなければならないと思う。やはり私の存在は韓国であり、実存は日本なのだ。

再度強調するが、私はコンタクト・ゾーンを好む。コンタクト可能な「端っこ」が好きなのだ。日韓両方の側でありたいと思うことは、できもしないことかもしれないし、それを願うことは欲深いことかもしれない。しかし私は、境界線に立って、ここはこちらなのかあちらなのか、そして一体自分はどちらに足を踏み入れるべきなのかを迷うよりは、両方ともという大きな目標を目指したいのだ。もちろん、越えるべき山、渡るべき川はたくさんあるのだろうが、日韓について、南北について、より広くは世界においても、これこそが目指し続けねばならないテーゼであると信じている。私には「ポジティブ・コンタクト・ゾーン」への思いがあまりにも強いのである。

この本は、私が持つそのような基本的な姿勢が集積されているエッセイである。それは肯定的に眺め、接する姿勢である。時に争いがあり、時に混乱があっても、どこまでも肯定的な視線をもって、日韓を超えて、アジアや世界へとつなげてゆきたいという願いを私は禁じ得ない。

## キャンパスを失った教員生活

いつまでのことになるかわからないが、現在（二〇二〇年春以降）の私は、明治学院「オンライン」大学教員である。キャンパスも、学生たちの息づかいも、彼らの明るい顔と溌剌とした声にも触れることができない。しかし、私が教員であることに変わりはない。毎日パソコンとタブレットの前でレポートを読んだり、コメントしたり、質問に答えたりしている。そして、オンラインのライブ映像で学生を招集したり、ユーチューブを使って講義をしたりしている。

そこには、爽やかな春学期の五月なのに、緑も、風の音も、日差しの中で輝くキャンパスの香りのライラックの臭いもない。まるで背景のない画像、基盤のない存在なのだ。実にむなしい。生き生きとした喧騒のキャンパスの中にあってこそ、その中の小独立国（研究室）で、主体的に「人文学的思考」を行う教授でいられるのだから。

私のいう「人文学的思考」は、空間が持つ潜在的な教育作用、間接的なコミュニケーション構造に最も高い価値を置く。少し異なる意見の読者もいるだろうが、私は、大学自体はもちろん、校庭や周辺の大学街も含めた全体がワンセットで、全体として潜在的に教育に携わっているのだと確信している。韓国で母校に在職していた時も、キャンパスと学生街の新村（シンチョン、延世大学と梨花女子大学、西江大学、弘益大学周辺の町、ソウルの有名な学生街）の街が、私を教え、私と一緒に弟子たちを教育しているのだと確信して語ってきた。

私は、高校時代からずっと大学のキャンパスを舞台に生活している。「梨花女子大学師範大学付属高校」が、私の母校である。高校の教室と校庭が梨大キャンパスにつながっているのだ。毎週、チャペルは梨大の大講堂で行われていたし、学校の文芸、写生大会、コンサートや年中最大のイベントであるUNデーの模擬オリンピックなど、大小のイベントはほとんど梨大キャンパスで行われた。夏に十日近く実施していた海洋キャンプは、忠清南道舒川（ソチョン）の庇仁（ビイン、朝鮮半島西海岸の地名）にあった梨花大学の夏季キャンプ施設を利用した。その他にも、当時は男子禁制の区域だった梨大キャンパスを、高校の男子学生が自由に闊歩することができたのだ。たいした用事がなくても、友人たちと梨大キャンパスで多くの時間を費やした。梨大キャンパスは、その内容が何であれ、思春期の私に多くの潜在的な学びを与えてくれた。

そして、延世大学に進学した後は、誰よりも長い時間をキャンパスで過ごした。講義の時間は、その中のほんのひとコマにすぎなかった。もちろん図書館にも熱心に通ったが、それだけがすべての熱血学究派ではなかった。サークル活動、デモ、アルバイト、友人との私的な遊びも、そして恋愛でさえ、すべてのものが、キャンパスと新村の街を舞台としていた。キャンパスとその周辺は、私を教え育ててくれた空間そのものであった。そのころのキャンパスと新村通りの色、風と香り、季節ごとに異なる空気の温度と湿度を、私は今でも体で覚えている。そのころ、そこで聴いた音楽、残影として目に焼き付いている景色、食べたり飲んだりしたすべての味と香り、向かい合って座った友人の声が飛び交う雰囲気の中で声を高めて議論したアジェンダ…、これらのほとんど大部分を覚えている。

このような感覚は留学生時代も同じだった。京都の同志社大学は、そのキャンパスと京都の街の通り、古いが上品な雰囲気と香り、独特の情景がそのまま、私の思考と思想のもとになったのである。

韓国に帰って、非常勤講師と研究の期間を経て、母校の専任教授となった。専任教授としての身分と収入が安定し、弟子たちを育てる喜びとやりがいに満ちていたとき、私には別の喜びが一つあった。それは研究室である。初めて母校に赴任したとき、私の研究室は、延世大の新村キャンパスの中心にある古色蒼然とした歴史的建物の一つであるアペンツェラー館の中央、窓側の部屋であった。日差しが深く、大学の息吹が押し寄せる小さい領域であった。そこで熱心に論文や本を書き、講義の準備をした。当時、私は一日二四時間のうち半分以上をその研究室で過ごした。

そして、韓国と日本の大学教授を務めながら、国内外の学会や会議にも多数参加した。特に私の専門は歴史学なので他の専門分野に比べて踏査やフィールドワークが多い。ほとんどの学会や会議の場所は、大学のキャンパスである。私は、どの国、どの見知らぬ都市を訪問するときも、目的の会場よりも先に、大学のキャンパスを訪れた。母国では、ソウルか地方かを問わず、おそらく一〇〇ヶ所以上のキャンパスを訪問した。日本でも、特別な用事であったり所属学会であったり、フィールドワークや講演などのため五〇ヶ所以上の国公立と私立大学のキャンパスを訪問した。

そして、十数年前になるが、研究プロジェクトの一環として、二回ほどアメリカのいわゆるアイビーリーグの伝統ある大学、カナダの有名大学などを訪問した。そのほかにも、中国のいくつかの都市や香港、台湾、東南アジアなどに行くときも、その都市の代表的な大学のキャンパスを必ず訪問した。

これは、私のいわば「職業病」であり、自分では「キャンパス中毒」と呼んでいる。キャンパスには、それ自体で信じられないほどの教育と研究の作用があるというのが、私の持論であり確信である。

これが、新型コロナウィルスのための緊急事態宣言発令によって、たとえ一時でもキャンパスの領土を失ってしまった寂しさを思い起こしながら書いた感想である。

## 「リベラルアーツ」　教育の効果的な方法と成果

今日の午後、オンライン会議をした。私たちの学部の講義部門関連科目担当者会議で、専任教員はもちろん、他の非常勤講師の先生たちも参加する会議である。一度も経験したことのない非常事態で、クラスの生徒の顔も直接見ることができないままに終わってしまった春学期を振り返り、秋学期の準備を整える会議である。そこでは、専任教員と非常勤講師の経験が互いに共有された。

ズームやチームスを利用したライブ配信の講義、オンライン・オンデマンド型での講義資料の提示、テキスト読解、リポート提出だけで進行した授業など、様々な方法が紹介された。おおよその結論は、このようなオンライン・クラスの結果が、私たちが最初に予想していたようなものではなく、かなり高い評価を得たという点だ。学生の反応と課題、対応能力とコミュニケーションの両方で驚くほどの効果を示した例が多数報告された。新しい時代、新しい方法に適応する若い世代の可能性に驚いているところである。

私の場合は、ほとんどの授業が「人文学的思考」形成のためのものである。書く、読み込む、提示された資料のパワーポイントを見て自習し、資料の中のキーワードを見つけて自分で調べ、検索する、関連資料を読んで知識情報を整理する。その後、私のユーチューブの講義を聞いて内容をまとめ、自分の意見、質問を整理する。そして最終的には、学部生にとっては手に負えないほどの本格的な学術論文も読む。そこで理解できたことを要約して、自分でコメントし、期末レポートを作成する。こんな方法で授業を進めている。

もちろん少人数のセミナー方式の授業としては、ライブ映像の講義も行った。私も今期末レポートを読んで驚いているところである。ひとことで言えば、例年のようにきっちりと教授されることのなかった学期なのに、学生のレポートは、毎週講義していたときのレベルをはるかに超えた素晴らしいレベルだったという点である。

それなりに分析してみたのだが、自分で考えて、調査し、省察する能力がアップしたのではないかと思われる。対面式の授業で教授の講義を聞いていたときに比べて、学生が自分自身の学習の主導権を握らなければ、課題を解決できないという緊張感が知的な成長を促したのではないかと思う。学生によって違いはあるが、他の教員たちの場合も、おおむね同様の結果が出たようだ。もちろん、オンライン授業に問題点がないわけではないが、この危機の時代に、教育と学習、知識と価値提供の方式で、新たな挑戦がもたらされたことは間違いない。

今日も私はいつもの持論を展開した。人文学教育、リベラルアーツの向上とは、いかに多く読み、いかに多く書くかということに、シンプルでありながら明快な勝負がある。結局、オンライン授業の時代、私の例をみても、通常の学期の三、四倍以上の文章を読んで、三、四倍以上のアカデミックなエッセイを書くということになったわけだ。この危機的な時期が過ぎても、良い点は良い点として、この方式は今後に生かしていくべきだというのが私の結論である。

しかし、やはり大学の空間・場所が提供する教育効果の不在は、大きな喪失である。私たちの大学に入学した新入生の中には、まだ正式に登校したことのない学生が多数いる。彼らは、自分の大学が持つ歴史と香りを、今のところ何も感じ取ることができないのである。

実に嘆かわしい事態である。

## 整列の習慣

日本人は昔も今も、お行儀よく列を作って整然と並ぶ。

日曜日の午後、わが大学の国際学部が主催するコンサートが大学アートホールで行われた。ハイドン、ストラヴィンスキー、ベートーベン、アントン・ルービンシュタインなどの弦楽四重奏を演奏する室内楽コンサートであった。久しぶりにクラシック音楽を楽しもうと、妻と二人、早めに春の花の香りいっぱいの大学のキャンパスを訪れた。

日曜日の静かなキャンパスに、一人、二人と、音楽愛好家たちが集まってきた。東京都港区にある明治学院大学白金キャンパスの大学アートホールである。プログラムには、演奏開始は午後三時、開場は午後二時半と案内されていた。一時半ころに到着した私たちは、キャンパスのベンチで、春の香りを楽しんだが、二時ごろ、学生ラウンジを横切っているアートホール入口をこっそり見てみた。開場まで三十分前だというのに、年配の教授、地域の住民、学生を問わず、長い列をつくって並んでいた。ゆったりした日曜午後のキャンパスの室内楽コンサートで時間も十分なのに、並びながら本を読んだり、イヤホンで音楽を聴いたりしていた。私はしばらく躊躇した。彼らの後ろに並ぶべきか、それともホールの扉を開くまで三十分以上の時間を晴れた春の花を鑑賞しておくべきなのか。結局、私と妻は、中途半端な状況になった。その後、約十五分間は、桜の下で日光浴を楽しんで、あとの十五分はその贅沢を放棄し、行列の後ろに並んだ。半分は自由の身で、半分は整列に加わって拘束の身になったわけだ。

コンサートはたいへん素晴らしかった。世界的なコンクールで受賞した若い演奏者たちが、躍動感あふれる演奏と絶妙な技巧を見せてくれた。特に、コンサートのテーマは「歴史との対話」であるため、古典的な室内楽の歴史的な流れまで感じることができた。聴衆は丁寧な拍手を送った。あまりにも礼儀正しいマナーに従っていたので、私は息を殺すしかなかった。一度も視聴者たちの喝采の声を聞くことができなかったのだ。

想像を絶する被害をもたらした3・11東日本大震災後の現場で、日常の必需品の配給所で、あるいはガソリンスタンドで、数時間息を殺したまま整然と並んでいた日本人たちの姿が世界の電波に乗ったとき、それなりに日本のことを研究してきた私でも内心驚いた。日本人は幼いころから自分の感性を隠すことを訓練されてきた。国家、コミュニティ、組織、すべての場面でそのようにさせられてきた。だから、日本の宗教共同体も、静かで、丁寧である。日本のキリスト教会の礼拝で、「大きい声の祈り」を耳にすることはない。咆哮する説教も聞くことがない。聴衆の「アーメン」という応答も聞くことができない。彼らは、伝道や宣教でさえ、他人に「迷惑」をかけてはならないという社会的常識に従っている。

　グルメに評判のうどん店やラーメン屋の前で、彼らはただ静かに黙々と並んで、自分の順番が来るのを待っているのだ。たとえ、順番が前後してしまっても、文句ひとつ言わずに静かに立っている。しかし、彼らの中から激情の心が去勢されてしまったとか、深い想念や怒涛を喪失してしまったと誤解してはならない。たとえ、心中は激情していても、外目には物静かで平静を保つのが日本人の長い文化的慣習であり流儀なのだ。ただ、それだけのことなのだ。

　少々違う話になるかもしれないが、一八九一年一月に天皇が下賜した最高権威の教育指針である「教育勅語」が下されて、当時、東京第一高等中学校では、「奉拝式」があった。教師と生徒は順番に並んで下賜された「勅語」の前に、さらに最敬礼の九十度の角度の崇敬を表する意識を持っていた。ここに、教師だった内村鑑三も並んでいた。その時も秩序と敬虔で静かな丁寧さがあって、一つのように定められた通り、九十度の角度の崇拝が行われた。しかし、内村の順番がきた時、彼は少し頭を下げて尊意を表しただけで、最敬礼の崇敬をしなかった。内村はキリスト者であった。これは、静かな革命であり、破格の出来事だった。だが、この日、内村は天下の不遜な不敬漢になってしまった。以後、東京帝国大学教授井上哲次郎のキリスト教に対する大々的な攻撃が開始された。これが有名な「不敬事件」である。

　その日も、彼らはそのように静かに整然とお行儀よく並んだのだった。

## 権威や価値への思い

ファシズム絶頂期における日本の宗教事情を講義しながら、本質的権威よりも上に遍在した権威に対する服従という問題を議論した。「イエスが上か、天皇が上か」という確かに幼稚なまでの質問が、当時の「天皇制イデオロギー」を強要する状況を象徴的に物語っている。このような質問が一体可能なことなのかという疑問をもって、私たちはその時代を批判している。ところが歴史、特に宗教や思想の歴史は、常に新しい、当代の権威を創出してきた。「本質的な権威」があるにもかかわらず、絶えずそれと比べて新しい権威を作り出してはそれらを対比したいという風潮がある。

簡単に言えば、「国家主義的キリスト教」とは、「国家」が「キリスト教」より優位にあるキリスト教なのである。「民族主義的キリスト教」とは民族が「新権威」となり、「主体主義的キリスト教」とは主体思想が「新権威」となり、「新権威」が「本質的権威」を圧倒してしまう現象である。

歴史というものは、確かに不自然かつ皮肉な存在である。小さな価値が大きな価値を、特殊な価値が普遍的価値を常に制限し、ぎこちないかたちで存在するものと考えられる。歴史には、実際「韓国キリスト教」、「日本キリスト教」、あるいは「アメリカキリスト教」というものが、かつて存在したし、今も存在している。

しかし、これは「キリスト教」というものがただそれ単独では一度も実際に存在したことがないという意味でもある。韓国や日本という概念よりもはるかに大きな普遍的価値であるキリスト教は、韓国や日本というような特殊で限定的な価値によって、修飾されたり制限されたりすることなくしては、実際に存在することができない。これが私の宗教史理解である。

このような現象、すなわち特殊な価値とカテゴリーが普遍的価値や概念を制限するという現象は、容易に理解することができる。「コンテキスト（context）」、「環境」、「時代イデオロギー」などが、歴史を構成する根本的な基礎になっているからだ。

そして、一時的価値は、常に本質的価値を振り返り、どのようにそれに抵触するかを判断することで、そのアイデンティティを確認していく。また、本質的価値は、特殊な価値によって絶えず挑戦を受けながら、その場にそのまま存在し続けるものである。特殊な価値とは、一時的なもので途上にある価値だからだ。そのような価値と権威との間のダイナミックな関係さえうまく機能していれば、それらが同時に存在するという歴史理解は十分に可能である。

学生との対話の中で「異端」の問題が登場した。たとえば、キリスト教の「異端」の基準がどこにあるのかという質問である。これは、神学的、教義的にみれば、なかなか一筋縄にいく問題ではない。異端かどうかを判断するときのいつもの私の基準は、キリスト教でいえば、「イエスよりも大事なものが、そのコミュニティに存在するかしないかを判別すればよい」ということである。価値の根拠や権威の本質によって判別する「異端基準」である。よく取り上げられるキリスト教の異端集団を見てみると、公然であろうとなかろうと、彼らの中には、すでに「イエス・キリスト」よりも大事なものが存在しているという事実を発見することができる。

私は「脱権威主義」を好む。特に過度の政治的カリスマや、権力志向の権威は徹底的に排撃するほど大嫌いだ。そんなものは、慣習的、踏襲的、あるいは私の見る限り形式的なものにすぎない。権威などは、すべて創造的思考と明確な変化、未来に向けた前向きな行為を制限する「陳腐な型枠」だと考えている。だからといって、私はすべての権威に反対しているわけではない。本質的価値をともなった権威までも拒否するつもりはない。

宗教の教えを継続することができる最小限の本質的権威とは、先に例として挙げたように、キリスト教では「キリストの権威」である。仏教であれば、仏の根本的教えのようなものである。そして、それはイデオロギー、たとえば「社会主義」であれば、少なくとも集中する富と資本ではなく、万人に共有される分配価値のようなものである。そして、「民主主義」と言えば、やはり民意、天にも例えられる多数の民衆の意見が徹底的に反映されている価値と制度である。

そしてもう一つ、私がどうしても譲ることのできない「本質的権威」と「価値」がある。非常に小さく、とるに足らないものに見えるが、宇宙の権威にも匹敵する一人の人間の「人権」である。先に述べたいくつかの素晴らしい権威も、宗教的権威も、イデオロギーも、もし一人の人間の基本的な人権を無視したり踏みにじったりするならば、それはその権威や価値として何の正当性も与えられないだろう。

私が思うには、いかなる人間も、どんな集団や共同体も、あるいは思想共同体や国家社会も、人間の生命、人間らしい尊厳を蹂躙する資格と名分をもつことができない。そして、どのような権利といえども、それを留保することができるようないかなる理由もありえないと思っている。政治も、社会的共感も、経済的目標も、そして私が最も憂慮している宗教的価値でさえも、一人の人間の最も基本的な人権を天のごとく考えるのでなければ、空理空論に終わってしまうだろう。国家の名においても、社会的公益の名においても、多数の利便性と社会的効率を理由に、あるいは経済的効用と地表上の成長を理由に、またどんな神の名によってでも、最も弱小で、周辺に追いやられた一人の人間の疎外された存在の絶叫を無視するならば、それはすでに出発点からして間違っており、何の意義も持つことはないだろう。人間の「基本的権利」こそが最大の権威であり、価値なのである。

## ときには許して、ときには厳格な私の基準

人々の言葉や文章、行動を判断する際に、わたしの基準は、ときによって違う。一貫性がないのである。あるときは炎のように憤るが、あるときはその程度は理解したらいいじゃないかと柔軟に考える。しかし、基準が全くないわけではない。

学者が研究成果を論文にして発表するときは、自由でなければならない。ある学者の考えが私とは全く異なっていても、議論の場が設けられていない限り、自分とは意見が違うという理由だけで、非難することはしない。特に学者に対しては、非常におおらかで寛容である。そのため、学者たちの論文が掲載される学術誌には気を尖らせない。もちろん学術論文の掲載可否を決定する査読を引き受けるときは、論旨が明確であるかどうか、資料がうまく整理されているかどうか、事実関係が間違っていないかどうか、盗用でないかどうかなどについて、査読者の立場で入念に精査する。あるいは読者の立場から読み取るときも、論旨と事実関係の確認は徹底しなければならないのは当然である。

しかし、学術論文とは違って、政治指導者の言葉と文章、行動については、より細かい厳格な

基準を持っている。関連する大衆メディアの内容にも敏感である。なぜそうなのかという理由はただ一つである。学者の論文と研究は、専門家集団に向けたものだが、政治家とジャーナリストの言葉と文字は、多数の苦難の民衆に直接影響を与えるからである。

研究者として同じ釜のめしを食べている仲間なので寛大な基準を適用しているのではないのか、よく自問自答する。ただし学者たちにも私の厳しい基準を適用することがある。学者が本来的な、純粋な研究や論文の作業ではなく、具体的な政策立案、多くの人々に直接影響を与えるプロジェクトを担当する場合は、全く違ってくるからだ。たとえば、私は、いわゆるニューライト系の歴史学者たちが、自分たちの論文を書いたり、学術的な本を執筆したりすることには、あまり同意はできないが、それに対してあまり敏感に反応しない。もちろん学術討論の場で一緒に議論する機会があるときは容赦ない。しかし、彼らがその思いを込めて教科書を執筆することについては敏感すぎるほどアレルギー反応が起こる。教科書執筆は学者の間での議論にとどまることなく、学生、大衆に甚大かつ直接的な影響を与えるからである。

もうひとつ、最近思うのは、ＳＮＳ上での意見の違いの問題である。ＳＮＳに関する私の理解は、基本的なエチケットを守ることができるのであれば、意見の公開と議論の自由が十分許されるべきだと思う。ただし、それが特定の目的のために動員された勢力でないことや、作為的な意図で綴られていないことが前提である。私には、たくさんのＳＮＳの友人がいる。その中には全く容認できない意見を持った人もたまにはいる。友だちになったことを後悔するほどのこともある。それでも我慢するのは、ＳＮＳというものは、異なる考えに対して我慢しなければならない空間だと考えるからである。他の人も私の文章に対して容認できないと思うこともあるだろう。であるから、異なる意見であっても互いに我慢しないと、良いコミュニケーションは不可能だろうと考えている。

基本的に人々の思考や価値観を分析する私の考えとコミュニケーションの方法は「スペクトル」である。両極の間で、意見と立場はかなり大きな振幅で行ったり来たりすることができなければならない。それが「人文学的思考」の出発点だと思っている。特に学者が、作為的でないデータに基づいて、独自の論旨で主張を展開する場合、解析の基準が違うことだけで、その研究者を批判することはできないと思う。私と考えが違っていても、理解がなされるように奨励し、尊重しようと努力する。

しかし、学術的議論の場で、他の論者の主張とぶつかる場合は、これはまぎれもなく論争であり、可能な場合は決着がつくまで議論する。つまり、そのような特別な議論の場を除いて、学者の自由な精神、良心、執筆活動などが決して他の環境条件のために萎縮されてしまってはならないというのが私の考えだ。

ある学者の思考に何か問題があっても、それを無条件に制限すること、あるいは一定の方向に進むよう仕向けることは、より大きな弊害になるというのが、基本的な私の考えである。

重ねて言うが、そのような学者でも、多数の大衆、特に苦難の民衆に直接影響を与える方向に進む場合には、徹底的に批判して、当然の常識と通念、弱者に対する価値観を持っているか、検証しなければならない。

これで、私がときにによって基準が異なり、表面的には考えが行ったり来たりするようにみえることがわかるだろう。ただ、じっくり振り返ってみると、このように、それなりの基準はちゃんとあるのだ。いつも付き合っている親しい同僚、先輩・後輩の学者たちの考えにも全て同調することがないことはもちろんである。そして、たくさんのＳＮＳの友人の考えにも全て「いいね」を押しているわけでもない。そのときそのときに異なっている。他の人も私をそのように見ていると思う。

私の学者としての所信やプライドは天よりも貴重なので、誰にも制限されたり、従いたくない権威の影響を受けたりすることはできない。そのため、他の学者たちにもまた同じように、そのような自由が守られることを、切に願うものである。

## 成績評価の難しさ

教授にとって、もっともたいへんなことの一つは、成績をつけることだ。これは、大学教員の多くが共感するところだろう。特に韓国でたいへんだったことは、学部成績評価が、通常「相対評価」ということだった。みんな頑張ったし、みんな一生懸命にしたのに、規定に基づいてAは三〇%、Bは三五%などと、機械的に割り振らなければならなかったことである。なぜそうしなければならないかという理由も行政責任を担っていたことのある私にはよくわかる。確かに難しいことである。時には多くの学生に良い点数を与える時があり、時にはその逆の場合もあるからである。

二〇〇八年延世大学在職当時の研究年に、今の明治学院大学の招聘教授で、一年間教える経験をしたが、日本では大学によって多少の違いはあっても、ほぼ「絶対評価」を原則としている。これは私にぴったりのスタイルである。

さらに仲間の教授はこのように述べた。「私たちの大学は、成績評価においてだけは、教授はほぼ『天皇』です」と。ところが、絶対評価が良いといっても、いざとなれば、思ったようにはうまくいかないものである。この学生は彼なりにこれでよし、あの学生は彼なりにあれでよし、…。私の目には、全員「スーパーA」である。厳格に、しかも高い基準に基づいて、厳しい点数をつけようと決めても、思った通りにはいかないのが常である。レポートをきっちり書くために夜を徹した学生の顔、目をキラキラさせて私の講義を聞いていた学生の瞳が浮かんでくるのだ。結局、全体的に高めの点数となる。しかし、不誠実な学生にはもちろん容赦ない。絶対評価は甘く良い点数をつけるだけではないのだ。とは言っても、私はまだ「絶対評価主義者」である。「絶対評価」をすることで、教授は教授らしくなるように思う。

成績の話をすると、ふと思い浮かぶ記憶がある。延世大学在職時代のことである。一人の青年が研究室に私を訪ねてきた。自分は今、長い間祈祷院で断食祈祷をしたあと直接ここに来たと。それは本当のようで、顔はやつれて目はトロンとしていたが、全身は引き締まっていた。まさに「恵み」を受けた青年であることが明らかだった。

その青年は言った。自分は確かな「啓示」を受けてきた。この大学の大学院で必ず徐正敏教授の下で指導を受け勉強をするように、という「声」を確かに聞いた。だからすぐに大学院入試で自分に最高の点数を与え、自分を合格させなければならない。それは神の意志だというのである。私は困り果てた。そのような確固たる祈りの答えを受けてきたのに、とんでもない、とすぐに怒るわけにはいかなかった。そんなことをすれば、信仰のない神学者だ、神を恐れることはない、と非難されそうな勢いだった。そこで、まず、どの大学で何を専攻し、何を勉強して卒業したのか、この大学院に入ったら何を勉強したいと思っているのか、と面接をしているかのように尋ねてみた。

すると、その青年はそのような質問に対しては適当に答えるだけで、なぜそんなことが重要なのかといわんばかりの態度であった。すなわち「啓示」を受けたのだから、ほかに一体なにが必要なのかという表情であった。

ところが、その時、私にも少し啓示らしいものが訪れた。その青年を追い返すための知恵の啓示であった。君を大学院に合格させて私の弟子として指導するべきであるというのが神のご意志であれば、その啓示が私にも来るはずではないか、と彼に尋ねた。彼はためらいながら言った。そのとおりです、と。君に啓示が来たのと同じように、私にも同じ啓示が来たら必ず君を呼ぶから、戻って待ちなさいと。そして、まだ私にはそのような啓示が来ていないと伝えた。

青年はゆっくりと立ち上がって、教授が神の啓示を受けることを望むと言って、私の部屋を出て行った。もちろんそれ以降も、私に啓示が来ることはなかった。私はその青年よりも信仰心が足りないからなのかどうかは分からない。

今の話は、成績をつけながら、ふと思い出した記憶だが、韓国キリスト教は、最近、その青年のように「祈り」があるのか、「啓示」を受けるようなことがあるのか、たまに反省すべきと思う。かつては、その青年のようなキリスト教の信仰形態を多く見てきた。AかBかという科目の得点程度であれば「明らかに」啓示（?）を受けたのなら、そうしてあげたい気持になるかもしれないが。私のクラスにもすでに点数を「明らかに」された人がいるかもしれない。今学期最後のクラスでの学生にこう言った。

「成績が気になるのか？しかし君たち自身がすでに自分の勉強したレベルをよくわかっているのではないか？自ら自分に点数をつけることが最も正確な結果がでるのではないか？」。

韓国延世大学の学部課程で私のもとで勉強していた弟子たちの中で、自分で自分のレポートや試験の解答を採点して提出した記憶のある人も多いだろう。事実その後、私の記憶では、自分が自分に付けた点数が、ほぼ間違いないものであった。ただ、私も「職務放棄」をするようで申し訳なかった。成績を出すのも教授の仕事だから、それを学生自身に任せた場合、給料を減額しなければならないからだ。次の学期や来年には日本でも一度そうしてみなくてはいけない。これは、実に愉快な「職務放棄」である。

## 言語に対するアマチュア的断想

京都での講演旅行中、同志社大学の先輩である原誠教授と雑談をする時間があった。偶然、ハングルと日本語表記の相違という話になった。韓国の漢字教育の変遷の話題でしばらく会話した。私は、語学や言語の専門家ではないが、母語でない日本語で講義し、議論する過程で、言語と意識構造、思考の展開について、いくつかの考えを持っている。

常識的な議論なのかどうかはわからないが、表意文字は、形状と概念を図として表現するものとして美術に該当する。表音文字は音で概念や物事を表現することで、音楽に該当する。「ハングル」、「アルファベット」、そして日本語の「かな」は表音文字であり、「漢字」は代表的な表意文字である。形状的に意味を理解する表意文字が人間の思考をさらに促進し、刺激することができるだろうか、または音声を出して、その音記号の言語で意味を表現する表音文字が思考の展開により重宝だろうか。

これについては、異なる見解もあるかもしれないし、議論の余地もあろう。音楽と美術を比較して、芸術的価値とその作用の優位性を議論するのに似ている。私は最近、この両方の適切な相互刺激が非常に重要だと考える文字論に立っている。音のみで構成される「アルファベット」文化圏は、思考の視覚的な側面を阻害してしまう危惧がある。一方、過度に形状記号に依存する漢字文化圏は、音の組み合わせによって多様性を生じる音響的な側面を弱くしてしまう危惧がある。ただ、これはあまりに過度に単純化しすぎた区分なのかもしれない。

私は日本語の文字で生活をしながら、まず発音の不足、特に終声がない発音幅の限界と形容詞の単純さに息苦しさを感じている。しかし一方で、漢字と「かな」、それも「ひらがな」と「カタカナ」の様々な併用が豊富なので、これを適度に混合しながら、視覚的文字と聴覚的文字を同時に使用して、豊かな思考刺激を経験している。つまり良い音楽を聴きながら絵を描いているような感じとでもいえようか。

かつて韓国の文字生活もこの同時進行をうまくこなすことができた。つまり徹底した表意文字は美術的文字生活の中で、ハングルの作成は音声の世界で、言語の音楽文字生活を追加するに至った。これは世界観や思考構造の変革であり、ひいては視野の拡大につながる。もし韓国の文字生活でハングルと漢字の適切な併用を推進するなら、最も優れたクラシック音楽を聴きながら、最高の名画を鑑賞するという調和が起こるかもしれないというのが私の考えである。ハングルは最高の表音文字であるし、漢字はそのまま最高の表意文字と確信するからである。そのような面で、今の日本の文字生活は非常に適切な思考調和の模範であり、漢字世界の中国は、いわゆる四聲発音という独特の発音とイントネーションで、その表音性を補強しているのかもしれない。

## 一枚の写真が語る物語

今日は晴れ渡っていたので朝早くに出勤すると、研究室の窓から富士山が頂上まで、ごく真近であるかのように見えた。ところが、風は五月らしくない冷たい空気の香りがしていた。そんな富士山の風景を見ていて、ふと考えたことがある。

近現代史の重要な史料のひとつに写真がある。歴史研究で写真史料が重要だと思ったのは、一九八〇年代に出版社に勤務し、百科事典を編集かつ執筆していた時期である。一枚の写真を発掘し、それをじっくり見たときのことである。写真の中の人物や場面が静かに伝えるその時代の物語は、他の回顧録や、よく整理された記録史料にも劣ることはないだろうと思った。少し緊張して撮影した記念写真はもちろん、一瞬のシーンを鋭く捉えた「スナップ」やジャーナリストたちの情熱がにじみ出る報道写真のリアリティは、その生々しさとメッセージの強さがまさにそれ自体感動そのものだ。一枚の写真をじっくり見ながら前後を広げて話し始めると、多くの物語ができあがり、また、そこから物語が継続していくことは当然である。

そういうわけで、日本留学後、大学の非常勤講師をしながら、放送と出版社の嘱託の仕事をやっている時代、いくつかの雑誌に歴史写真とその時代の出来事、人物の話を連載していたことがある。その結果、一九九六年、写真と、その写真にまつわるエッセイの特別な本を一冊出したことがある。『瞬間の光、散乱の物語』（韓国語、図書出版イレ）である。写真を本全体のページに掲載して、最高に高価で特殊な紙質の本文用紙とユニークなデザインのカバー、特別な判型の本を作るため、その出版社の制作費は想像できないほど高かったと記憶している。おそらく私が書いた本の印刷、装丁では、韓国と日本で発行した本すべてのなかで、一番高価だったと思う。今でも、その本を見ると、最近のどの本にも類のない洗練された装丁だと感じる。

その後、私は延世大学在職時代大学院の教え子たちとセミナーを続け、学生ミーティングで特講をしたときに、写真史料の重要性を示した。しかし、一方で、徐々にではあるが、まったく逆の懐疑も語り始めた。すなわち、写真史料の真正性、写真が示す事実性に、その絶対的な証言性に懐疑を持ち始めたのだ。朝鮮後期、宣教師をはじめ、西洋人たちが韓国に入ってきて撮影した写真で、そのころの風俗、日常生活、韓国社会の立ち遅れを証言する資料や本などの多くに接しながら、そう感じ始めたからだ。

写真というものは、かなりの部分、事実としての証言能力を持っている反面、そこに登場する当時の韓国人の表情、ポーズ、視線など、どれもが一つのように同じ特徴を示していることに疑問をもった。不思議だった。考えてみると当たり前かもしれない。彼らはすべて撮影者のニーズと要求されるアングルに合わせて演出させられて極度に緊張しており、写真というものが何かもわからないまま、身も心も硬直したポーズで応えざるを得なかったからだ。今、私たちも証明写真のようなものを撮るときに、無意識のうちに表情が固まるのではないだろうか。さらに、最近では、いわゆる「フォトショップ」の補正が常識となった。結局、写真史料も、真の史料としての権威を保つためには、史料の解釈を施さなければならないといえるだろう。

もちろん、このような、撮られる人の意識、演出、状況などとは無関係に、劇的状況で重い真実の名場面を撮影した著名な報道写真、「ジャーナリスト」写真家の死闘の中に得られた高貴なシーンの光もある。中国の「天安門事件」の時のタンクの前に立ちはだかった大学生の写真を私たちは皆覚えている。ベトナム戦争を告発した、砲煙のたちこめる道を走っていた裸の少女の叫ぶシーンも記憶していることだろう。

ついこのあいだも、パレスチナの子どもたちの死体が山のように積まれていたシーンを撮影した報道写真を記憶しているに違いない。これらの写真は文字記録である「レポート」に劣らない重い力を持った証言であり、しかも雄弁である。その価値はいくら強調してもしすぎることはない。最も適切なシーンに必要なメッセージを込め、撮影者の意図を最大限に生かすことができる場面に、「ジャーナリスト」の渾身の意図が反映されている。それはそのままの証言というよりは、写真家の史観とレンズの意図を貫いた証言であることにも相違はなかった。

最も「リアリティ」のある、最も「意図性」が濃厚な写真の解釈力に、近現代史の史料批判の手腕が問われるのではないか。

いつだったか、このような近現代史の資料、写真や映像の話をしているときに、朝鮮時代史を専攻した先輩の意見を聞いたことがある。写真がない場合にも、韓国には写真以上の史料があった。国の大事、王室行事などを、写真では不可能なほどぎっしりと描き出した朝鮮時代の「王室儀軌」などに含まれている詳細な図である。そして民衆の生活とその裏側までを細かく描いた「民畫」である。確かにそのとおりだ。朝鮮時代からよく残しておいてくれたものだと思う。

考えてみれば、これらの絵画や肖像画も、古代の古墳の壁画も、近現代史の写真史料と何が違うだろうか。それもまた、それを解釈する視点と史料批判の能力とが求められるところだろう。

## 私のアジア意識

白金キャンパスの午後の講義を終えた後、夕方いつもより早めに帰宅した。月曜日の講義は、比較的学生数が少なくて、より円滑に進行するからだ。大学の講義は、クラスの規模が小さい方がいい。こんな話をすると、履修登録をした学生が一定の人数以下なら講義がなくなる内規があるため、新学期が始まると私の研究室を訪ねてきて、ため息ばかりついていた非常勤講師の後輩たちの顔が急に浮かんで、心が痛む。

今日の講義でも言及した話だが、最近、私はいつも「アジア」について考えている。正直に告白すると、私は長い間、研究者としてある程度実績を積むにあたっても、アジアに対する認識が浅かった。事実、私たちの時代、韓国の神学、歴史、人文科学において、アジアは、通常、視野の外にあった。一九八五年私の最初の海外旅行が台湾だったということ以外、アジアというものに、特別な関心がなかった。私たちの分野の研究も、初めから西欧であり、あるいはその反動で韓国だった。私もいつも「韓国」だけを述べていた。

考えてみれば、現代史の中で自らの国がアジアの極貧国、アジアの代表的戦争国、不幸な分断国家であるにもかかわらず、韓国では、アジアの無視及び敬遠の時代が長かった。日本の植民地時代の経験の中で、日本のアジア認識に基づいてきたのかもしれない。その後は、アメリカのアジア認識や政策に基づいてきたのかもしれない。

後で分かったことだが、朝鮮戦争のUN参戦国であり、「当時には韓国よりもはるかに豊かな国」だったフィリピンの援助で「奨忠（チャンチュン）体育館」（ソウルの真ん中にあるスポーツセンター、ソウルオリンピック以前には韓国で一番大きい屋内体育館であった）が建てられたという事実を知る人は少ない。

ベトナム戦争では、アメリカの「傭兵」的な側面、彼らに大きな恩恵を施す「自由守護国」的な側面が指摘されている。もちろん、その戦争で犠牲にされ、苦痛を甘受した私たちの「おじの世代」の退役軍人を卑下する意図はない。その後一瞬にしても、経済水準はアジアで最も豊かなグループに急上昇したし、アジア諸国の労働者が韓国に公式・非公式に多数入国する先進工業国としてそうした人々との関係を結んだ国である。アジアの貧しい花嫁新婦が韓国の老いた未婚男性の配偶者として入国して幸せに暮らすシンデレラもいる一方、あらゆる人権を剥奪された被差別階層に置かれている人々も多い。

そのような中でも韓国の人文学は、あるいは社会学は西欧または韓国だけで、アジアというものは視点の中になかったのである。もう一つ韓国の豊かなキリスト教は、アジアを宣教の場としたことまではよかったが、私たちが反省しなければならないのは「帝国主義式の宣教」をそのまま踏襲したということである。

日本はどうか。事実、近代以降日本はアジアの意識を捨てた。いわゆる「脱亜入欧」が最大の目標であった。今もそのような基調はそのまま変わっていない。日本は戦争においても、アジアには負けたことがないという意識が強い。私自身も、自分の研究調査でアジアを視野に入れていなかった。実際に私がアジアを少しでも意識し始めたのは、日本留学後である。

私の恩師土肥昭夫が初めて聞かせてくれた話が「アジア衝撃」というものである。自分が若い研究者として、ニューヨークのユニオン神学校に留学したとき、自分はアウグスティヌスを勉強するつもりだった。ところが、教授と同僚たちが尋ねた。君は、アジア出身なのに、アジアのキリスト教を知っているのか。少なくともあなたの国である日本のキリスト教というものをどのように理解しているのかという質問だった。衝撃を受けた先生は、その時から、まず自分の祖国、日本のキリスト教史を勉強し始めた。そして、最終的に一九六三年にシンガポールでのアジアキリスト教の歴史家たちの集まりに出席し、アジアの意識を持ち始めたという話がある。私はその時初めて、アジアについて少し考え始めた。

その後も土肥先生の弟子であり、私の大先輩である原誠教授が徹底的にアジアを教えてくれた。彼はほぼ三十年近くタイとインドネシアなどの学生たちとフィールドワークをして、アジアに集中してきた。そのとき私に、アジアに対する関心を喚起した友人は韓国の先輩金興洙（キム・フンス）教授である。金教授は、最後のサバイバル研究を、アジア巡回研究旅行に集中して、東南アジア全体をくまなく回った。そしてアジアとキリスト教を徹底的に掘り下げるために、その総決算の意味で「アジアキリスト教史学会」を結成して会長を務めた。

こうした影響を受けて、私は延世大学在職時代に、大学院の科目として「アジアキリスト教史」を新たに開設した。これは、私のアジアに対する関心の集大成という意味があった。そして、二〇〇八年には原誠先輩に付き添って、同志社大学アジアフィールドワークに参加して、タイに比較的長く滞在することもした。そして今回、日本の大学に来るとすぐ、同志・先輩・後輩、弟子たちとともに、「東アジアキリスト教交流史研究会」（現・アジアキリスト教交流史研究会）を組織して活動を開始した。延世大学では、その後もずっと「アジアとキリスト教」科目は継続されている。

今、私にとって「アジア」こそが、「日韓」を越えて新たな研究とビジョンの中心になっている。「アジア」は、私たちのアイデンティティと深くつながっているのである。

## 「キリスト教と文学」セミナー

ある晴れた春の日の午後、いつもとは少し違う勉強をするために家を出た。大学のキリスト教研究所「キリスト教と文学」プロジェクトが開催するセミナーに参加するためである。私の専門ではないが、分野を越えての勉強を少しやってみようかと思って、わざわざ時間をつくった。名誉教授、長老学者がほとんどであり、非常に著名な作家や評論家たちも出席した。芥川龍之介、遠藤周作、椎名麟三などの人物をテーマに三人の重鎮の研究者が発表を行った。

日本のキリスト教の社会的地位が低かったからといって、日本のキリスト教文学を軽視することはできない。一見浮かぶ近現代文学者や作品だけを見ても、日本のキリスト教文学作品は、近代文化の最高度の表象であり、新しいイデオロギー、新しい芸術の宝庫である。今日取り上げられた三人以外にも、夏目漱石、徳富蘆花、木下尚江、島崎藤村、綱島梁川、有島武郎、正宗白鳥、賀川豊彦、八木重吉など、枚挙にいとまがない。

ところが、セミナーの質疑応答の時間に突然、専門ではない私が韓国のキリスト教文学と日本のそれを比較して語らなければならない状況に追い込まれてしまった。すなわち、韓国のキリスト教や神学のレベルで見ると、日本以上のキリスト教文学が韓国近現代文学に登場するはずなのにどうか、という質問であった。門外漢である私が見ても、むしろキリスト教文学に関する限り、その逆の状況であることが明らかだったが、思わず私はこう答えた。

韓国の比較的レベルの高い現代文学のテーマの主流は、民族分断の存在や左右イデオロギー対立などである。それに対して、キリスト教や宗教イデオロギーは文学の中心的なテーマにはあまりならなかったのが事実だ。キリスト教だけをみると、韓国のキリスト教は、エリートのイデオロギー的受容というよりは、民衆の極端な苦難の実存における信仰や実践が中心であり、キリスト教を思想や文化として受容することはあまりない。一方、日本の場合は、キリスト教がエリートのイデオロギー価値や思想体系の中に組み込まれたため、文学をはじめとする文化的表現の枠組みの中で、さまざまに展開されたという側面がある。

私の見解がどの程度、的を得たものだったのかは分からないが、著名な日本の長老作家、評論家らが多数参加しているセミナーで、しばらく沈黙が続いた。他にも韓国の宗教伝承、宗教的現象、キリスト教の歴史と状況、日本の宗教現象との比較などのテーマで多くの質問が長老の教授から相次いだ。よく知らない分野の話を聞いて勉強してみようと軽い気持ちで参加したセミナーは、結果的にあてがはずれて、とんでもないことになってしまったわけである。

## 「抜き刷り」について

今学期、外部出講の東京女子大の開講はちょっと遅いようだ。晩春も近づいた暖かい晴れた日、今学期東女での最初の講義である。

明るい日差しの中を走って東京女子大に行って、いつも使っていた個人研究室で講義の準備をした。十時五五分、講義の時間となった。かなり広い特別講義用の教室がいっぱいだった。百人をはるかに越える学生たちが待ち構えていた。

すると突然、彼らの成績をどうつけようかという考えが先に頭に浮かんだ。教授が、学生が集まったのを見て成績のことから心配するなんて不謹慎ではないかなどと反省をしながら教壇に立った。昨年も受講した数人の学生を除いて、すべて新しいな顔ぶれだ。ところが、私の気分かららだろうか、新しい友人たちの顔が、特に明るくみえた。そんな気持ちで新しい授業が始まった。

その日は、東京女子大教授の友人である小檜山ルイと一緒に昼食をとった。長年の友人はやはりいいものだ。アメリカの学会発表のため五日ほどサンフランシスコに旅行したそうで、おいしいチョコレートとキャンディをお土産にもらった。あれこれと、よもやま話をしながら楽しい食事だった。その帰りにふと思ったことは「抜き刷り」に関することである。まだそう長くない日本での研究生活の中で、論文も数本を書いた。だからなのか抜き刷りがたくさんできた。私は韓国で身についた慣習のためか、抜き刷りを仲間の教授や友人に配ることを忘れていた。周りからは抜き刷り論文をもらい続けながら、自分のほうは誰にも渡すのを忘れてしまっていたのだ。

だから、研究室にも自宅にも、抜き刷りがたくさんそのまま積まれている。「小論文」や「記事」を書き始めた初期には、抜き刷りとして印刷されたものを何回かもらった。しかしいつのころか、韓国ではほとんど抜き刷りというものがなくなった。学会の専門誌、雑誌や一般誌、「ムック」などから抜き刷りを別に印刷して、周りに配るという習慣は、韓国ではもう消え去ったようだ。私見だが、コピー文化、さらに早くから発達（?）した「海賊版」文化が、その原因ではないかと思う。

いつからかコピー機が普及して以後は、どこに必要な論文や資料があるかさえ確認できれば、部分的にはもちろん、全部をコピーして製本までしてしまう習慣がごく普通になった。私が最初の論文を書き始めるころ、ひどい匂いのする感光紙で複写するというレベルのコピー機しかないころ、抜き刷りの習慣が維持されていた。コピー自体が非常に難しい時期だったからだ。

ところが、日本では、今もなお「抜き刷り」が常識となっている。どの雑誌や論文集でも論文が掲載されると、編集者は当然 抜き刷りを別途印刷して著者に渡す。より多く必要な場合には、執筆者からの要請で追加することもできる。

その理由の一つは、やはり日本の書籍代が、韓国とは比較にならないほど高いからである。ジャーナル一冊、単行本一冊の価格は、ウォンと円の価値の違いや為替レートと物価の高低を勘案しても、やはり比較にならない。そして、韓国で最も安価なものは、やはり書籍の価格だと私は考える。もちろん、最近いくらか値上がりはしたが、まだまだ韓国では、知識や創作というものは安価なものであるという考えが、残念だが根強いのである。

抜き刷りの話に戻ると、日本でもコピー機が普及していないわけではない。この分野で世界最高の機械は日本製である。では、なぜ抜き刷りが相変わらず生きのびているのか。日本の学者たちは、論文を丸ごとコピーすることに抵抗がある。ジャーナル、資料集、単行本全体を、コピーして製本までしてしまうのは、してはいけないこととされている。たまに韓国の資料を扱う同僚の研究者が韓国でその資料を入手した後、私に何度も聞いていた。本当にこのようにしても大丈夫なのだろうか、と。著作権問題がない場合には、みんなそうだと答えるしかなかったのだ。

突然思いついた「抜き刷り」についての思いが、韓国の学界、宗教界、それこそ政界、芸能界にまで広がり、「盗作問題」と関連づけて考えるのは、私だけだろうか。必要ならすぐにでも全部コピーしてしまうような文化では、抜き刷りはむしろ面倒なものである。そのようなわけで、韓国では「盗作」が、日本より多いのかもしれないという気がする。

## 久しぶりに声を荒げて叱りつける

私は、韓国の大学でも日本の大学でも、学生たちによく怒るタイプの教授ではないと考えている。これを読んで、昔の弟子たちが「いいえ」と否定するかもしれないが、私の考えではそうだ。講義中に白熱して語調を高めるとき、通常いくつかの歴史現象や世界の現実に対する公憤である場合が多い。クラス全体に注意を与えたのは、指折り程度の回数であった。もちろん注意を与える必要があれば、個人的に呼んで、同じことを言わなければならない数人だけを呼んで、別の場所で声を荒げて叱るようにした。

私の経験からいうと、中学や高校のクラスの教師や大学の教授が、クラス全体を対象に声を荒げて叱ることは、過去の学生時代を振り返ると、あまり正しくなかったという記憶が強いから、私自身はそのようなことに慎重なのかもしれない。

ところが、今日の授業では多少語調を高めてしまった。講義開始前、出席率の悪い数人の学生が訪ねてきて、宿題をより長く書くとか、課題をもうひとつ増やすなどして、自分の出席不足の不利な状況を補充して、点数をよくしてくれないかという提案をしてきたからである。私の機嫌は我慢の限界に達した。もちろん、複数の事情で、特に高学年によくある様々な実習、インターン勤務、就職活動などで欠席がちになることはある。そして、それを事前もしくは事後に教員と真剣に相談すれば、私ほどの寛大（？）な教授であれば、いくらでも良い解決策を一緒に考えて見出すこともできる。ところが、今日何人かの学生が持ちかけてきたやり方が、まるで私的な取引をするかのような口調だったため、一緒に解決しようという気持ちが失せてしまったのだ。さらに、先週提出された数人の学生のレポートの内容は、急いで走り書きしただけのようなもので、すぐにわかるほど誠意が不足していた。だから、今日はもともとそうなるべくして、そうなってしまったのである。

今日の授業では、人文学的主題、つまり宗教や哲学、歴史関連の科目が大学教育で持つ重要性とは一体何だろうか、人生の価値というものは専門科目の専門知識だけで成り立つものなのか、という話になった。大学、大学院を終えたエリートと呼ばれる人たちのレベルは専門知識が豊富だというだけのことでしかないのか、大学教育を受ける機会がなかった多くの、知識から疎外された民衆が、あなたたちに期待することはつまらない専門知識だけなのか、それだけであなたたちは満足なのかというような、横道にそれた話が続いた。

大学の高学年であるあなたたちは、いったい月に何冊の本を読んで、図書館には週に何回、何時間こもるのか、スマートフォンを手に持ってゲームアプリにアクセスする時間と読書する時間の割合はどうなっているのか、と問い詰めた。そして今、世界の多くの場所の、あなたと同じ年齢の大学生が一週間に読んで、書くエッセイの量がどのぐらいか疑問に思ったことがあるのかと尋ねた。私は、韓国で大学教授のとき弟子たちに、時々同じ年齢の日本や中国の大学生と比較してあなたたちの読書量とエッセイを書く量はあまりにも少ないと、いつも注意喚起をしたものだが、今見ていると、日本の大学生もあまり変わらないように思っている。

さて、実際怒りながらも少々心が萎えることもあった。ここ数年、日本の大学生がレポートとして出すエッセイを読みながら感じたのは、基本的に、読書量、特に子どものころから積み重ねてきた読書訓練は、日本のほうが韓国より確実に優秀であることは否定できないという事実である。図書館の利用度も、もちろん、この時の図書館効用とは自習する場所という意味ではなく、コンテンツを十分に活用する名実共に「図書館」を意味するのだが、日本では非常に高いのも事実だ。

それでも学生たちには、はっきり言った。人文学関連の本を多く読んで、思考をよりいっそう磨きなさい。専門知識にとらわれてそれを現実に生かすことだけ考えようとせず、何が価値がある生活で、何が人間らしさであり、どのように考えて生きれば人類がより美しくなることができるのか、若さと知性、情熱に人生をかけるように強調した。

ほとんどの学生は頑張っているのに叱られるかたちになってしまった。事実、私が最も嫌いな「集団気合」を与えたものである。心が穏やかでなかった。本来の講義内容に入る前、学生たちに謝罪した。「すべての人に該当する話ではない、申し訳ない」と。すると、学生たちのほうがむしろ慌てだした。「自分たちが心しなければならない言葉でした。感謝します」と。

なんと、みんなやさしい学生たちなのだろうか。

雨がやんで帰宅途中、自らの言葉を反復して自省する。先生というものは常に反省もしなければならない。私らしくない叱り声を聞かされて、黒い瞳を不安でいっぱいにした学生たちの表情が車窓にちらつく。

私は今日、俗にいう「老害」をしでかしてしまったのかもしれない。

## 教授とはどんな存在か

久しぶりの雨音を聴きながら、早めに研究室に出勤した。春になると、輝く日差しの間を舞う花びらが、その風情劣らない今日の景色である。ああ、そうなんだ。このような皓々たる春雨もあったんだ。まだ本格的な授業が始まっていない静かなキャンパスは、まさに水墨画の世界である。派手な色の花も息をひそめて、曇り空の色合いが丹精に身を任せている。

私にとって、仕事上、昔を回想することは、お手のものである。専攻が歴史学だからだ。すぐに、過去の核心に迫ることができる。昔のあのころの自分のような若者たちと一緒にまだキャンパスで過ごしているので、より一層そのように感じる。普通、人々は昔の自分の経験と記憶を語るとき、その時代を美しく表現する傾向が強いだろう。たとえその時代が貧しくてたいへんであっても、その中に何か美しいこともあったように語る。それは言葉だけでなくて、本当にそのように記憶していて、本当にそのように心から考えているからだ。私自身もそのようにその時代のことを感じて表現することも多い。

しかし、その時代の話をたまに書き下ろしながらじっくり考えてみると、実際にはその時そうではなかった、そのころは幸せもロマンチックでも人間的でもなかったということがある。いや、凄絶なほどの激しい人生であった。その時代は人生における痛みであり、息をのむほど暗澹たる時代であった。苦痛、挫折、暗鬱の時代であった私たちの思い出やリコールが持つ魔力を私たちはよく知っている。その記憶の上に色をつける、いんぎんな「シルエット」のように記憶を装い、それで時にはその時代は幸福であったと誇張することも多い。それも悪いことじゃないのではないか、それも問題ではないじゃないか、時には香り高い幸福感に誇張してもそれでいいじゃないか、これがそれほど問題であろうか。それはいわば「白い嘘」、「健康な錯覚」である。そういうものなしに、その時代を回想することができるだろうか、それがなければ、そのころ、私たちをどのように正当に振り返ることができるか。

それは人間としてごく正直な気持ちであり、苦痛と痛みを乗り越えるための自然な心の動きである。大切な「自慢」であり、自然な「虚栄心」なのである。人間的であり、ロマンティックであり、情緒的である。

そんな中で、私の仕事への自戒の念を込めて「教授の趣」ということについてじっくり考えてみたい。政治社会的状況のために大学が休校して、催涙弾の煙の立ち込める中、大学が刑務所と化したような特別な時期は例外としても、次のような状況が常態化することがある。たとえば、予定通りに講義を始めるよりは何週間か遅れて開講する教授のほうに権威があったり、講義の準備をきっちりしないで曖昧な授業をする教授のほうが高く評価されたりという状況である。カリキュラムに真面目に取り組む教授が低い評価を受けるという、とんでもない状況があったのだ。

授業のうち半分以上は不相応な話、身辺雑談、自分の自慢話、ほぼ授業内容とは関係のない世間話で時間を使い、授業の終わりころにようやくいくつかの本論を語りだす。自分も読まなかった多数の原書、すなわち英語、ドイツ語やフランス語の本をたくさん持って講義室に来ると権威があると思われていた。

そして開講から数週間は黒板いっぱいにその本のリストを記載する教授がそのようにして板書した本で、その学期はもちろん、学期が終了してからも、自分が一体何冊ほど読んだのかを調べたことがあった。ほとんど読まなかったようだ。その後、数冊探してみると、すでにその分野では「オールド・ファッション」になっていて、もはや論ずる価値のない本も相当数あった。

学生が偶然少し風変わりな質問をすると、ものすごく叱責した。しかも、教授の見解に少しでも反する意見を出した場合、叱りつけられることを覚悟しなければならない、というようなことが日常的であった。教授というものは、神〈天〉のような存在なのに、その教授の説に反論することなどありえない、という雰囲気だったのである。

私は教授になった時、その時代の教授に倣ってそれを模倣するのではなく、決してそうなってはならないと強く思った。教え子たちに私が経験したそのような荒唐無稽の経験をしてほしくないという気持ちが強かった。しかし、決して誤解はしないでほしい。その時代にも、素晴らしい教授、私のロールモデルになるような教授はいた。どんな時代であろうが、時代を超えて真の教授といえる先生は存在したということである。

個人によって違いはあるだろうが、総じて今の時代のキャンパスには、韓国でも日本でも学生の自由があふれている。もちろん、現在も、時代の抑圧すなわち将来の不透明、個人の価値観の彷徨に起因する若者の苦痛、欲求不満などがないとは言えない。しかし、それらを抑圧する絶対的権威の多くは消えた。

そのときその時代には、時代のプレッシャー、政治的抑圧、文化的独善だけでなく、キャンパス内にも、一部の模範となる真の先生を除いて、多数の教授が抑圧的権威として君臨した。そのような教授には決してなるまいということが私の指標であった。しかし、恥ずかしいことに、まだまだ足りない。私の学生が、私によって、よりいっそう自由になることを夢見るだけだ。

## 決まった表現がもたらす真実

私のように繰り返しを嫌う人もめずらしいだろうと思う。講義もセミナーもすべてそうだ。大学は通常、通期あるいは学期単位で、科目を新たに開設するが、教授の担当分野で数年のサイクルが回ってくると、同じタイトル、同じカリキュラムを繰り返し開設する場合が多い。そんな時、最も手っ取り早い方式は、前回開設した科目のシラバスを採用し、そこに少し新しい内容を差し替えて講義する方法である。

しかし、そのようなやりかたは私にはできなかった。韓国の大学に在職の時、大学院の博士課程で十年以上勉強した弟子たちがかなりいる。彼らがいつも言うように、私の講義やゼミのセミナーは、同じタイトルのものでも毎回サブタイトルが変わり、内容は全く新しいものだったと。だからといって、私はいつも、新たに勉強し、準備するというような、至って勤勉な教授だと自画自賛しているわけではない。私は、一つの長い呼吸としての表現、論旨、一冊の本になりうる講義が、時空間的コンテキストを異にする全く新しいものに生まれ変わるとき、他の内容と表現をもって提示しなければならないという強迫観念が強い。これについては、まるで潔癖症に近いものがある。

そんなわけで、私の学生時代の著名な先生たちが持っていたような、講義録でぎっしり詰まった大学ノートを、私は持っていない。しかも、最近私が強調する「人文学的思考」は、「人文学的スローメソッド」にならなければならないのだから、パワーポイント資料もほとんど廃棄してしまった。つまり、昔のように、毎年、毎学期繰り返しの講義ノートも、最近のパワーポイント資料も、人文学の価値、方法論には似合わないのである。

ところが、今日の夜明けころ、誕生日を迎えた弟子と、「フェイスブック」の友人に誕生日のお祝いの挨拶をしながらじっくり考えてみると、今までの話とは違って、私はいつも使っていた定型的な表現を使っていることに気づいた。

「ブログ」や「フェイスブック」の友人に誕生日の挨拶をするときに、特別な事情でもない限り決まって使うフレーズはこうだ。「誕生日おめでとうございます、うれしいあるいは幸せな誕生日を迎えてください」である。しかし、個人的には、師弟関係の縁が深い弟子たちにはこのようにお祝いのメッセージを送る。「〇〇よ、この世に生まれてありがとう。私の弟子になってくれて、さらにありがとう。幸せな誕生日を送ってください」と。

そして、この年齢になると大切な弟子が少なくないので、これまで結婚式の司式者を頼まれた弟子が十人以上はいる。彼らのことはすべてよく覚えている。私のお祝いの言葉は、もちろん、それぞれの特性や状況に応じて、メッセージが違ってくるが、以下のような短いメッセージは必ず入れて、定型化している。

「司式者である私は今この瞬間のあなたは決して心配しません。君たちの胸は深く大きな愛に満ちていて、鼻先に花の香り、目の前には虹がいっぱいだからです。しかしこれから生きていく道には、光は消えて、風雨吹雪が吹き荒れながら、フラストレーションと痛みの波が吹き荒れる日もきっとあるでしょう。そんな涙の日も、今日の誓いと愛を忘れることなく一緒に手をつないで、暗闇の時を乗り越えることを切に願います」

このように言って、その約束の証として、ゲスト全員の前で必ず誓いのキスをするようにする。両親や先生、友人たちの前で恥ずかしい場合もあるが、私が司式を引き受けるには、必ずそれが条件である。このメッセージは、なにも特別な言葉ではないが、すべての新郎新婦に必ず送っている定型の言葉なのだ。

私は、かつてカトリック教会や聖公会や正教会などの定型化された祈りを批判的に思ったことがある。いったい、指定された定型の祈りにどれほど精神的な変化と生命力が湧くというのだろうという趣旨であった。ところが年齢が増したからか、それとも、少し悟りの境地に近づいたからか、最近はむしろプロテスタントの過度に自由な説教、必要以上に自由に着飾った祈り、自分の気持ちを語りすぎる祝詞などがむしろ問題であるし、空虚な音のように聞こえる場合がある。

基本的に、私は表現の自由さ、多様さ、折々に応じた新たな感性と言語を崇敬する。しかし、一方では、いくつかの特別な意味を記念して、関係を確認する必要があったり、最も重要なメッセージを伝える必要があったりする場合、むしろ決められた節制された言葉、洗練された意味をいつも一貫して使用することのほうが、より重要であると考えるようになった。

新しい言葉によって新しい世界を生み出すのもよいが、そのまま胸にしみ入る古い伝承によってその意義が再生して呼吸することができる定型的な表現でこそ、真の意味をより徹底して伝えることができるという考えだ。もちろん、そうでない場合もあるだろうが、日曜日に各地の教会で響き、飛び交う言葉を考えていると、そのように思う。説教が何かすら心得ていないような説教もあるし、祈りをどのようにすべきかもわからない祈りもあるだろう。そのような説教や祈りよりも、ただ聖書の一節だけを読んで、「主の祈り」だけを唱える礼拝を、時々懐かしく思うのである。

# 第２章　東京の街、境界人の視線

## トンカツと国家競争力

昨日の夕方、ソウルから来た友人のC君に会った。IT関連事業に携わっているC君は、会議のために東京出張で新橋のホテルに宿泊するらしい。高校の友人で気兼ねのない間柄なので、まず赤坂に出て、遅くまで話に花を咲かせた。C君には、最近男の子が授けられ、彼はその子の成長に夢中だ。これは、私たちの友人の間では最高記録である。というのは、今や友人の大半は孫がいる状況だからだ。こんなC君に対して、友人連中は嫉妬半分羨望半分である。昨夜も携帯に入っている愛息の画像を自慢げに見せられて、私はしばらく相槌を打つばかりだったが、久しぶりに愉快な時間を過ごすことができた。C君が東京を出発する前日にもまた夕食を共にする約束をして別れた。

翌朝、目覚めてすぐ妻に提案した。今日は講義のない日だから、おいしいものでも食べに行こう、と。昼食に出かけた私たちは、日本一を誇るトンカツ店「マイセン」青山本店を訪れた。自宅からから車で十分ほどの距離にあり、私にとってはいたって便利なお店である。メニューの種類はたいして多いわけではないが、「トンカツ」の味は最高レベルである。日本には、固有の伝統的料理ではないのに、世界最高の味を誇るメニューがいくつかある。トンカツはそのひとつだ。西洋料理の「カツレツ」を日本化して作った料理がトンカツなのに、今はほとんど日本食になり、味も世界的なものになった。日本を訪れたグルメが選ぶ指折りのメニューのひとつである。

もうひとつは、あまりにもよく知られている「カレー」だ。カレーは、インド料理なのに、最終的には日本に来て最も多彩な料理に変化した。もちろん「カレースパイス」は、西洋でも広く食品に使われているが、カレー料理そのものは、日本が最も種類も豊富で進化しており、味も世界最高を誇る。本場のインド人たちも認めるのが、日本のカレー味なのである。

昨日C君とも語り合ったことだが、周辺国の文化や社会的競争力を一言で表現してみるとどうなるか。アメリカはやはり「効率（utility）」、中国は「量（quantity）」、日本は「質（quality）」である。これに比べて、韓国は「速度（high speed）」ではないか、と。

それぞれの国が誇る中心的価値は文明の創出、産業競争力の基本となって、時には互いに補完し合うことが必要な場合もある。そして、それぞれの競争力はそのまま各国の文化の原動力となるだけに、しっかりと省察していく必要があると思う。

美味のトンカツを食べながら思考が飛躍しすぎてしまったかもしれない。やはり日本文化の集中力と、何事も最高品質をめざすという精神は、知っておくべきだろう。たとえそれが自分たち固有のものではなく外来のものであっても、いったん取り込んだ以上、世界最高のものにしてしまわなければならないのが、日本（人）の気質である。

おかげで、日本にいる私は、いつでも世界最高水準のトンカツを食べることができるというわけだ。

## 東京のラーメン

朝、自宅に近い白金キャンパスにしばらく立ち寄った後、横浜キャンパスの研究室に出勤した。今日は妻も一緒だ。私は原稿執筆に没頭、妻は本を読んでいる。金曜日の静かなキャンパスは、勉強するのに最もふさわしい雰囲気である。お弁当を持ってきて一緒に食べれば少々ピクニック気分になるし、学生時代に戻ったような気にもなる。夕方になれば、どこかでラーメンを食べるのもよい。

私の好きな韓国の冷麺と「カルグッス」（韓国式の麺料理）は、残念ながら日本では本場の味を味わうことはできない。ただ、ラーメンにかんしては、日本では美味しいばかりでなく、いつでもどこでも食べることができる。聖書では、何を食べるか何を着るか思い煩わないように語られている。もちろん総論としてはそのとおりであり、私は実際そのようにしているつもりだ。しかし、各論に入ると、私はいつも何を食べようか気にすることもある。

旅に出たときも必ず、博物館巡礼と同じように、グルメ巡礼は私にとってたいへん大事なことである。ある場所に旅して、その地の美術館や歴史的建造物と、その地特有の伝統のメニューを味わえば、その旅はもう終了したも同然である。味というものには、地元の文化が溶け込んでいるからである。味を知らなければ、歴史を理解することはできないというのが私の持論である。

ところが、特別な料理や独特の高級スパイスで味付けした料理を食べていたのでは、そのような歴史の味は発見することができない。まさに民衆の生活の中で長い間作られてきた庶民の味の中にこそ、歴史の味は隠れているのだ。

弟子たちと一緒に行く踏査旅行で、庶民料理の探索は必須のコースであった。日本で言えば、いわゆる「下町」の味である。友人や同僚が高級レストランに行こうとすれば、私はそうならないようにうまく仕向ける。そんなところにほんとうの味があるかなあ、と…。

そんな時、私は必ずにぎやかな路地裏の庶民食堂をすすめる。そのような意味で、日本で盛んな「ラーメン紀行」や「駅弁紀行」などは大好きだ。そのほかにもあちこちの村を訪れて、古い食堂を探し当てると、そこに人々が生き生きと息づく姿が渦巻いている。人のにおい、そして食べ物のにおいが入り混じっている。

私は「食が神である」という神学的命題を重視する。食べることが人々にとって最も重要だった時代は、歴史の中で最も多く、また最も長かった。食べることが唯一の基本であり重要であるという人の数は、歴史全体で考えると最も多い。今日の世界でも、やはり全地球的には、一食の食事が幸せのすべてである人が最も多い。私には当てはまらないが、一食を大切にする心は同じように持っている。そして、多くの人と食事を一緒にすることができればどんなに幸せだろうと思っている。

平和とは、歴史の味をともに食卓を囲んで分かち合うお祭りができることである。イエスもその苦難の生涯の最後のひととき、愛する弟子たちと共に、一回の食事をしながらワインを一杯飲んだ。それを記念するためにも、私たちは、毎晩の素朴な晩餐を、幸せな気持ちでいただかなければならない。

そんなことを考えながら、妻と帰り道に、うす汚れたラーメン屋に立ち寄って、日本の民衆の「歴史的な味」を楽しむことにした。さて、今日は「豚骨ラーメン」を食べるとするか…。

## 「大名」のおもしろい誤訳

妻と一緒に福岡を訪れた。新幹線で五時間以上の距離だから、かなり遠方への旅行である。昨年結婚してソウルに住んでいる長女の夫、すなわち義理の息子の実家から招待を受けたからである。私の婿は、福岡出身の日本人である。彼の実家が新居をかまえたので、私たちを招待してくれたのだ。あくまで身内のイベントだが、ソウルにいる長女夫婦と次女、そして私の義理の父母も福岡に来るので、久しぶりに家族みなが集まる良い機会となった。月曜日が釈迦の誕生日で韓国の連休なので、平日なら勤務のあるソウルの子どもたちも一緒に九州の温泉旅行をすることができて、実に楽しい一日であった。

九州といえば、思い出すエピソードがある。私が日本に居を移す直前、長い先輩と後輩の間柄である「韓国キリスト教歴史学会」の仲間たちと、一週間、九州のキリスト教遺跡踏査旅行をした。その時初めて見て回ったところの一つが、長崎郊外にある大村純忠の史跡であった。大村純忠は日本初のキリシタン大名として有名で、日本のカトリック史でたいへん重要な人物だ。

さて、ここでそれについて話をしようということではない。この史跡に設置されていた案内板の話だ。ここには、日本語と英語と、その横に別途韓国語の案内標識が立てられていた。問題はそのハングル案内板で、「大名」を「オナ」と翻訳していたことである。もちろん、漢字の「大名」を日本語の発音にしたがってそれぞれ読めば、「大」が「オ」と発音が可能であり、「名」は「ナ」と発音される。しかし、これは明らかに間違った翻訳であり、単純な音訳をしただけにすぎない。「大名」と封建時代の日本の各地方領主を指す階級、あるいは役職の名称で「ダイミョウ」と発音しなければならない。「大名」は一領地の所有者なのだから、英語式に「オーナー（owner）」と訳したんだよ、なかなかうまい訳じゃないか、などと冗談を飛ばして、仲間と一緒に大笑いした。もちろん、案内役を務めてくれたS君には、機会があれば所轄の行政官庁に修正を提案するようにお願いしておいた。

日本語訳、特に人名など固有名詞の音訳は、いくら注意してもしすぎることはない。特に日本語翻訳において非常に基本的な用語の誤訳はやはり気をつけなければならないだろう。九州での歴史の旅の記憶と仲間たちの姿が目に浮かぶ。

## 「海の日」が祝日の国

七月の第三月曜日は日本の休日である。いわゆる「海の日」だ。もともとの海の日は一九四一年に制定されたとき、七月二十日に固定されていた。休日となったのは、一九九五年からである。ところが、二〇〇四年以降、日本の新しい祝日法（happy Monday）制度に基づいて、日付が固定されず、第三月曜日となり毎年移動することになった。つまり、休日が日曜日と重なると、翌日の月曜が休日になる制度である。新しいカレンダーが出ると、休日が土曜と日曜の重なる日はいつか、連休はどうなっているかをまず調べようとする韓国の学生、会社員の姿が目に浮かぶ。新政府は、これにならって、韓国も「ハッピーマンデー」制度を採用すればどうだろうか。（韓国でも二〇一四年より一部の公休日に対して「ハッピーマンデー」制度を導入）

こんな話を始めたついでに、もう少し「海の日」の話をしてみよう。世界の多くの国が「海の日」を制定しているが、その日を休日にしているのは日本しかないという。日本がいかに海を中心とした国であるかということがわかる。まず日本では海と接していない県が少ない、そのうち歴史深い県である奈良県は県の条例では、「海の日」を「山の日、江の日」と定めて休日にしている。

たしかに興味深い発想であろう。

ところが、日本の休日はすべて歴代天皇に何かと関連がある。この日も、明治天皇が「明治丸」という船に乗って東北地方を巡視した後、横浜に入港した日を記念するものである。すべての記念日が天皇に関連していることは、一般的に「天皇制イデオロギー」を重視する思想的起源とも関係あるだろう。

ところが、社会全体が使用する天皇の年号すなわち「明治」（一八六七＋年数＝西暦年）、「大正」（一九一一＋年数＝西暦年）、「昭和」（一九二五＋年数＝西暦年）、「平成」（一九八八＋年数＝西暦年）、「令和」（二〇一八＋年数＝西暦年）とされることからわかるように天皇の年号を使用するということは、「時間」が天皇のものなのだという意味合いが含まれていると思う。

結局、現代の日本人はほとんど意識していないが、そのような本来の意味からすれば、「休日」は、天皇が「下賜」した「祝日」であり「恵みの時間」なのである。

これらの事実は、客観的な境界人である私の目には、すぐわかる。そのような意味で、世界共通で使用する西暦は「降誕」を基準にした年号であるため、時間が「神様」から与えられたものであり、「神様」は、時間と歴史の主人であるというキリスト教の思想と文化が世界一般に共有されていると考えることができる。

私は、「明治維新」後の日本が、西欧の文物はすべて受け入れてもキリスト教だけは受け入れなかったことについて、「和魂洋才」の政策とその立場が強固であったからだと説明している。

これを身近な例で確認してみよう。

当時、日本政府は、西欧の「陽暦」を採用して、最初から「旧暦」すなわち「陰暦」自体を排除した。そんな理由で東洋、アジアの多くの地域ではまだ存在している旧暦のお正月、すなわち「旧正」を日本人はあまり知らない。そして、「お盆」は、旧暦七月一五日の「百中」に由来するというから、陽暦八月一五日である。あいにく、その日は日本の敗戦記念日、あるいは終戦記念日でもある。しかし、私はどう考えても韓国の旧暦八月一五日「秋夕」（チュソク）から、あるいは何らかそれとの関連で「お盆」ができたのではないかと思う。

このように、日本は早くから徹底して西欧の陽暦を採用して、伝統的に使っていた旧暦を排除した。日本の近代化において唯一西暦の年号だけは使用されず、天皇の年号をそのまま使用したのである。これは「キリストの誕生」を中心とする西暦紀元の拒否であり、「キリスト教の魂」の代わりに、日本では「時間の主人」は「天皇」であるという意味の徹底である。

このような天皇の年号で表記する年度と欧米から受け入れた陽暦日付の「異常咬合」のような事実が、まさに日本近代の「和魂洋才」政策を最も象徴的に示す実態ではないかと思う。

ところが、そんな「明治時代」から着実に西暦紀元を記録したコミュニティがあった。ほかでもない「キリスト教主義」学校である。これらの「キリスト教主義」学校の昔の資料には、西暦紀元だけを使用しているか、あるいは、日本の天皇の年号と西暦紀元を併記した記録を確認することができる。

最近の日本は、特に外国人には西暦紀元を使用できるという併用制度を採用している。少なくとも私が日本の役所で自分の誕生日を言うとき、まさか「昭和〇〇年生」と言うわけにはいかないだろう。

「海の日」から始まった話がここまで飛躍してしまった。

## 恨みと復讐の問題

東京は連日の猛暑である。湿度の高い所の三四、五度は、乾燥した地域の四〇～五〇度に匹敵する。妻と、冷房がよくきいた近所のショッピングセンターに車を止めて、ゆっくり時間を過ごした。特に買う本を決めることもなく、一階の広い書店で長時間過ごした。この本、その本、あの小説、いろいろ手に取って少しずつ読むのは面白い。特に推理小説で時間を費やしたのだが、やはり事件はどれも「復讐」から出発する。いつも楽しんで見る捜査ドラマの事件も、短くは三年から五年前、長くは二〇年、三〇年前の「恨み、怨恨」からストーリーは展開する。

数日前、同僚の教授たちといろいろ話を交わす中、たまたま話題は、まさにこの「恨み」と「復讐の文化論」になった。ある教授が言った。

「まだソウルの住宅街の真ん中に『光州民主化運動』の加害者が、普通以上のレベルで生活していますよね？」

私たちの話がここまで発展し、「恨みの克服」社会から「ハンプリ[1]」の「宗教論」にまで至ってしまったのは本意ではなかったが、まるで講義でもしているかのようになってしまった。

この機会に、この問題についてじっくり考えてみた。確かに、私たち韓国人は何でもよく忘却してしまう。胸がちぎれるほどの「痛み」も、天と地が逆になるほどの「悔しさ」も、さらに私を殺そうとした「敵」も、よく忘れてしまう。それにはいくつかの理由があるだろうが、韓国人が胸に抱いて消し去る必要があった歴史的な「ハン」は通常、ここにいう「恨み」とは違う。それでも「怨恨」程度なら、いつか状況が変わって、そうと心に決めれば元に戻すことができるレベルのものである。しかし、韓国人が歴史的に、あるいは過酷な社会構造、あるいは絶望的な人間関係の中で、胸中にずっと耐えなければならない「ハン」は、まったくもってどんな方法でも回復できない、取り戻すことができない絶対的次元のものである。これは一見すると、笑い飛ばせば済むように見えるかもしれない。しかし、じっくりと内面を見てみると、鬱積したものをまったく別の次元にまで昇華しなければならないレベルの「次元の変更」をしなければ解決できないものであろう。

これをうまく解決する方法、すなわちどの国の言葉にも翻訳のしようがない言葉が、まさに「ハンプリ」である。民間宗教ではこれを「シャーマン」がよくやるし、最近では様々な宗教の聖職者、特にキリスト教の牧師もよく行っている役割のひとつである。肯定的に見るならば、韓国人は一般的によく忘却して、よく許し、よく考えて、度量が狭くない、確かに良いエネルギーをいっぱい抱いているということになる。時には「仇をうつ」とか「復讐」などの概念を捨て去って、「和解」をする人々であって、比較的高度の「精神文化」を形成しているのかもしれない。このエネルギーを昇華させると、日韓の歴史問題も南北の葛藤と対立も克服する力になるかもしれない。

しかし、場合によっては、まったく何もなかったかのように虚無化してしまうことも多い。時代時代によってどれほど多くの人が悔しい思いをしたか、どれほど多くの人が叫びながら死んでいき、どれほど多くの若者が苦痛の泣き声を叫んだか、どれほど多くの民衆の明るい命が不当な権力の過酷な刃によって犠牲となったか、それはいったい誰の強欲と偽善によって引き起こされたことだったのか、なぜそれを真っ白にして忘却することができているのか。

仮に、まるでそんなことはなかったかのように忘却してしまうことを、「精神文化」の最高段階としてみよう。しかし、いったいどれほどその時代を美化し、賛美することができるのか。独裁者の圧政をまた繰り返してもよいのか、そのような侮蔑や屈辱をまた受けるようなことがあってもよいのか。

これは「ハンプリ」でもなく、「民衆」が生き抜くために固い過去のしこりを解消したわけでもなく、ましてや「キリストの愛敵精神」のような最高度の「愛」でもない。そんなものは、ほんとうの「バカ」か、プライドもない「おとぼけ」にしかすぎないだろう。だから、歴史の愚かさを繰り返すような「忘却」と「許し」は、そう容易にはなすことができない、と私は思う。

1　韓国人の特別な歴史的な恨みの表現としてのハンを乗り越える宗教あるいは文化的なプロセスを意味する。

## 日本ドラマのほとんどは捜査物

日本でテレビドラマを見ていると、ざっと見渡しても七〜八割は、捜査物やミステリー物である。韓国ではずいぶん以前の「捜査班長」シリーズ以降、捜査ドラマは少なくなった。ほとんどは複雑に絡み合う家庭問題や「シンデレラ」の類い、いつも男女関係の恋愛事件、財閥企業の会長あるいはその二世の若い本部長や企画室長が登場する式の、成功ドラマが大勢だ。もちろん、いつのころからか「歴史ドラマ」が人気番組の一つとなったが、それでもその中に「シンデレラ」や男女関係が含まれているから、結局は同じことである。韓国ドラマを批判しようとしているのではない。甘酸っぱく、「ソフト」で、「ロマンチック」という意味で、賞賛しているのである。

このような「韓ド」（韓国ドラマ）が日本とアジアで人気を集めるのも、そのような柔らかさが一役買っているからではないだろうか。一方、日本のドラマに最も頻繁に登場する職業は警察、刑事、捜査官、探偵、その次が弁護士だ。男女を問わず、このような役割を一度こなさなければ俳優とはいえないほどである。

一方、ドラマの中で「殺人」をしたり「殺人」によって殺されたりしたことのない中堅俳優がいないほど、いつも自分が死ぬか誰かを殺すかを繰り返している。そんな「殺人の場面」の最も一般的な「手段」は、やはり「剣」である。韓国ドラマで、このような場面が放映される場合はモザイク処理をしなければならない。しかし日本のドラマではまずそんなことはない。どのように露出して、その場面を描写し、角度を変えて殺人現場を再現するかで、優れたカメラワークの評価が分かれる。

だからといって、日本のドラマを批判しようとしているのでもない。なぜそのような現象が起こるのか、その理由を考えているのだ。日本の小説、映画、ドラマの殺人の話にも「スペクトル」がある。「悪魔的な殺人」、すなわち憎しみと恨み、最高度の復讐をめざすもの、「悪の遊戯」のような「趣味の習慣」程度のもの、いわゆる「サイコパス」の「病理的現象」のようなもの、「感動殺人」の「ロマン」や「涙」さらにはその「美学」までを追求するもの、実にさまざまである。もちろん、このいずれも正しいものとは決して言えない。

日本は「武士」の国だし、その最高の価値は、「武士道」だった。「武士」はいつ相手を殺し、いつ自分が死ぬかもしれない、という存在であり、常にそのような覚悟をしておかなければならなかった。そして、そこには必ず命と同じような「日本刀」があった。立派に「死ぬこと」を教えた日本の「武士道」によれば、「自殺」も感動的な行為とされ、その名分と状況が正当な場合は、「武士道」の集大成と考えられた。

現代日本はもちろん「武士道」の流れとは違う。しかし、「剣」は遠い存在であり、「死」は、比較的身近なものとして考えられている。東京の中心部である青山には、とてつもなく大きい共同墓地が広がっている。私が住んでいる白金台の住宅地の中にも大きな寺があり、その中に広い家族墓地がある。「火葬場」もいつも町の中心にある。死は決して「タブー」ではない。いくら「日韓」が似ているといっても、この点では、まったく異なる。日常の中での伝承と伝統と価値、概念、現象の違いを詳細に比較することなく、日本と韓国は似ているなどと、むやみに結びつけることは間違いのもとである。

韓流歌手と韓国の俳優が人気の日本でテレビを見ていると、日韓大衆文化の類似性を容易には指摘できない。韓国は伝統的に「文」にロマンを感じ、日本は「武」に価値を置いた。現象面では似ていたとしても、本質的には決して同じものではない。

歴史と伝統というものは、そのような形で、個々の私たちの中に生きているのだ、と、特に最近、痛切に感じるのである。相互理解のためにも、このような思考が必要とされるであろう。

## トロット[1]と演歌

私は、音楽と美術はジャンルを問わず好きだが、日本では特に演歌を好む。もちろん韓国でも歌謡曲は好きだ。私と一緒にいつも歌いながら勉強した韓国の大学院の弟子たちは、各自のトロット愛唱曲を一つずつは持っている。

私の大学院「ゼミ」の愛唱曲「春の日はゆく」(一九五三年に発表された韓国のトロット歌謡曲)は、ゼミの主題歌と言ってもよいほどだ。「日韓」の「民衆史」を視野に入れるためには、「トロット」や「演歌」をよく知っていることのほうが、本を数冊読むより有益だろう。歌詞を吟味して、メロディーを感じとれば、時代ごとに民衆の情緒と哀歓が切々と感じられる。もちろん、両国の民謡も重要であり、近現代史の原動力は、やはり流行歌にあるといってもよい。

日本で生活していて、テレビの演歌プログラムを見つけることはもちろん、好きな歌手の歌は仕事の邪魔になっても、見つけては聞いている。JALに乗るときは、イヤホンで演歌チャンネルを探してJALの編集によるその月の演歌を必ず聴く。

すでに故人となった美空ひばりはもちろんのこと、現在最高の人気歌手であり、私の好きな歌手は、藤あや子と、小林幸子、石川さゆり、坂本冬美、都はるみ、伍代夏子、八代亜紀、水森かおり、男の歌手も吉幾三、森進一、北島三郎、千昌夫、五木ひろしなどである。

演歌歌手ではないが、日本のフォーク時代谷村新司、五輪真弓、惜しくも早く死んだ台湾出身のテレサ・テン等の歌も、聴いて歌う。韓国でも若い時代の七〇年代、八〇年代の歌はもちろん、それより以前の時代の歌は、より熱心に楽しむことができる。

歴史の涙、哀歓、「ハン」、愛、やむにやまれぬ生命の痕跡、彼らのロマンや素敵な生き方…。私が興味のある近現代史にとって、これらの歌に歌われた情感や情緒ほど、その時代の民衆に寄り添った史料はほかにないだろう。

韓国では流行歌は低級であるとか、時にはトロットは日本風との批判もあろう。演歌は日本歌謡の本流だからである。しかし、いわゆる「上品なデータ」だけ見ていても、その時代の多くの民衆の生活と信念をどれほど理解することができるだろうか。研究材料として流行歌の歌詞に数行だけ下線を引きながら読んだとしても、いったいどれほど彼らに共感することができるのか。やはり歌は、歌ってみなければならない。

民衆の歴史理解は彼らと一緒に歌うことによってこそ、民衆に対する温情のエートスを実感することができる。だから、私はトロットと演歌を口ずさみながら涙を流すこともある。

日本における史上最高の演歌歌手である美空ひばりの歌「愛燦燦」の歌詞の一節である。

「人生って、不思議なものですね」…。

1　韓国の大衆音楽のジャンルの一つでコモン・タイムを基本にする唱、韓国の民謡、あるいは日本の演歌からの影響があるという歌。

## 「春の日はゆく」

花舞う風のなか、キャンパスに出勤した。いかにもイソップ物語の「アリとキリギリス」のキリギリスのように、歌を歌いながら。今日のような日は、「春の日はゆく」がおすすめだ。

私は一人で運転する時、いつも歌を歌う。運転しながら歌うことはいけないといわれても仕方がない。時々聴くだけのこともあるが、自分で歌う時のほうが多い。横浜キャンパスに出勤の場合は、出退勤に往復二時間近くかかるのだから、歌を歌えば疲れもほぐれ心も清らかになる。歌を歌うと言っても、声の限り完唱するというわけではない。鼻歌やハミング程度である。曲のレパートリーや地域、そしてジャンルはかなり幅広い。

まず、韓国の歌は、童謡から始まってクラシックな韓国歌曲、そして私の気に入りの「時調」[1]を吟唱した後は、庶民の「民謡」にうつる。歌謡曲になると、今日歌ってきた「春の日はゆく」もちろんナム・インスからイ・ミジャ、チョ・ヨンピルへと駆け巡る。時々特別な「フュージョン」の歌まで回った後、チャン・サイクのオリジナルやリメイクに心を奪われる。その後は、私たちの時代の七〇~八〇年代フォーク、デュエットの「四月と五月」と「オニオンス」などが突き刺さって、心が寂しいとキム・ジョンホの悲しい歌に流れる。そしてヤン・ヒウンと「ツインポリオ」、時にはキム・ヒョンシク、キム・グァンソクまで行って、心を再び拭きなおして学生運動時代の「アチムイスル」（朝露）、「そなたのための行進曲」で昔の記憶を再燃させる。まったくできないのは「ラップ」である。少し学んでみようとしても、昔の「コメディアンのソ・ヨウンチュン式のラップ」やよくできればチョ・ヨンピルの「キリマンジャロのヒョウ」レベル以上は出てこない。ミュージシャンの弟子S君にお願いして、「ビートボックス（beat box）」からちょっと学んでみようかと思ったこともある。

一方、賛美歌もよく歌う。「アメイジング・グレイス」、「バラの花の上の露」、「神様が造られた世界」、「主イエスよりも貴重なのはない」、「イエスは私のために」、「あの高いところに向かって」などは、私の賛美歌十八番である。

思い出深い洋楽も歌う。「My Old Kentucky Home」や「Moonlight on the Colorado」、「Carry me back to old Virginny」も歌う。その次は、やはり「オールドポップ」である。John Denver「Take me home、Country road」、そして「Tie A Yellow Ribbon Round The Ole Oak Tree」Tom Jones「Green Green Grass Of Home」、そして私の高校時代のポップスCarpentersの

「Top of the World」または Simon & Garfunkel の「Bridge Over Troubled Water」がある。Elvis Presley の「Love me tender」、不滅のビートルズは「Let it be」、「Yesterday」、「Yellow submarine」もある。。

映画のサウンド・オブ・ミュージックの「エーデルワイス」も常連の一つだ。次はイタリアに来て、「O Sore Mio」、「Torna a Surriento」、「Santa Lucia」を歌って、ドイツの「Largo」に達すると、通常シリーズが終わる。最近では、新たに「You Raise Me Up」、「Over the Rainbow」が加わった。

日本の歌にうつるとまた長くなる。昔の韓国の学生街でなぜか流行した石田あゆみの「ブルー・ライト・ヨコハマ」をはじめ「演歌」、特に吉幾三の「酒よ」、「雪国」、ニック・ニューサの「サチコ」から留学時代の五輪真弓の「恋人よ」、谷村新司の「昴」、「群青」、テレサ・テンの「つぐない」、「時の流れに身をまかせ」、美空ひばりの「愛燦燦」など。

私が今日出勤時に口ずさんだ「春の日はゆく」は、韓国歌謡の中で最も詩的な歌だと思っている。弟子たちとカラオケにでも行けば、ほぼ間違いなく、国民歌謡のようにこの歌を一緒に歌う。

カラオケでは、ベク・ソルフイのバージョンの本格的なものを歌うが、韓国歌謡の専門家である友人の森崎氏が小さなギターで伴奏をしてくれる場合は、最初からチャン・サイクバージョンになる。リズムが自由で、情感がこもっている。

その歌詞をここに紹介する。

「桃色のチマが春風にはたはた
今日もはにかみのあなた
つばめひしょうする村の坂で
花が咲けば一緒に笑って、
花が散れば一緒に泣いて
細やかな誓い、春は過ぎ去る」

桃色の春風が関東地域をおおう今日の風景だ。確かな春の訪れである。

1　シジョウ、韓国の昔のヤンバンたちの短詩で、音曲とリズムをいれて歌う。

## 紅白歌合戦に出場した韓国の女性歌手

私が日本に留学したのは、すでに三十歳を越えた一九八九年であった。最初は言葉も下手で、呆然としていた。当時、日本語の勉強のためにほぼ二四時間オンにしていた日本のテレビによく出演する韓国の女性歌手がいた。桂銀淑（ケイ・ウンスク）だった。彼女はもちろん、日本語でも歌ったが、多くの曲を自国の曲かどうかを問わず、韓国語で歌った。日本の「地上波テレビ」で、たいへん大きな声と自信満々な歌唱力で韓国の歌を歌った。

当時の日韓関係について先入観が強い初心者留学生の私は、ハラハラ、ドキドキ、不思議な気分だった。特に当時の韓国では、日本の大衆文化が完全に遮断されているときだったが、万が一、その時韓国の「地上波テレビ」で日本の歌手であろうが誰であろうが、日本語の歌を公然と歌ったらどうであろうか。韓国では日本語の歌がなく、日本には韓国の歌が流行したら痛快に思うべきところだが、私はむしろ逆であった。韓国のことのほうが気にかかるような気持ちが強かった。韓国が閉鎖的で、日本が開放的なことを、むしろ韓国のほうが恐れてしまって、何かコンプレックスに陥ってしまわないだろうか、と。

そんなときに、韓国の小柄な女性歌手を見たのだ。少しも気を引くことなく、日本で韓国の歌を大声で存分に歌って、日本の聴衆を熱狂させているではないか。有名な紅白歌合戦にも、私の知る限り、八回以上選ばれて、大多数の聴衆を魅了した。当時、少しでも歌に興味がある日本人で「ケイ・ウンスク」を知らなければスパイと言われても不思議ではないくらいだった。

もちろんそれ以前に何人かの韓国の歌手や有名な韓国の歌が日本で流行したことはあるが、「冬のソナタ」の「ヨン様」をはじめ、韓国ドラマ（ハンド）、「Kポップ」、韓国アイドルが日本を本格的に席巻する前に日本での人気が定着した最大の歌手であったに違いない。私が韓国語を教えていたクラスの日本の友人の多くは、韓国の大統領、韓国の外交官の名前は知らなくても、彼女の名前は知っていた。そして彼女のファンでもあった。

私は桂銀淑の歌手人生全体についてはわからない。しかし彼女は、日韓の壁が厚く、しかも日韓の大衆文化がシャットアウトされる以前に、日韓の政治家たち、外交官たち数百人にはできなかったことを成し遂げた。大衆文化における民間次元の草の根的な人と人との交流は、それほど重要なのである。その後、「ヨン様」、「イ・ビョンホン」、「東方神起」、そして「防弾少年団」（BTS）…。さらに最近はまた、「ヒョン・ビン」、「ソン・イェジン」などが人気を博している。

最近のように日韓関係の対立が極度に高まっている中でも、昼間のBSで少なくとも二つのチャンネルは、韓国ドラマを放映していた。たとえば、過去のドラマを再放送している「宮廷女官チャングムの誓い」、「ホジュン宮廷医官への道」、タイトルも知らない家庭ドラマなどなど。もちろん日曜の深夜には正規のチャンネルＮＨＫですら、韓国ドラマの歴史劇を放映することもある。

あらためて当時の桂銀淑、それ以降の「桂銀淑たち」に感謝の気持ちでいっぱいだ。韓国に戻った彼女が、今はどうしているのか知らない。しかし、そのときその時代の日本の「桂銀淑」は、私には日本統治時代の朝鮮独立闘士あるいは、２・８東京留学生の独立宣言の先輩のように見えたのである。

## 皮千得の「縁」を再読

韓国で私の世代は、一般的に皮千得（ピ・チョンドク、一九一〇―二〇〇七、韓国の英文学者、エッセイスト）のエッセイを学んで育ったものだ。私たちの後輩たちにもかなり長く続いた伝統であろうと考えている。「エッセイは青磁硯滴である」のような文章などが収められている先生の傑作エッセイ「縁」[1]に登場する「アサコ、朝子」、「聖心女学院」そして別のエッセイに出てくる作家の娘の名前「ソヨン」が、私たち世代の文学的ノスタルジアのシンボルだと言っても過言ではない。

たまに韓国の友人に、私のいま住んでいる家と、私が勤務している大学のキャンパスが東京のどのあたりなのかと尋ねられる。そんなときに最もわかりやすく最もロマンチックに答える方法が一つある。皮千得の「縁」に出てくる朝子の家と彼女が通った誠心女学院（現在聖心女子大学）のすぐ近くで、「皮千得と朝子」が散歩した路地のあたりなんだ、と答えるという方法である。

いくつかの回想と記憶を連想させるには、昔から心のなかに根強く残っている情緒的な思い出を連想させることが、どんな合理的な説明や理解よりも効果がある。その意味で、皮千得のエッセイは、私の世代の文学的想像力の原型であり、深いエモーショナルな香りが立ち込めている。

実際に我が家と大学が面している目黒通りを渡って、閑静な住宅街を歩いて散歩すると、皮千得のエッセイに登場するＭ先生の家のあたりを通る。もう少し先に行くとカトリック聖心女学院のキャンパスに行き着く。私は学会で何回か訪問したことがあるだけだが、聖心女学院には情緒があふれている。同じ学会のメンバーである聖心女子大学の女性教授に、韓国ではあなたが所属する大学は、朝子の学校で有名だと告げると不思議そうだった。

韓国で長年女子高の国語教師として皮千得のエッセイを高校生たちに教えていた妻は、私が二〇〇八年に一年招聘教授としてこの地に来て、現在の家（明治学院ゲストハウス、国際会館、数年前からは近くのマンションに引っ越しているが、やはり同じ町である）に住んでいたとき、朝子の足跡をたどって聖心女学院キャンパスまで歩き、しばらく朝子の話をしたことがある。

韓国人たちには、京都の同志社大学と東京の立教大学は尹東柱（ユン・ドンジュ、韓国の詩人）、現在私が在職している明治学院大学は李光洙（イ・ガンス、韓国の小説家）と金東仁（キム・ドンイン、韓国の小説家）、朱耀翰（ジュ・ヨハン、韓国の詩人）の学校なのだと、歴史的側面から説明するのが最もわかりやすく、強い印象を与えるかもしれない。

こんなことを考えていると、静かな研究室で、今一度、皮千得の「縁」を無性に読んでみたくなってきた。

1 作家の経験をそのまま書いたエッセイ、東京の白金の三浦先生のお宅で世話になった時に出会った先生の令嬢朝子との出会い、その後二回の東京訪問での朝子との再会について、その愛となごりなどを文学的な感性で書いたエッセイ。

## 「応答せよ、一九九四」と「八重の桜」

韓国では一時「応答せよ、一九九四」[1]というドラマが脚光を浴びた。あちこちで高い評価を得て、多くの人々の涙と笑いを誘った。特にドラマに関心があるわけではないが、そういうものが韓国で放映された場合、私もきっと見ているに違いない。何よりも我々の思い出を刺激し、穏やかな回想と、はかない歳月を振り返らせる話は、私たちを泣かせるし、笑わせもする。

一九九四年といえば、私は日本で勉強を終えたあと帰国して、大学の教壇にはじめて立ったころである。ソウルのメソジスト神学大学で（私の声は今も大きいほうだが、その時は今の倍ほど大きかった）、非常勤講師の身分なのに、歴史を専攻する大学院生たちとすぐに小さな学会を組織して、時間が経つのも忘れて白熱した議論をした。セミナー室はもちろん、正門前の喫茶店、弟子たちの新居、そしてカラオケの部屋でも、勉強もして歌も歌った。私は、メソジスト神学大学の大学院の弟子たちからキム・グァンソク（一九六四―一九九六、韓国の歌手）を学んだ。

大学の教員になったばかりの初々しい気持ちで、胸が熱かった二五余年前の状況が水蒸気のように、頭の中、そして胸の中に立ち込める。「三豊百貨店」[2]が崩れ、「聖水大橋」[3]も崩壊した。そして、この国はその数年後、一九九七年から無能政府がもたらした混迷の中で、ＩＭＦの救済金融時代というひどい暗黒のトンネルに入ったのである。

日本で私は、かつて日曜日の夜八時から始まる大河ドラマ「八重の桜」を見ていた。一〇〇余年前の歴史物語である。母校でもある同志社大学の創設者新島襄の妻八重の生涯を描いたドラマである。この番組が企画されたのは、東日本大震災の被害を受けた福島原発の周辺地域、すなわち旧会津出身の八重を記念する大河ドラマとして、この地域の人々を励ましを与えようとする意図があったという。

しかし、むしろ夫の新島襄とともに京都の同志社大学と同志社女子大学設立の歴史を詳細に伝える近代教育の話、京都の話が主になった。主人公の役を演じた女優の綾瀬はるかは、元々かなり知られている俳優だが、この役をこなした後、多くの広告に出演するほど超有名になった。

思い出や回想というものは、私たちの感性をどれほど刺激するものなのだろうか、いま一度考えてみよう。個人の回顧だけでは限界があり、歴史的な記録によって想起される回想もある。過去の記憶や歴史の刺激は、よくあるような嬉しさと懐かしさだけではない。むしろ、そこに隠れている痛み、または痛みをともなう悔恨が時の流れに乗って霧のように立ち込めることもある。しかしそれでも、歴史の悔恨というものは、現在から振り返ってみると、今一度思い起こすべき原点のようなものだ。

陳腐な考えかもしれないが、記憶に残っている昔のことというものは、痛みであっても、時が経てば仄かな香りと残影だけとなり、私たちを癒してくれるものだと信じている。胸が傷んだ昔の愛の記憶が、いまなお痛みのまま残っているようなことはほとんどないからだ。

一九九四年、そのような残影の中から、私よりもずっと若い主役たちのことが思い出される。今中堅になって仕事の中核を担っている者たち、私の最初の弟子たちはそのころ熱血青年だった。その時の熱い愛を決して忘れないでほしい。人のために、正義のために、歴史に対して命をかける情熱を、今も未来もそのまま持ち続けてくれることを願っている。

韓国はたった二五年前の話でも熱くなるが、日本はいつも静かだ。一〇〇年もはるかに前の話で、福島の人々を癒そうとする。いつも考えていることだが、人による傷は人によってしか癒されることができない。歴史の中で間違ったことは、歴史によって正されなければならない。


荒野のような十一月の最後の週末、こんなことに思いをめぐらしてしまった。

１　二〇一三年十月一八日から一二月二八日まで韓国のＴＶＮチャンネルで放映したドラマ、一九九四年を背景に、ソウルの代表的な学生街である新村の下宿での地方出身の延世大学の若い学生たちの生活がストーリーでたいへん人気があった番組。
２　サンプン百貨店、一九八九年ソウルの江南に開場したデパートだが、建物の不実施工のため一九九五年六月二九日に崩壊、五〇二名が死亡、九三七名の負傷、六名行方不明の大事故があった。

3 ソンスデキョウ、一九七九年竣工したソウルのハンカンの橋だが、やはり不実施工が原因で一九九四年一〇月二一日崩壊された。三二名死亡、一七名が負傷した、一九九七年七月新聖水大橋を完工。

## 日本の大衆文化「落語」

昨夜、白金キャンパスで「李光洙勉強会」[1]があった。開校一五〇周年記念国際シンポジウム「李光洙は誰か?」を準備する過程で、その「実行委員会」のステップとして、まず彼について勉強していこうという趣旨であった。

韓国文学専攻で日本では李光洙に最も詳しい波田野節子新潟県立大学教授を講師に迎えた。彼女は「李光洙研究について」というタイトルで発表されたが、その緻密さと広汎な内容に驚くしかなかった。私としては、秋の国際シンポジウムの実行責任者を引き受けて、論文も発表しなければならない立場で、それなりに有意義な勉強になった。波田野教授や何人かの同僚と一緒に行った懇親会でも、李光洙についてはもちろん、韓国と日本の文学芸術領域の違いや比較文化論にまで話題が広がった。

そして今日から、明治学院大学一五〇周年記念祭が始まった。夕方に大学同窓会主催、大学の「落語」研究会協力による「落語会」に招待されたので行ってきた。これまでテレビやラジオなどで落語を聞いたことはあるが、直接公演に行って生の落語を聴くのは私も妻も初めてだ。何よりも早い「テンポ」の風刺、滑稽、ユーモアという深い三重の「ニュアンス」を持った日本語をどのように理解することができるのかがポイントだった。

明治学院大学は、落語の世界では伝統ある大学で最高レベルの人気「落語家」を多く世に出しているそうだ。今日も日本の現役を代表する落語家たちが大勢参加した大規模な落語会であった。しかし、残念ながら話についていくのは容易ではなかった。文化伝承が溶け込んでいて、人生の深い奥底から染み出る滑稽さと比喩とメタファー、また通常会話の数倍の速度で高くなったり低くなったり、強くなったり弱くなったりする。とにかくそのような次元の外国語を正しく追っていくのは、きわめて難しいことだ。

また、適切な局面で聴衆と一緒に笑いを飛ばさなければならない。「笑うタイミング」をとることは、決して容易なことではなかった。結局、一緒に参加した同僚教授の反応を横目で見ながら、それに合わせて笑うしかなかった。この時、外国人が、韓国の「パンソリ」[2]や「唱」[3]、「タルチュム」[4]の公演などで、「オルス、チョウタ」[5]のような「チュイムセ」を入れるタイミングを正しくとるのがどんなに難しいことなのかよく分かった。それでも、落語会のおおよその雰囲気を体験することはできたし、感動的な共感も一部体験することができたので、たいへん良い機会になった。

文化伝承と形式が異なる人々の間では、その情緒や感情に共感できるかという点では、まず悲しい気持ちは感情移入がより容易にできると考えられる。世界のさまざまな異なる文化の人々の間に立ってどのような芸術分野や媒体であっても、悲しみと涙を分かち合うことは、基本的な共感をより得やすいのではないかと思う。つまり、どんな文化ジャンルや物語であれ、哀切と痛み、そして涙を共にするのは、より容易であるということだ。しかし、逆に「笑い」を共にすることは、悲しみよりはるかに難しい。おそらく、涙は最も基本的で低い段階の共感レベルで可能だが、笑いの場合は、はるかに多くの複雑な過程があるからだろう。

もちろん原始的な刺激に対する低次元の笑いもあるにはある。しかしこの笑いは、どの文化でも区別なく、民衆化、基層化されるとき、より大きな「パラドックス」となる。そんな「パラドックス」とその表現の二重性を把握するためには、本音の生活での共通経験、共通の記憶が必要である。言語というものは、やはり母語との細かいニュアンスや「イントネーション」の洗練された相違も身につけなければならないだろう。

私の経験からも、複数の人が共にする「共通の笑い」は、はるかに高い次元の共感である。そして、庶民と民衆の生活の中から生じる笑いは、より次元が高い。「落語」は日本の伝統文化の重要な分岐点であるのが明らかであり、今でも多くの日本の大衆の哀歓が入り乱れて、笑いの「パラドックス」と「カタルシス」の中心にあるようだ。日本の広汎な層が長らく継承して楽しみとしてきた伝統文化様式のひとつを体験してみたわけである。日本の文化の中で、その根強い継承性のためにうらやましく思う形式の一つが「落語」だ。その他にも「歌舞伎」や「相撲」などもある。長い歴史の中でずっと継続して大衆に親しまれてきた独自の文化は、多ければ多いほど望ましいといえるだろう。

1 明治学院出身の韓国の小説家。
2 韓国の伝統的な歌芝居。
3 チャン、韓国の伝統歌。
4 韓国伝統の民衆の仮面踊。
5 チュイムセというが、共にブラボーの意味で、韓国の伝統公演での観客席の反応の言葉。

## 固有名詞の表現の違い

最近なぜか、ずっと続けてきた論文調の文章の執筆が嫌になることがある。もちろん必要なときには書くのだが、何か硬直した圧迫感を感じる。論文は、文章を論理的に展開させて、自分が考えている結論に導こうとする意図が色濃く反映する。論文で使用される語彙に言葉の余韻や陰影が立ちこめてしっとりとした味がないから、そのように感じるのかもしれない。

先ほどフェイスブックの友だちで韓国では同じ大学の同僚でもあったK教授の投稿を読んだ。講演先で出会った大先輩教授で教育学の重鎮L教授だが、私にも同じ大学に大先輩として知っている方だ。おそらくK教授とは、故郷の京畿道（キョンギド）楊州（ヤンジュ）の田舎の小学校の先輩と後輩の関係のようだ。二人が久しぶりに会って講演の時間を待っている間に交わした話の内容である。その話の中から、必要な部分だけ抜き出そう。

京畿道楊州の白石（ベクソク）小学校周辺の村などの地名である。「ゴヌンマル」、「ウィッガリビ」、「トクゴル」、「ソサゴゲ」、「ヌルミゴゲ」…　ああ、何と暖かいし、気持ちが良くなる地名なのか。私も長くはないが、子どものころに経験した田舎の生活の中で記憶に残る村名など地名が頭の中をよぎる。「アンゴル」、「チャンダリ」、「ノッジョクダリゴル」、「キシンバウィ」、「トキバウィ」…。ソウルも少なくない。誰もが知っている「モレネ」、「ガゼウル」は基本である。「汝矣島」（ヨイド）はもともと「インワソム」であり、現在私の自宅がある「ホバクゴル」（カボチャの村の意味）、「フォーバント」、近所の「セジョル」などなど…数え上げればきりがない。

その他にも、有名な京畿道の「ヅムルモリ」（二つの川が一つになる場所の意味）など…。おそらく徹夜しても数え上げられないほど、たくさんあるだろう。最近は、このような古い地名をよみがえらせる努力もあるにはあるのだが、とにかく私はかつての地名を惜しむ心が変わらない。日本で日本語を使っていて羨ましいのは、同じ漢字文化圏でありながら、韓国とは異なり、最後まで漢字の訓と発音、表現する意味と音をそのまま生かして使用するという点である。習得する過程では、乗り越えなければならない難しい壁はあるとしても、日本の言葉、特に固有名詞には、昔そのままの香りを引き出すパワーがある。

近所の地名を例にとってみよう。我が家の最寄り駅は「目黒」だが、それはその意味のまま「黒い瞳」と発音して、もとの意味も保存されている。私の自宅の正式住所は「上大崎」だが、ニュアンスは「上の大きい峠」である。私の大学は「白金台」で、「ホワイトゴールドの丘」である。そして近くに「大井町」つまり「大きな井戸の村」があり、講義に通っていた立教大学は、「池袋」つまり「池の袋の町」である。よく所用で訪れる早稲田大学は「高田馬場」、つまり「高いところの厩舎の村」にある。もともとの意味がそのまま保存されて残っているわけである。漢字で表記しているにもかかわらず、昔の日本語のまま読むと、その意味が生き生きとよみがえってくるのだ。

このような地名を例にして韓国語と日本語の漢字使用の違いを比較してみよう。たとえば、韓国に「大田広域市」があるが、「ハンバッ」という昔の韓国語の意味を表現する言葉は忘れ去られてしまった。大田に「ハンバッ中学校」という学校名が残っている程度だろうか。東京二三区の中には「大田区」がある。漢字は韓国の「大田」と同じである。

ところが、その発音が「大きな畑」、韓国の昔の言葉にすると「ハンバッ」と今でも発音していて、ただの漢字の発音すなわち韓国での発音の「デジョン」という漢字発音ではないということだ。つまり、日本語では、漢字の発音だけを借りて使う言葉も多い。人名、地名などの固有名詞は、音ではなく、ほぼ意味で読むシステムなのである。こうした形で伝統的な元来の日本語、昔のきれいな言葉を守ってきたのがうらやましい。韓国語もそのようになっていたら、古めかしい美しい地名、名前を今も守っていただろうというのが個人的意見だ。しかし、韓国には「ハングル」という素晴らしいものがあるではないか。韓国の古い地名をハングルで、昔ながらの名前で呼ぶ運動をしてほしいものだ。今日K教授が昔の故郷の村の地名を、「ゴヌンマル」、「ウィッガリビ」、「トクゴル」、「ソサゴゲ」、「ヌルミゴゲ」と書かれていたように。

このような古い地名、固有名詞は、文学的情感と想像力を豊かにする。ソウルの自宅がある町は、そして東京の自宅は、「ホバクゴル」である。「洗剣亭」に近い町で「西大門区弘恩洞」ではなく、「上の大きい峠」にあるのだと思うと、実に楽しくなってくる。「白金の丘」と「黒い瞳」そして

## 韓国と日本の家族主義、「仲間意識」

韓国人の場合、幸せかどうかを決める重要な基準の一つは、家族との絆や親密度である。他人を眺めるときも、そのひとの家族との関係が穏やかであるとすぐに、幸せな人だという判断をする。家族の範囲をどう考えるかによっても異なるが、まず、親と未成年の子どもで構成されている第一次核家族から始まって、さらにその範囲を広げることができる。ところが韓国人は、実際の家族だけでなく友人、同窓生、地域社会の知り合いの人、職場でも先輩・後輩を兄、弟、妹として家族化してしまう文化に慣れている。私もそのような文化の真ん中に生きているから「兄弟のような先輩・後輩」、「血を分けた兄弟のような友人」、「子のような弟子」等の表現を使う。これは確かに家族主義の価値観に基づくものである。

家族主義は悪いことではない。暖かく、情にあふれている。そのような文化の肯定的な側面は、いくつかある。これらの関係がうまく機能している場合は、誰かが試練にさらされても、比較的容易に克服することができる。誰かに不幸なことが生じたら、自分のことのように思って一緒にその重荷を分かち合うことができるからである。そして嬉しいことが生じたときは、やはり一緒に喜んで喜びを数倍に増幅させることができる。しかし、残念ながら、そこには、逆の側面もある。家族主義の否定的側面は、家族のあいだに何か距離が生じた場合、過度に失望し、絶望してしまうということだ。おまえは私との関係があるのにそんなことをするのか、と。家族の問題で、親が、子どもが、兄弟が、血縁が、実際以上の喪失感、剥奪感を経験することになる。

だから、家族という言葉は、温かいながらも、時には重く邪魔になることもあろう。しかし、私の年齢になると、過去の世代に近くて、家族主義の価値と文化から簡単に抜け出すことができないのも事実である。実際の家族にこだわるのはもちろんのこと、無意識にすべての人間関係を家族主義文化の中で考えようとする。冷静かつ合理的に考えようとしても、長らく続いている人間関係を家族文化の枠内でしか考えていない自分にふと気づくことが多い。

先に述べた通り、長い関係の先輩を「兄」と呼んで、後輩は「弟」や「妹」で、弟子たちはどうしても「子ども」のように考えてしまう。

初めて日本で生活を始めたとき、この点が、現実に難しいところであった。長年親密な友情を持っている先輩の呼称から後輩の呼び方まで私の思うようにはならなかったので、彼らに韓国式の呼び方を教えた。だから今私には、韓国語で「兄」、「弟」と呼ぶ日本人の先輩と後輩の友人が多数いる。彼らのほとんどは、私の流儀を理解してくれて、そのような呼称や情感に違和感がないようだ。

日本も元来は家族主義が中心であった。韓国よりもさらにその傾向が強かったかもしれない。

近代以降、すなわち明治維新以後の「近代天皇制イデオロギー」を根幹にした中央集権的統一国家だからである。「家族国家論」で国民統合を成し遂げようとした政策を強行した結果だった。天皇はやさしい親であり、日本の臣民は、彼の「子ども、赤ちゃん」という概念を打ち立てた。だから日本国民には、天皇を父に持つ兄弟姉妹という認識が否応なく普及した。これはファシズム末期、植民統治下の朝鮮半島にも強要されたイデオロギーであった。

敗戦後の日本では、戦前のいくつかの概念が崩れて変化した。この「家族国家論」、「家族主義」という概念も急激に衰退したと思われる。経済的に発展して豊かになればなるほど、日本の長い伝統であった家族の絆、親密感は急激に消え去った。そして現在、周辺をみても、家族の解体はまるで急流のごとく加速している。

一年に数回は会っていた家族間の絆が完全に薄まって、数年間あるいは十年以上も会わないか、親や子や兄弟姉妹の安否すら知らない場合すら多い。このような現象は文化の一面なのか、大学でも、中高でも、「父兄」という昔の言葉は消え去った。代わりに最近は「保証人」という言葉を使う。血縁や家族が彼を保証する、つまり誰にせよ、法的に社会的責任をとりさえすれば、つまり保証の責任だけ負えばこと足りるという意味であろう。もちろん、そこには生まれたときから血縁による家族の世話を受けることができなかった人のためという意味もあるので、認識を新たにする必要があるかもしれない。

さて、今現在の日本社会では、家族主義に代わる社会的紐帯は「同僚意識」であるようだ。日本語で「仲間意識」とでもいうような職場、仕事や、同じ趣味や関心の傾向と目標を持つ人との間の深い親密感のある関係である。人間関係で日本文化が抱いている幸福や満足、カタルシスの源泉は、家族主義というよりは、今は「仲間意識」ではないかというのが私の個人的な見方である。

もちろん私もこのような「仲間意識」をよく知っているし、時には自分もそのような意識で言動することがある。しかし、私や妻にとって、幸せかどうかの一番の尺度は家族である。私はともかく、妻にとって最大の不幸は、娘たちは九州と韓国、そして我々は東京、と、それぞれ離れているという事実である。毎日カカオトークやラインに画像をのせ、音声通話をして安否を確認して日々を過ごすということになる。

最近、長女と孫が外出した時に撮った写真と次女の竹林の写真を一針一針刺繍した（最近それを私は再び絵に描いた）ものを送ってくれた。こういうことは、小さなことかもしれないが、私たち東京で生活している者にとっては大切なことである。そこには、幸福と不安が同居している。

今の大多数の日本人の文化とは、少し違うのかもしれない。

## 日本の地域感情

十月の最終日、外は雨が降っている。こんな日は、憂鬱になろうと思えばいくらでも憂鬱になれる。落葉も始まり、朝から秋雨はなかなかやまない。こういう日は、何かほかのことに思考をめぐらせて、時間が経つのを待つしかない。

日本では、自分の出身地つまり故郷のことを、「国」と呼ぶ。休暇に故郷に帰ることを「国に帰る」と言う。これは日本の歴史を察すれば、すぐにその理由を知ることができる。統一国家はごく最近のことであり、すべての地域で「藩主」が治める事実上の分権国家であった時代がどれほど長く続いたかという歴史と深く関連している。

日本でもっとも実感する地域差は、関東と関西で「人々の性情（人柄）」、たとえば、食品、服装のスタイル、お互いの間の誇りとプライド、潜在的なライバル意識など、容易に察することができる。そうは言っても、その地域差が大きな葛藤になるということはなく、善意に満ちた競争をしているのだ、ということがすぐにわかる。ここで、福岡の博多に代表される九州の地域性、四国地方そして東北地方などに固有の地域性など、大きく分けてみると、地域ごとの特徴、それぞれの文化は実に多様である。その違いを強調することは、時には否定的な差別や卑下の感情に通じる場合もあるが、地域の問題が社会的課題になるほど、全体としては大きな問題ではないとみえる。むしろその過程で、逆に調和というか、地域間のハーモニーすら感じることができる。しかし、その中には、いまなお脈々と流れる近代以降の深い溝が一つある。

日本の近代史のスタートを概観すると、いわゆる「尊王派」と「幕府派」の対立と戦争が最初にあらわれるが、これは地域縁故に関連している。天皇の親政を目指し幕府と対立した勢力の中心は、いわゆる「長州」（今の山口県を中心にした本州西部地域）と「薩摩」（今の鹿児島県を中心にした九州南部地域）勢力の連合である。

このふたつの地域は、もともと犬猿の仲だったが、幕末は共通の目標のために連帯した。そしてこれらに対抗、最後まで幕府を支持し、「将軍」を中心とした従来システムを死守しようとした勢力は、「会津」であった。

彼らの間の戦争は激しく、最終的には「長州」を先頭にした「尊王派」が勝利した。幕府を支持した「会津」はすさまじい敗北を味わわなければならなかった。このような歴史の痕跡なのか、福島と東北地域出身の人たちに会ってみると、「長州」地域、特に山口地域の人々をはばかるという雰囲気があるし、そのためかどうかは分からないが、婚姻関係も結ぶのは容易ではないという話も聞いた。

ところが、一つ付け加えるならば、韓国侵略の主要人物は、そのほとんどが「尊王派」の中心地である山口県出身だという事実である。朝鮮初代統監の伊藤博文、初代総督の寺内正毅、第二代総督の長谷川好道等がすべて山口県つまり「長州藩」出身である。これらの地域の出身者が、今も日本の政治人脈の重要な軸となっている。前総理の安部晋三もやはり山口出身で、彼の祖父が、アジア太平洋戦争の戦犯で総理を務めた岸信介である。彼は日本軍出身の韓国の独裁者であった朴正熙（バク・ジョンヒ）に通じる人脈をもつ。

「長州」すなわち山口県には嫌韓の人が多く、「会津」地域出身者は韓国人に対して常に深い共感、共有の「エートス」を持っているという話をしばらく前に聞いたことがある。どうしても心情的にそうなるのだと言っていた。しかし、最近、私はそのように歴史のしがらみをひきずって、そこにこだわるのはよくないと思った。すでに韓国の現代史は、「既得権親日派」の独壇場になってしまったことを忘れてはならない。彼らの先祖は日本の朝鮮侵略の協力者であり追従者だった。そうした歴史を克服していない韓国が反日や抗日を主張することは、いかに説得力がないかということがわかるだろう。

憂鬱な気持ちに満ちた十月の最終日、いつもとは違う思考をめぐらしてしまった。

## 韓国と日本、変化の差

私は一九八九年秋から一九九二年春まで日本に留学して京都で勉強した。家族は皆ソウルに残して単身で京都に留学し、小さな車を運転していた。当時、本と資料との格闘はもちろん重要だったが、何よりもまず日本語を学ぶ必要があった。私にとっては距離のある日本文化を少しでもより理解して、ひとりでも多くの日本人と知り合って、何か日韓の共通分母を見つけなければならないという精神的課題があった。そんなことから、セミナーや授業時間、発表準備、宿題をする時間、すなわち机に向かっている時間を除いては、ほとんど外に出てあちらこちら回り尽くしたのである。

日本の古都であり、当時は私の根拠地であった京都のあちこち狭い路地裏まで、近くの関西地域である大阪や神戸周辺、さらには、日本列島のほぼ全部を網羅するほど、多くの地域を旅した。そのためか、目を閉じて回想すると、今でも特に京都の道は鮮明に浮かび上がる。

その後、二十年の月日が過ぎた二〇〇八年、現在所属している大学の招聘教授として東京に滞在中、夏休みにわざわざ車を運転して数日間、東京から名古屋近くの「明治村」、「犬山」を垣間見て、京都、大阪、神戸まで旅をしたことがある。もちろん帰りは浜松で温泉に入り夜を過ごした。京都は二十年前とまったく変わっていなかった。私が二十年前に運転してよく通っていた道も、ほぼそのままのかたちで残っていて、近所の景色もまるで変わっていなかったので、運転感覚もほとんど相違はなかった。

もちろん、京都のような歴史都市は、「変わらないもの」に全面的価値を置いている点を考慮する必要がある。しかし、私の感想としては、総じて日本のあちらこちらの街々は、少なくとも「昭和」、「大正」、「明治」の時代に完全に戻ってしまう。ああ、ここにあの「うどん屋」があったはずだと思えば、そこにはそのままその「うどん屋」が今もちゃんと存在している。なくなってはいないのだ。

もちろん、経営者は代替わりして、その子どもたちがそれを受け継いだ場合もあるだろう。それでも、大部分は昔の香りをそのまま残していて、かつての雰囲気は失われることなく色あせることもない。世界一の喧騒都市東京ですら、その原則は守られているように思う。特別な場合を除いては、その時その時代の記憶を探る旅人の憂愁の念をほとんど満たしてくれるのである。

これに対して、私の故国韓国の景色は全く違う。旅が大好きな私は、韓国でもほとんどの地域を訪れている。細かいところは別として、一度も行ったことがない地域はほとんどないと言ってもよい。しかし、数年経ってから二回目に訪れた場合、あまりの変化に戸惑ってしまう。街だけでなく、山や川も人々も、昔のままの光景はもうない。かなりの速度で変化しているのだ。

日本とは対照的に、特別な場合を除いて、韓国で昔の姿のままの店を見つけるのはとても困難だ。韓国では、五年もたてば、もう遠い昔のことになってしまう。もちろんどちらが良いとか悪いとかいう問題ではない。ただ、日韓の間では、それほど時空間上の特徴の相違を感じるということだ。なぜそうなったかは、歴史的にあるいは社会経済的に理由を複数考えることができる。

しかし、私はこれに加えて、まったく別の事情があると思っている。韓国の場合、「新しいもの」への志向が、他のすべての価値を圧倒するほど大きい場合が多い。「昔のこと」には、ある傷痕がその中に染みわたっているからである。

それとは逆に、（あくまで韓国と比較してという相対的な意味ではあるが）、日本では「古いもの」の価値がはるかに高い。「昔のこと」が決して傷痕ではなく、個人にとっても社会にとっても郷愁で満ちあふれているのだということがわかる。

私は「昔のこと」もいいし、「新しいもの」もいい。だから今、韓国と日本を行ったり来たりする運命なのかもしれない。とりわけ「人生の寂しさ」を実感するときは「昔のこと」が懐かしい、「昔ながらの喫茶店」も「昔ながらの初恋」も…。そんなことを考える時は、遠い昔の風情をそのまま残した日本の裏通りがよく似合う。

## 私は日本の「全国区」

私は、日本の「全国区」である。韓国出身の私は、留学で関西の京都にきた。そして、留学中は毎週、神戸に往復して神戸学生青年センターの「親韓派」グループに韓国語（朝鮮語）を教えていた。同じ神戸の須磨にある青丘文庫の学術集会にも毎月通った。そして、友だちに会ったり韓国料理を食べたりするときは、京都と神戸の中間にある大阪によく出かけた。こうして振り返ると、留学時代の私は「関西人」であった。そして、ずっと図書館にこもったり、机に向かって勉強だけをしたりという生活ではなく、日本の友人たちと、あちこちと日本全国をまわった。旅人としていろいろな土地を訪れることこそが勉強であると考えていたからだ。そんなことから、当時あれやこれやと理由をつけては、九州、四国、中国、関東、そして東海（日本海）、東北、…と、日本列島の津々浦々を訪ねた。たとえ遠方であっても躊躇なく旅をした。そして、遠近問わず、旅には自分の車、あるいは列車も利用した。

そんなわけで、昔は関西を拠点にしていたのだが、現在の私の研究教育活動の中心は東京つまり関東エリアである。そして、長女と義理の息子の実家、そして彼らと孫が暮らしているところは福岡である。

こんな状況だから、私は「全国区」ではないかと思う。日本への留学経験者がその後の活動の拠点を決めるときに、関東に留学した人は関東、関西に留学した人は関西で決めることが多い。そのような意味で、私の場合は例外的である。日本も急速な産業化による都市集中現象と、強烈な教育熱で各地域の国公立大学と私立大学が集中する中核都市への人口移動が急増した。とにかく「エトランゼ」が多く生まれたことは確かである。

しかし、そのような社会構造の中でも、韓国の状況と比べるとまだまだ出身県から離れて暮らしたことのない日本人の割合は驚くほど高い。そのような事情からか、日本では各地域間の相違も大きく、それぞれ独自の特色がよく継承されている社会であると思う。

日本は、一都（東京都）一道（北海道）二府（京都、大阪）四三県からなる。日本を地方自治体別に見ると、それぞれに独特の文化、独自の特色、地域住民の性格がある。ユニークな地元独特の料理や特産物をはじめとして、そこにしかないものがきっちりと継承されていることは、不思議なほどである。日本人は、ふつう、自分の出身地を明らかにすることが好きだ。ここには、目に見えない闘争心や差別がある場合もあるが、まずはお互い、よい意味での競争になる。

その中で代表的なものは、関東と関西の競争ないし牽制関係である。これは、政治、経済、社会、文化、学術、各方面で存在する。そして、その関係は、そのまま日本の歴史を表現している。古都京都と新都東京、つまり古くからの統一政権の根拠地であった関西と、江戸幕府という新しいヘゲモニー中心の関東との間の根深い関係である。

近代化の過程では、九州の薩摩（現在の鹿児島県）と長州（今の山口県）勢力が連合して京都の天皇を擁護、江戸の幕府勢力と対決して勝利した。まるで占領軍のように首都を京都から東京に移動したのである。これには、大きな歴史的葛藤と対決があるはずだ。私が見る限り、関西は活発で、関東はおとなしい。関西は個性的で、関東は標準的である。

その傾向を思想や学問的な面でいうと、関西は自由進歩的な傾向があるのに対して、関東は厳格で保守的な傾向がある。一方、キリスト教の神学的な雰囲気でみると、関西はリベラルリストが多く、関東は保守派が多い。これは良い悪いという問題ではないし、一律的にそうだというわけでもない。それぞれの特徴であり、みんながみんなそうだというのではなく、あくまでこのような傾向が強いというにすぎない。

その理由は、昔の「エリート」はとにかく自由になりたいと願い、新しい「エリート」は伝統を守ろうとしたことにあるのではないだろうか。幕府時代を見れば、失脚した「サムライ」たちが自由な「草莽の志士」となり、政権を握った「サムライ」は、新しい伝統を作ることに精を出した。

日本の友人や先輩・後輩は、私のことを関西的気質だということがある。しかし、最近は「関東人」になってしまったのではないかと悩むこともある。もちろん、私は「韓国の自由主義者」(?)であるが、日本で最初の拠点であった京都の自由思想と神戸の軽快な社交性になじんでいる。両方を知っているので、学会や特定の会議で、関西と関東とをつなげる役割を担うこともあるくらいだ。

日本の各地域の人々は、それぞれ自分の地域に高いプライドを持っている。ときどき私は、韓国の地域対立を、それに重ねて考えてみることがある。それは、決して良い意味での競争とはいえないと感じている。しかも、南北分断状況を続けながらも、南の中ですらその痕跡が傷のように残っていることが気がかりだ。特に選挙の時は、地域感情が露骨にあらわれる。まだまだ昔の「百済」「新羅」「高句麗」が、そのまま残っている状況に胸が痛むことも多い。

お互いの違いを尊重し、それを「文化的プライド」と考えて、それぞれの誇りとして受容し合う関係、そして、良い意味での緩やかな「ライバル・エネルギー」に昇華することができれば、といつも思う。

## 「コロナ・パンデミック」と在外国民投票

今日のお昼ころ、東京都港区南麻布にある「大韓民国大使館東京総領事部」に設けられた在外同胞投票所に行って、韓国の国会議員選挙の選挙区投票と政党投票を終えてきた。故国の友人たちと比べてかなり早く投票ができたわけである。

同じ海外同胞としては、コロナの厳しい状況で投票所運営が難しかったり、外出禁止などの理由で投票ができなかったりするヨーロッパやアメリカの同胞の状況を思うと、その方たちには申し訳ないと思うほどである。故国の投票日より、二週以上も先に投票を終えて、以下のようなことを考えた。

現在、世界は名実共に「コロナ革命」の時代を経験している。これは、単に、恐ろしい伝染病で多くの人々が危険にさらされ、命を失う人も多いという次元だけではない。そんな次元をはるかに超えて、近代以降人類が目標としてきた現代文明の危機を目の当たりにしているといえる。物質中心の科学文明や資本主義市場経済による豊かさと快適さも、一気に意味がなくなってしまうかもしれないし、実際そのような危機感が強い。

我々は、これまで数多くの幻想と先入観をいだいてきた。アメリカは何でも世界一であり、現代世界の諸問題も率先して解決していくことができる国だと考えてきた。ヨーロッパへの幻想も同様である。その文明、制度は、民主主義と人間の価値基準も最も高いレベルにまで達したと考えてきた。また、彼らはどのような危機的状況に陥っても、適切なマニュアルを備えているという信頼を持ってきた。

そして、私たちは、いや特に私自身が持っていた日本への目に見えない信頼はどうだろうか。特に災害については、日本という国、システム、国民的秩序の規範が、史上最高のレベルで機能するだろうと信じて疑うことはなかった。実際、これまでいくつかの事例を見てきたし、それ以上の信頼を寄せてきたのが事実だ。

これに比べて、韓国に対する信頼はそれほどではなかった。歴史的苦難はともかくとして、戦争と分断、無意味な民衆虐殺やイデオロギーの罠も別としても、ごく最近の「セウォル号事件」で若き高校生たちが冷たい海水に沈んでいくとき、私たちはどれほど胸が痛み、泣き尽くし、悔しい思いをして、屈辱を味わったのか。韓国には、信頼するに足る国家も、信頼できる指導者も、安全に機能する国のシステムも、コントロールタワーも、そのいずれもなかった。

国民の大多数が選んだ権力は、すでに「私有化」の道を歩んでおり、いわゆる指導者という人は、自分の責任もとらないし、何の対応もしないし、どうしようもないレベルであった。我々の大半は「国家の役割」を感じることができないし、信頼するところが全くなかった。

むしろそのころ、私たちにとって信じることができたのは、輝ける個人の英雄的な力であり、多数の国民の犠牲的な精神だった。私たちに信頼できる国家はなかったが、信頼できる国民は存在したのだ。そして、その後、多数の国民は、「ろうそく革命」[1]によって、自分たちの力で新たな国家形成を成し遂げた。

現在、韓国は世界のなかで、いったいどのあたりに位置するのだろうか。プロセスの失敗や部分的な挫折もあったし、解決しなければならない課題もまだまだ山積しているにもかかわらず、今、私は「コロナ革命」期という今日本にいて、自分の国を誇りに思う。民主主義の歴史も長く、社会保障の経験も久しく、世界のイメージと信頼の次元において格別だったどの国よりも、韓国を誇りに思うのだ。

もちろん平和と分断の克服と、経済的な不公正、内部にある数々の葛藤と矛盾を真に乗り超え、世界史にそびえ立つためには、韓国もまだまだほど遠い。解決しなければならない問題も山積みである。まだまだこれから息の長い険しい道のりがある。しかしそれでも私は、今日、「セウォル号」事件のときに日本で感じた全く恥ずかしい記憶を想起しつつも、「コロナ革命」の時代の韓国に対する安心感と誇りを持って投票ができた。私よりあとに投票することになる故国の友人たちにも、ぜひ私のような気持ちで投票してほしいものだ。

今日、私と妻と一緒に投票をした「大韓民国大使館総領事部」は、体が不自由な私の投票に対してたいへん親切で、投票する際の配慮と念入りなサービスも超一流のレベルであったことも付け加えておきたい。

1　二〇一六年から二〇一七年にかけて、韓国市民のキャンドルを持つ大規模デモによって実現した政権交代。

## 日本のEメールの挨拶

「お世話さまです」
「いつもお世話になっております」

すべてを知るわけではないが、日本で取り交わす公的あるいは私的メールのほとんどは、このように始まるのではないかと思う。私の留学時代、ほぼ三十年前までは、Eメールというものがなかったし、いわゆる「手書き」の手紙の時代には、このような表現が定着していなかった。もっといろいろな挨拶のかたちがあっただろう。手紙をやりとりする相手との関係に応じて心のこもった挨拶のことばが多かった。

同じEメールの時代、韓国ではどうだろうか？「こんにちは」、「お久しぶりです」、「健康ですか」、「お元気ですか」、「忙しいですか」など、私の知る限りでは、韓国語のEメールの冒頭挨拶は、手書きの手紙の時代とあまり変わらず、さまざまな言葉が使用されると聞いている。しかし、日本の場合、ほぼすべての公的関係のメールの書き出しは、どれもこの文で始まる。これをもう少し簡潔に表現したり、親しさの度合いによっては若干省略した表現が使われたりもするが、それほど変わらないのが普通であろう。

私は最初日本でEメールを送信したり返信したりするとき、韓国語の表現を日本語に翻訳したのと同様、たとえば、送信タイミングによっては、「こんにちは」（おはよう、こんにちは、こんばんはなど）、または「お元気ですか」、「お久しぶりです」などを主に使用していた。文学ジャンルではなく、日常の言語使用では、個人の独特の表現ではなく、一般的、普遍的な表現が関係を安定させ、関係のぎこちなさを解消することを私はよく知っている。現在は私も、一般表現で通例接頭辞のように簡単に一般的表現を書いたあと本題に移る方式に慣れた。ただし、公式なメールではなく、親しい同僚、友人、先輩・後輩、弟子たちとメールを送受信するときは、私の方法というか韓国式というか、比較的多様な表現を使うのはもちろんである。

今日考えたいのは、なぜ日本では「いつもお世話になっております」という言葉がメールの冒頭に置く定型表現として定着したのかという理由である。これを使用する場合、「お世話」という言葉にどのような意味が込められているのだろうか。日本の挨拶言葉の中で定型表現として使用できる言葉は、ほかにいくらでもある。なのに、なぜあえて「ケア」や「迷惑」という意味を含む「お世話」という言葉が、その中心になるのだろうか。

その理由は、日本人の人間関係の意識構造にある。関係が深くなり、業務が密接になり、お互いに協力し合うために、互いに配慮をし合い、迷惑をかけ合い、お互いにそれを甘受し合うという関係性を意識した感情がその根本にあると思う。つまり、日本の人間関係の文化とは、関係が始まった瞬間から、互いに迷惑にかけることになる、関係を結ぶということ自体が相互に一定の責任と義務を負うという意識がある。もちろん、その迷惑が心地良い対処であることもあり、その逆の場合もある。

さらに、家族も、恋人も、友人も、仕事の同僚や上下組織の体系も、それ自体がどのように肯定的な責任をもつ関係であり、嬉しい分かち合いなのかどうかは別にして、世話と迷惑の相互義務に基づく誓約を介して関係が構築されるという意識が強い。日本人の人間関係、社会構成で最高のマナーは、自分に起因する結果の責任を他に負わせないという、いわば喜ばしい隷属性なのである。

地域や国家などへの最小限の責任義務を除いて、私的な愛、友情、家族、同僚と一致するための仕事、組織、団体、共通する価値やアイデンティティを実現するための結社などにおいては、自分に起因することにかんして他人に責任を課さないことが美徳なのである。

幼稚園教育から周囲に迷惑、世話をかけてはならないということを教える事実が証明しているように、日本では繰り返しこのことを教育する。このような教育を受けた日本人の人間関係をみると、既に何らかの形で関係を結んで同じ目的に向かって一緒に仕事をしようとする人に、普段のケアと世話を吐露して感謝の気持ちを述べる明確な表現が、メールの冒頭イデオムとして定着したといえるのではないだろうか。

以上が、大学や学会など公的な仕事の大部分をオンラインで処理することになった現在、多くのメールを送受信していて、ふと浮かんだ雑感である。数日前、新型コロナの陽性判定を受けた人が、周辺と国とに迷惑をかけたくないということで自らの行方をくらましたというニュースを聞いて、より一層このことを掘り下げて考えてみた。

ところが、個人ではなく、国家という単位では、ケアと世話、迷惑というような近所の人との関係と、他国との関係形成の個人的な美徳とは相反し矛盾する現象が発生することも考えなければならないだろう。その場合は、どうしても二律背反的な面が生じるに違いない。

## 日本の割り勘文化

私は、日本で友人に会うとき、「今日は韓国式で」、あるいは「今日は日本式で」という言葉をよく使う。それだけ日韓の境界線の文化で生活しているわけである。友人と食事をしたり、その後のアフターをしたりする時、韓国では「割り勘」にしたことがない。しかし、私が食事代を払えば、自然に友達はアフターを払うし、今回は私が全部払えば、次回は友人が払う、というかたちで、ごく自然にバランスをとっているのが、実際のところだ。

日本では、初めて日本に来た友人や来賓、すなわち歓迎の意味があるとか、何か重要なプログラムの主賓になるときは、その「分配計算」から除外する。しかし、そういうとき以外は、お互いに分けて計算するのがお互い楽なのだ。事実、いつのころからか、どんなシステムも日本が韓国より先行するのに、なぜクレジットカードの使用率だけは、いつまでも韓国のほうが先行しているのかと疑問に思っていた。それはきっと、このような支払いのときの分配計算と関連があると思われる。クレジットカードを使うと、その分配がしにくくなるからだ。

韓国では、私も「気持ち」だからと、人間関係の些細な部分を無視することがよくあった。だからなのか、日本でも時折そのような韓国癖が出ることもある。そうすることが、心が大きく広い証拠であり、相手を尊重することだと思っているからだろう。

しかし今は、必ずしもそうではない。これまでの韓国式の方法は、極めて自己中心的思考であり、自己陶酔にすぎないと思うことがある。最近はよく、私たちが相手の気持ちや立場をどのよう尊重し配慮してきたのかについての反省をする。

私は今、日本式「分配計算」を実践している。心地よくその文化に適応しているといえる。きれいな小銭入れも使用して、コインもちゃんと持ち歩いている。クレジットカードは、ほとんど使わず、当然のように分配計算をする。このような方法で、相手の尊重が深まる一面を実感しているのだ。

しかし、日本でも例外はある。私が日本での生活を始めたときに、親しい先輩・後輩と友人は、私を分配計算から除外した。私のために懇親会を複数手配してくれたからである。私も時によって、親しい弟子や後輩たちに会えば、韓国式で計算の主導権を握ることもある。「割り勘」というシステムが、人をお金のことで卑しくするものではないという文化を学んでいるのである。

## 人権博物館「リバティ大阪」

私の本の出版記念会のために関西に旅行中、時間を作って意義深い深遠な場所にまず立ち寄った。大阪にある「人権博物館（human rights museum）」である。ここは通称「リバティ大阪」と呼ぶ。被差別少数者の歴史、そのアイデンティティ、証言、彼らのために理解し、目指すところを簡潔に、しかも真剣に愛情をもってまとめたスポットである。この地域の歴史の中でマイノリティに細心の注意を払ったということだけでも意義深い。そのテーマは、やはり「共に生きる世界」である。「在日韓国・朝鮮人」、「被差別部落民」、「障がい者」、日本の先住民である「アイヌ」、そして「沖縄人」である、「性的少数者」たちも…。取り上げる対象は、予測通りだったが、見る人の思考の地平を広げようと真心を尽くした努力を感じることができた。

土曜日の朝、ここに滞在して私は考えた。歴史を考えるときにまず思い浮かぶ問題は、「少数」による「多数」に対する迫害と抑圧の問題であった。少数の「権力を持つ者」、「富を独占する者」、「知識を独占する者」、あるいは伝統的に「宗教的権威を掌握した高位聖職者階級」による「民衆多数」への支配と搾取は、最も古典的な歴史問題であろう。それは今でも、地域によって違いがあったとしても、未解決の課題である。通常、これを解決する最も過激な方法は「革命」である。特に「民衆革命」は、多数民衆が「意識化」されて「少数支配者」に抵抗し、その流れを逆流させるものである。人類の歴史上、複数回の「民衆革命」があった、それは多数に「選択の錘」（イニシアチブ）が移行する過程でもあった。そのような革命のクライマックスが「社会主義革命」だった。しかし、それは別の力を持つ「少数」を再生産する「プロセス」に転落してしまった。

これを円満に克服する方法として創出された古典的かつ安定した命題が、「民主主義」である。民主主義は、「多数決」に基づいている。少なくともこの方法は、多数の民衆が投票や意思表現の方法を使用して、実効性をもって権力に対抗することができる価値であり制度的装置である。

これは少数による多数支配に対して制度的に抗うことができるという基本的な方式であり、今でもその価値のために闘っている地域があちこちに存在する。「民主化運動」の真っただ中にある地域である。これは「上」と「下」という「縦の葛藤」の現象に対する歴史的な反応であり、その解決策である。

しかし、人間社会には、さらに執拗ですさまじい絶望がある。社会の中の同じ線上に、すなわち、横の関係として存在する少数に対する多数の暴圧である。人種、歴史的、文化的、職業、身体的条件、地域的問題などで然るべき待遇を受けることができない少数者、辺境の人々すなわちマイノリティは暴圧的差別に耐えてこなければならなかった。少数者の支配に多数が苦しむ圧制が葛藤の歴史のいくつかの時点で一時的に行われるものとすれば、差別的な多数が少数者に対して行なう「横の暴圧」は日常的かつ連続的である。
これを解決する方法として、革命のような「急転回」の方法はまず不可能である。多数者の認識転換を徐々に促していくことによって、人々の絶え間ない努力によって、少しずつある程度の成果を期待することができるだけだ。もちろん、法的に基本的な差別禁止を法律によって強制する基礎的措置は常に必要であろう。

私個人としては、多数が少数に対して行う差別を克服するには、二つの理論を常に考えている。その第一は、「万人差別論」[1]であり、第二には、共に生きる実践方法論である「ハンディ論 (handicap theory)」である。人間の歴史と社会に存在する「縦のシステム」としての「少数による多数支配」、「横のシステム」としての「多数による少数の差別」は、座標軸が交差するように、歴史的苦難を象徴するシステムである。やはり、この交差には凄絶なものがあるといえよう。

1 すべての人々は別々に何かの差別の項目を必ず持っているという論理、たとえば身体障がいを例にすると目に見える障がいを持っていないとしても完璧な人間はいないので、だれでもコンプレックスをもっている、全員障がい者であるという、筆者なりの考えかたである、すなわち万人が差別される特徴を持っているのでお互いに差別意識を持つこと自体とんでもないことだというセオリー。

## 地震と被差別層

夕暮れどき、関東地域に大きい揺れを感じる地震があった。私はちょうど帰宅して着替えている時だった。揺れるガラスの本棚を一度強く握って、座った椅子を押さえつけた。台所で夕食の準備をしていた妻に、急いでガスの火を消すように言った。振動は三～四回続いたが、幸いすぐにおさまった。つけていたテレビのニュースでは、すぐに地震の字幕と同時に速報が流れた。震源域は震度五程度、東京とその周辺は震度二～四の振動であった。そして「この地震で津波の危険はありません」というコメントが続いた。地震直後の津波がいかに恐ろしいかは、過去「東日本大震災」で経験済みである。この程度の振動は決してめずらしくはなかったから、驚いたというよりは、より大きな振動や余震がないことを願う気持ちで、夕食をとることにした。

私はこのような時、自然災害だけを単独で考えるのではなく、それに加えて重なる社会的、経済的弱者が苦しまなければならないという実存的事実を考える。人文学を専門にしている者として、一つの癖かもしれない。実際、特に現代文明社会における自然災害によって、最も深刻な加重被害を受けるのは、社会的弱者、貧困層、疎外階層であることは、すでに証明されている。経済指標、社会的インフラの条件に応じて、同じ自然災害でも数十倍、数百倍の犠牲指数が変わるという研究もある。同じ地震と津波でも前回東南アジア、特に数年前のインドネシアの被害は記憶に新しいし、ハイチの恐ろしい地震被害を想起しないわけにはいかない。日本でも一九九五年の阪神淡路大震災と二〇一一年の東日本大震災で、社会的弱者の被害がより大きかったことは、周知のとおりである。

日本の代表的かつ伝統的な弱者は「被差別部落民」である。その歴史的淵源と被差別の歴史には別の視点が求められるが、ほかの文明圏の被差別層の歴史と同様、そのような層の形成は、宗教的な「聖なる境界」と深く関連している。

人間の宗教的畏敬の念は、恐怖、忌避そして距離を設定するという心理的な段階で、その対象が人間の集団である場合、抑圧、差別、隔離につながるという伝統があり、これはどこにも共通する。

今は消えたが、韓国の被差別層である「白丁（ベクジョン）」もそうだし、インドの「アウトカースト」すなわち「不可触賤民」も同様の性格をもつ。だから「被差別部落」をはじめとする彼らの職業も、神社や寺院の神殿周辺の香料商、動物の血を触れる屠殺場と革関連の仕事が広範囲に関連している。

最近は随分と変化したものの、日本の「被差別部落」は社会的差別の対象となる弱者として存在している。在日韓国・朝鮮人、沖縄人、アイヌ人などと同様に議論されてきた代表的な被差別層である。

今日、地震の揺れを体に感じながら、ふとまた大きな災害ではやはり貧困層、被差別層が最も深刻な自然災害と社会的災害を受けてきたという歴史を思い起こした。日本の差別構造は、神聖性がタブーすなわち禁忌となり、それが敬遠と忌避につながっていく宗教的パラダイムによって生まれたことをあらためて思う。

# 障がい者としての日本での生活1

昨夜、学部の教授と助手、教学補佐たちとの懇親会があり、横浜駅前の「崎陽軒本店」まで出かけた。日本で電車や地下鉄を時々利用するが、通常は、妻や友人または同僚の教授や弟子たちと共に個人の車椅子を持って移動するのが普通である。一人だけで移動するときは、ほとんど例外なく、自動車を運転する。ところが昨日は一人だったのに、車椅子でもなく、品川駅から横浜駅まで電車に乗った。まず、妻に車で送ってもらい、品川駅前で私は降りた。

ところが、やはり移動するには駅の中が広すぎる。まず切符を買って、駅員にお願いした。両方の駅で車椅子の提供と支援を受けたい、と。駅員は丁寧で、親切にすぐ動いてくれた。出発駅から車椅子を提供して駅員が押してホームまで移動した。列車が到着したら丁寧にサポートして乗車させてくれ、安全に座るところまで確認した。駅員は挨拶して列車が出るとホームを降りた。もちろん到着駅には連絡を取ってくれていて、車椅子を持って迎えるようにしてくれたので、安心するようにという一言も忘れなかった。快速に乗ったので、一七分後には横浜駅に到着した。

やはり私が乗っている車両のドアの前に担当駅員が車椅子を持って迎えてくれた。ホームで車椅子に移動しながら、同じＪＲ、あるいは他の列車に乗り換える必要はないか、行き先はどこかと尋ねた。乗り換える必要はなくすぐ東出口側の「崎陽軒本店」に行くと伝えると、それならよく知っていると言って、私にずっとついていてくれた。改札口で切符を渡してからも、約三〇〇メートル離れたその建物の入り口まで車椅子で連れて行ってくれたのだ。とても感謝すると挨拶したところ、「当然のことをしたまでです」と、謙遜していた。

予想通りではあったが、日本で自分の車椅子なしで電車移動をしても、何の不便も困難もなかったのだ。たまに長距離を移動する新幹線に乗るとき、このように駅に備えられた車椅子を利用したことはあるが、近距離の移動ではほとんど使ったことがなかった。

昨日の移動は、乗り換えなしの一本で行ける行先だったが、三回、四回乗り換えなければならない路線や、ＪＲ以外の私鉄の列車に乗り換える場合でも、確実に引継ぎをしてくれて、歩行困難な利用者に全く不便がないように配慮してくれる。駅には、ほぼ一〇〇パーセント、エレベーターが設置されているが、まれに小さな駅の場合は、事前に複数の駅員が待機してくれて、人力で車椅子をかついで、旅行をあきらめないように助けてくれる。

昨日もそうだったが、私は、彼らのあのよう親切な支援が本気なのかどうか、つまり本心からのものなのかどうか疑問に思う。しかし、考えてみれば、それは本気であろうがなかろうが、気にする必要はないと思った。もし彼らが職務上の誠実さ自体でそのようにしていたとしても、不便な障がい者の社会生活には何の支障がないことだからだ。規定の職務上原則として誠実な支援を与える通常のサービス従事者の態度と表情が訓練されたものであっても、絶対的優しさと真心のこもった丁寧さがある。これを、アメリカを複数回旅行した時と比較してみると、システムとしては、日本をはるかに上回る支援システムが整備されている。

しかし、その表情と態度、無表情な職務遂行方式は、言いすぎかもしれないが、「もし私があなたを助けなければ、法律違反になるので、仕方なくサポートしているのです」と言わんばかりで、それが本心からであるような印象を受けることが少なくない。そのような意味から、日本のいわゆる「たてまえ」は、お互いを気持ちよくして、快適にするメリットがある。

そんなこんなで、車椅子なしに一人で移動する電車旅のおかげで、気分がすこぶる良い状態で、懇親会に参加できた。そのためか、会食の雰囲気も、いつもよりはるかに和気相合いに感じられた。学部長の誕生日に日程を合わせていたから、会の途中でいきなりサプライズということで誕生日パーティーに変わった。有名な横浜名物のシュウマイが、誕生日ケーキだ。崎陽軒はシュウマイの名家である。会食後、何人かの同僚の教授たちと会場を移して、それぞれの専攻に関連するディスカッションをした。私がいるので、やはり日韓関係と歴史認識、政治的立場から教育観に至るまで、遅くまで議論は白熱した。たいへん気分の良い一日だった。

帰りの電車に乗った時も、来た時と同じように手厚い支援を受けたことはいうまでもない。

## 障がい者としての日本での生活2

数日前、日本で運転する自動車に貼る「歩行困難者乗車中」のステッカー「駐車フリー」の標識をもらうため、管轄の大崎警察署に行ってきた。十日前に申請していたものが出来上がったとの連絡を受けたからである。「東京都公安委員会」が発行するもので、発行手続きが非常に面倒くさい標識である。しかし、手続きがややこしいわりには、あまりメリットがない。

すべての公共施設の障がい者駐車場に駐車することができ、各地方自治体が運営する路上駐車場の場合、無料で駐車することができる。そして避けられない用事がある時に、車線に多少の余裕がある道路の場合は一時駐車が可能なことなどが、そのメリットである。もちろん、公共駐車場で五〇％割引しかされない韓国に比べると、大変な違いではある。他に違う点は、韓国ではこの標識が車と一緒に使うのが、日本では人と一緒に使うという点である。つまりこの標識を所持して、他の人が運転する別の車に同乗したり、他の車を運転する場合にもそのまま有効なのだ。その点が、記載の自動車登録番号と同一の車でないと通用しない韓国の標識とは異なっている。

そのほか使用にともなって、いくつか留意しなければならない詳細な規則がある。標識を私に発行してくれた年上の警察官は、半時間以上その規則について説明した。

私は留学時代ももちろん、二〇〇八年にも一年間日本で運転するときに同じ標識を使用した経験があると伝えたのだが、規定通り徹底的に説明を再度聞かなければならなかった。骨子は、どのような場合にも、車を無料で路上駐車場に駐車するときには、この標識と一緒に自分の行先を必ず記入し、目的地の連絡先も明記しなければならないというものである。

このとき、彼が発したセリフが気になった。標識の横に行って、連絡先を記入するときは、自分の携帯電話番号や自宅の電話番号を絶対に書かないようにと訴えつつ、「日本人の中には大多数は大丈夫だが、少数の非常にヘンな人間がいます…」。もちろん、警察の見解は、電話番号を知った見知らぬ何者かが駐車した人に連絡してきて、常識に反する私的な言動をするような危険性への配慮ということであろう。

しかし、私にはその言葉はそのようには聞こえなかった。「絶対多数は大丈夫だが、少数のへんな人々…」。まさにこの意識が近代日本や現代日本の社会的感覚であるという点だ。少々違う話になるかもしれないが、カトリックとプロテスタントを問わず、日本のキリスト教受容の歴史、「信教の自由」のごく初期、クリスチャンはすべて「非国民」だった。「非国民」とは、多数の忠良な臣民ではなく、少数の異端児という意味の言葉である。ニュアンスは異なっているかもしれないが、日本の警察署の奉仕系の警察官の言葉を聞いて想起した「歴史的異端児」に対する私の想像は、日本キリスト教の歴史を理解していく上で、たいへん重要な論点にもなろう。

## 障がい者としての日本での生活3

最近少し忙しかったせいか、体の調子が良くない。妻が言うには、韓国では続けていた水泳を、日本では中断したことが原因ではないかとのこと。数日前、福岡に住む長女が、私にも利用しやすい近辺のスポーツセンターのプールのリストをまとめてくれた。私も、すぐにではなくても、近い将来水泳を再開してみようかという思いで、いくつかのプールに電話で問い合わせしてみた。

ほとんどのスポーツセンターの窓口担当者から「プール」が障がい者専用ではなく一般利用者たちとの共用のため、関連施設にどうしても不便が生じるので、その点の承諾を求められた。申込前に必ず直接訪問して、すべての施設の項目を確認し、本人が判断して最終的な選択をするほうがよいということであった。公共のスポーツセンターの場合、障がい者本人と保護者一人は無料で毎日でも利用することができるようになっている。(その後、最も適切だった区立プールを選んで、今は週一～二回水泳をしている)。

私は幼いころからの病気で障がい者になったから、ずっと障がいのある状態で暮らしている。

成長期から意識的に障がい者であることにこだわらずに、コンプレックスなく生きていこうと、一生懸命頑張ったのも事実である。いつもそれなりに最善を尽くして超人的に克服してきた。障がいがあることが理由で何か特別なことを許してもらうとか、アドバンテージを要求するということは、決してすべきではないと考えてきた。だから、最後まで戦い続けて獲得したこともかなりある。大学入試で障がいのあることを理由に不合格になったことに対して闘い、合格に変えたのはもちろん、自動車の運転、就職、スポーツ、旅行など、人生のほとんどの場面で、最初からあきらめてしまうということはなかった。

しかし、日本に留学してからいくつかの点で、私は変化した。ほとんどの場合、「障がい者ハンディ」を要求して生きている。私が歯をくいしばって、同じ条件で持ちこたえなければならない状態は、私の周りの人たちにとっても決して快適とは限らないのではないか、愉快なことではないのではないかという気がしている。障がいのない友人と私とが、同じスタートラインに立って一〇〇メートルレースをするならば、私が負けることは明白である。そんな方法で私に勝ったとしても、その友人は気持ちがいいだろうか？　観衆たちも、そんな試合にはブーイングを浴びせるに違いない。だからといって、友人と私は、一〇〇メートルのランニング試合を一度もできないのだろうか。それもまた楽しみのない人生ではないか。だから、私はいつのころからか、堂々と主張するようになった。友人は元々のスタートラインからスタート、私は九〇メートル先からスタート、もちろん同時スタートだと。こうすると、ギリギリにゴールインして勝った人はうれしいし、負けた人はとても残念がるだろう。こんなレースなら、観衆たちも心から拍手を打つに違いない。障がいのある私が、一〇〇メートルレースで、他の走者より九〇メートル先から出発することが、果たして「平等」に反することになるだろうか。

日本（韓国でもいくつかは適用されている）で、障がい者手当の支給[1]、自動車税免税[2]、高速道路通行料、新幹線、国内線航空運賃半額、地下鉄無料、電車やタクシー割引、公営駐車場無料、ガソリン代補助、特別な時に並び免除…。大学でも講義時に私の研究室での最短距離の特別教室割り当て、行政職員の事務配信サービス、図書館貸出代行、雨天時の傘持ち、ほとんどの建物の前の私の車の駐車許可、そして私の任用後、私が主に使用する建物の玄関ドアの自動ドア化工事、障がい者専用トイレの追加など、想像を超えた利点である。これらの特典を、私はレースで先に行く九〇メートルの一つだと思って、厚かましく（？）享受して生きている。

時々、このようなことに申し訳ない気持ちになり、大きな声で堂々と要求して大丈夫なのだろうか、と考えることもある。電車の駅員などが、たいへん移動しづらくて申し訳ありませんと詫びてくれるとき（もちろん、それが本心からのことか、服務規定があるからしているだけのことかは分からないが）、〈得意気に〉大丈夫だよ、といいながら、今後のシステムや設備の改善を〈訓示〉した時に、時には気になることもあるのが正直なところだ。交通費もまったく無料、あるいは半額しか払っていない立場なのに。

しかし、九〇メートル先を確実に権利として要求することで、世界がより良い世界になるだろうと思うので、私はこれからもそうするつもりだし、そうなるように努力を続けるつもりである。今日、韓国のニュースに私の血が騒いだ。一級視覚障がい者が盲導犬を連れてバスに乗ろうしたとき、「降りろ、それは違反行為だから罰金だ。「ゲセキー」（韓国語の悪口）と一緒に乗るなら、カゴに入れて持って乗れ…」。これがバス運転者の言葉だったという。ほんとうにいつまでこんなことが起こるのか。いつになったらこういうことがなくなるのか。他のいろいろなことを改善し、変革し、民主主義を強く主張する者が、障がい者を他の人と同じラインからスタートさせて、彼らが遅いと嘲笑するような社会なのだ。こんな社会でいったい何をもって「人権」というのか。「平等」とはいったい何なのか、「正義」とは何なのか。共に生きるというのは、いったい何なのだろうか。

日本もまだシステム上理想的な状態とは言い難いが、その足りないところは人々が補うことで、満たされていくといえる社会なのだ。これらの人々が、かりにいわゆる「たてまえ」であって本心からではなかったとしても、いつも障がい者の前でそのように親切でやさしい態度をとることは素晴らしいことなのだ。もちろん日本にも非難すべきことは多いが、このような素晴らしい面は学んでいかなければならないと思う。

1　障がい者手当の場合と医療費の二重割引などの特典は、障がい者の年収と税金納付状況の基準に基づいて支払いがない場合もある。

2　自動車税も一定レベル以上の高級車の場合は除き、平均レベルの自動車税に相当する額だけ割引する方法で適用する。

## 波乱万丈の痛み　キム・ハイルの「舌で読む詩」を思う

今日の講義で、社会的弱者にかんする主題を取り上げた。その問題をさらに発展させて、歴史の中に存在する二重三重の苦難について議論した。講義が終わってから、あらためて静かに省察してみた。

苦難は、一つのものに集中する場合もあるが、一つの存在にいくつも重なっておとずれる場合もある。たとえば、障がいということでいえば、痛みの中に生きてきた人々の中で、私たちはまず象徴的にヘレン・ケラー Helen Adams Keller を思い浮かべる。視覚と聴覚の両方を失った彼女は、いわゆる「重複障がい者」だった。彼女の立志伝的な物語、障がいを克服する人間の姿を、ある種のモデルとして見ることに異論はない。私も彼女の人生と克服の話に、子どものころから大きな勇気を得たことは言うまでもない。

ところが、重複する苦難は、同じ部門すなわち、障がいということでいうと同じ身体的部分だけに生じるものとは限らない。このような物理的な障がいと合わせて、他の部分、たとえば社会的、政治的、経済的、家庭的苦難が重なる場合がある。身体的な苦痛に加えて、全く別の種類の痛みが重複するのである。それは同じ部分の痛みの重複よりも致命的な痛みとなる場合が多い。

そんなことを考えていて、二〇年以上前、在日韓国人でハンセン病のエッセイストの作品を韓国で出版する作業に、直接または間接的に関与していたことを思い出す。キム・ハイルの著作『舌で読む詩』（一九九三年、基督教文社発行、韓国語）である。

キム・ハイルは「在日」である。「在日」は日本社会における代表的な社会的弱者である。昔とは違って、今はかなり状況が変わってきているが、決して差別自体が消えたとは思えない。とはいっても、彼の時代は、言うまでもない。ところが、彼はその中でハンセン病にかかった。今はハンセン病に対する社会の認識も大きく変わったが、かつては社会的差別、病気の程度とその後遺症によっては社会から強制的に隔離されたり、自分自身が社会を捨ててしまったりしなければならないという悲惨な病気だった。

発症後、適当な時期に適切な治療を受けないことで、病気がますます深刻に進んでしまったとき、この病いにともなう障がいは、あまりにも悲惨である。外見がすべて変わってしまって、特に手、足、手足が麻痺あるいは喪失して、最も深刻な場合には、視覚、あるいは聴覚さえ失ってしまうこともある。

キム・ハイルは「在日」として、重度のハンセン病を患って、障がいも手足や視力さえ完全に失う段階に達した。人間の障がいには、四肢、視覚、聴覚その他の全身疾患あるいは精神障がいなどさまざまな種類があるが、人類共通の障がいの「苦痛指数」の評価で最も痛みを伴う障がいは、断然視覚障がいだという研究結果もある。ただし、特定の宗教文化をもつ伝統社会では、視覚障がいより「右手の障がい」がさらに苦痛だという例外もあるが、それは（右手だけで礼拝と食事など神聖な動きをするという特定の宗教文化の慣習から）特定の地域の例外である。とにかく視覚障がいは、リハビリの過程も最も難しい。視覚障がい者が情報を習得し、読書をし、自己表現をすることができるパラメータは、鋭敏な聴覚と触覚を通じた「点字」である。

ところが、キム・ハイルはハンセン病の進行による後遺症で目を失っただけでなく、その目の代わりの役割を果たす指までもすべて失った。指を失っただけではなく、手足に残った皮膚自体がほとんどないか、あったとしても感覚が完全に麻痺してしまった。彼が唯一使用できる敏腕な皮膚は、口の中の舌だけだった。彼は舌で点字を学んだ。しかも、母国語である韓国語点字を学んだ。彼は最終的に舌で母語の詩を読んで、その感動を自分の作品、自分の話として表現した。しかし、淡々とした彼のエッセイは、決して感情的な激情や極端な絶望、あるいは悲願を語らない。自分の挫折や痛みの経験、そして小さな幸せとやりがいまでを、まったく淡泊に落ち着いて綴っている。

節制された彼のエッセイを読むと、より一層私たちの胸が痛む。今日ふと思い出したキム・ハイルのおかげで、突然目に涙が溜まり胸が詰まってくる。彼はよりによって「在日」だった。

そして、よりによって過酷なハンセン病の重症を患った。そして、よりによって適時適切な治療も受けられず、手足をすべて失った。さらに、よりによって障がい中の障がいという目まで失った。彼は文章を読む光さえすべて失ったのだ。のみならず、通常の視覚障がい者が目の代わりに使う指の触覚さえ失って、通常の点字読み取りも不可能だった。残ったのは、口の中で動く舌しかなかった。彼はその最後の紐だけは失わなかった。点字を舌で舐めた。点字が唾液につぶされて、すぐに読めなくなった。だから一、二回舐めるだけで、内容をすぐに理解し記憶しなければならなかったし、その感動までもあえて持続させておかなければならなかった。

そして、いつも点字本を舐める彼の舌はどうなっただろうか。傷つき、乾き、舌苔がはえて、口内炎を起こし、食べものを飲み込むのも困難になる状態が続いた。彼が点字で本を読む作業は、つまり舌で舐めて詩を読み取ることは、あまりに熾烈すぎて命をかけることに近かった。しかし、彼の舌には、最後の最後まで敏腕さが残り、その感触によって懐かしい母国語を身につけることができ、母語点字で詩を読み取ることができたし、その感動を感じることができた。彼に残った最後の幸せを喜びながら生活を送ることができたのである。

今日、社会的弱者、特に重度の苦難を受ける者、そして社会的苦痛と個人的受難について講義をしたあと、一人でいろいろと思考をめぐらしながら、突然在日韓国人のキム・ハイルのことが思い浮かんだために、笑ったり泣いたりを繰り返してしまった。はたから見ると、さぞおかしく見えたことだろう。

## 無人駅と鉄道草

人は何かに執着する傾向がある。ある人にとっては何も意味がないが、ある人にとってはたいへん重要であり、貴重なものがある。それは思想や価値観、優先順位の尺度のようなものの場合もあるが、時には嗜好品、お気に入りのもの、癖のようなものもある。長い間ずっと続いている場合もあれば、何かのきっかけで突然新たにその対象が生じる場合もある。逆に、昔はそうだったが今はそうでないものもある。私はかなりのコレクション好きだった。切手、スタンプ、鉛筆、ボールペン、万年筆、本、…　さまざまなコレクションをした。ときには笛もたくさん集めた。その他にも、何種類もの原稿用紙、メモ用紙、文房具なども集めた。今も少し持っているのはキャップ、粗雑に組み立てた各航空会社の模型飛行機など…。現在の大学の私の研究室の本棚には、本が並んでいるべきところに、帽子と模型飛行機がかなりのスペースを占めている。ところが、実際に今は、それらを昔のように大切に持っている必要があるという考えはない。いつでも捨てることができる。過去に集めたものは、みなそうである。

最近では、絵を描き始めたので、一点、二点と絵画がどんどん増えていく。これも収集であり、執着といえば執着である。しかし、絵は、直接私の心を表現して描く作業だから、何かを集めることとは少し意味が違うかもしれない。少なくともその熱意がはるかに長く続くようだ。人々が山寺に行く、あるいはクリスチャンが祈りの場所や修道院に行くのは、自らの心の執着を捨てたいか、逆により強めたいという行為と思われる。もちろん政治家だったら、そのような行為は少し意味が異なり、パフォーマンスに見える面もあろう。

今日もテラスに出て、あれこれと思いめぐらしている。最近、私は、世界の花の中で、ヒメジョオンが一番好きだ。今日は、またその絵を描いた。実は名前も知らなかった花である。昨年の春、このヒメジョオンが自宅マンションの殺伐としたテラスの隅で花を咲かせて以来、私のこの花へのこだわりが始まった。ところが、昨年、代々木公園を散歩した時に名前も知らずにたまたま撮った写真を発見した。白ヒメジョオンであった。

まるで、このことが予言されていたかのような出来事だった。この時から私の目に見えないこだわりが始まった。

私の年代の日本人には、共通のロマンがある。子どものころ、誰しも一度は「ポポや」や「鉄道員」を夢見たという経験があるだろう。私の周りにも子どものころ「ポポや」が夢だった友人が何人かいる。

日本は鉄道中心国である。鉄道がすべての交通手段に優先する。日本の弟子たちの中には、日本の無人駅をくまなく探訪しようというグループに参加している者がいる。全国の無人駅すなわち列車は通るが、あまりにも利用客が少ないために、駅員を置かずに成り立っているか、あるいは近くの住民が管理する駅である。このような田舎の無人駅を見つけることが好きな人々がいる。無人駅でスタンプを押し、撮影して旅行をするスケッチや写真愛好家の集まりがある。これは、テレビ番組でも時々放映される。最近の状況では難しいが、実際に韓国にも日本の無人駅巡礼に来るマニアが相当数いた。私はそこまでのマニアではないが、偶然そのような無人駅を数回訪問したことがある。とても風情があることは事実だ。

今日はいつかの記憶を絵に描いてみた。特にポポやを夢見ていた友人の子ども心を連想しながら、その心を美術の宿題のように描いてみた。

そして、最近分かった事実だが、花を咲かすにはあまり条件のよくない自宅のテラスで咲いたヒメジョオンを、日本では一般的に鉄路周辺の花という意味で「鉄道草」と呼ぶのだという。そういえば鉄道の線路のあたりに、数多く咲いていた草花が、まさにヒメジョオンだったのだ。

## その昔をしのばせる音

数日前、近所で、春にはめずらしい「焼き芋」屋が通り過ぎていった。とっさに録音ボタンをオンにしたのだが、何とも言えないピッチで「焼き芋〜〜〜」と聞こえてくると、何となくもの悲しくなって、胸の片隅が寂しくなった。今から三十年以上前の留学時代、薄暗い夕方、自炊していた部屋に座っているときに聞こえてきた焼き芋売りの「焼き芋〜〜〜」の声に、孤独な心が動かされ、涙がこぼれた経験もある。最近は見ることもなくなったが、団子売りもそのように客を呼んで通ったものだ。

このような音の風景は、韓国で過ごした子ども時代の記憶にも残っている。その中でも、私が鮮明に覚えている音が「債券や故障した時計買い」というかなり重たい中年男性の声である。今も私は、彼らが有価証券つまり一種の「手形割引」である債権買取りと、故障した時計の収集という工業製品のリサイクル業とを、なぜ兼業していたのかよく分からない。その独特の声が耳元にぐるぐる回るだけである。

そのころ、冬の夜であれば、いつも「メミルムク〜〜〜」(そば粉で作ったところてん状の食べ物)

や「チャプサルトク〜〜」（もち米の餅）と叫びながら、青年たちの声が路地を行きかっていた。歌声のように聞こえる彼らの清らかな客引き音を、子どものころ、私は遊び心でよく真似たものだ。夏のある日、真昼であればどこに行って子どもたちが木箱を見回しては「アスーケーキ」（ice cakeをそのように発音した）を叫び、「アイスバイン ice bar」を簡単に「ハード hard（ソフトクリーム soft ice cream の反対の意味）」と叫んで通っていたことを思い出す。

私の記憶では、その時代の客引き音はまだ風情があった。韓国の路地裏に魚や果物を積んだトラックが登場して拡声器が使用され、その音は近所の騒音に変わったようだ。もちろん、彼らの現場で生きるための努力には敬意を表するのだが。

一方、日本や韓国も同じで、ちりんちりんと鐘の音で自分の存在を知らせる豆腐売りや、拍子木を叩くことで警告と安心を同時にくれた夜の街の「夜警人」（各地域単位の防犯パトロール）は、確かにセンスのある方法であり、ほのかな心地よい思い出である。日本や韓国では、「スーパー」から「キラキラセール」や「爆弾割引」を宣伝するマイクの声はかなりうるさく感じたが、韓国の在来の市場の屋台の上で拍手をしながら、「コルラ、コルラ」（選んで、選んで）と叫ぶ声は、むしろ情にあふれていた。韓国に行ってその風景をみた日本の友人にとっても、真の印象的な場面と声だったようだ。それを真似る友人もたまにいるぐらいだ。

今、スーパーマーケットの棚でたまに見かけるのが、かつて日本で流行した飲料水「ラムネ」である。当時の文学作品などを読むと、男女がデートをすると、ラムネの瓶を買って、団子や和菓子を一つずつ用意すれば自然に意気揚々になることが描かれている。ラムネ瓶は、通常のボトルの中にガラスビーズが入っていて、立ってボトルそのまま飲むときには、「カルンカルン」と軽快な音がする。ビーズが瓶の底をふさぐと、飲料が外に出ないので、あちらこちらにビーズを動かしながら、楽しさが増す飲料である。

誰にでもその時その時代を思い出させる五感がある。そこには、今日の話のように、長く耳元に残って、ぐるぐる回る音もある。誰でも記憶に残っている昔の音、特に胸を湿らせるような音を回想してみてほしい。ここでいう音とは、もちろん、音楽ではない。音として整備された音楽とは違って、現場の音である。人生とはまさに、そのような現場の音なのかもしれない。

## 世襲問題を考える

猛暑の中、研究室に出勤した。あれこれ学期末の整理もあったが、こう暑いと自宅よりも研究室のほうが、より仕事がはかどる。キャンパスに向かう車の運転中に突然思い浮かんだ思いが脳裏をぐるぐる回る。

数日前に同僚教授らと会食をした日本料理屋はかなり長く家業を継ぐ店だ。自宅近くの本格的な寿司店は三代目であり、創業年代は一九二〇年代である。行くたびに主人は自分の店独自の味を誇って、父、祖父の代から続いているという。そして、妻がたまに利用する近くの八百屋は、明治時代に開店した三坪ほどの広さのお店で、今現在は四代目である。日本は韓国よりはるかに世襲が多い。分野や規模は問わず、実に多い。

小さなうどん屋、そば屋、串焼き屋、お菓子の店、居酒屋、…。古い街にある場合は、何代にもわたって受け継がれている。飲食業だけでなく彫刻や金属工芸品、縫製、細かい小道具を作る分野も、職人たちが世襲で数代以上継承しているのが普通である。このように表面に現れる技術や商業分野だけでなく、「歌舞伎俳優」をはじめ演劇、映画等の大衆芸術と古典芸能に携わる人たちもほぼ例外なく何代と続いている。また、学者は学者、宗教人は宗教、経済人は経済、そして政界にも、世襲は多数存在する。

日本では、世襲は概ね肯定的にとらえられる。代を継いで家の伝統を継承することの価値を十分に認識している社会なのである。そして、それが社会の中で最も重要な価値の一つとして、信用と信頼の中枢的役割を果たすと確信されている。ただし、政治権力の世襲については、日本でもあまり評判は良くないこともある。私の経験では、日本の世襲の評価基準には明確な区別があるようだ。つまり権力と富の世襲については疑義がある。しかし、才能、知識、技術、その条件や環境などの世襲については、逆にたいへん高い価値が認められている。その過程で名誉や信頼が世襲される場合は、より一層大きな誇りになる。

そして、もう一つ世襲文化の特徴としては、血縁伝承は、特に長男だけが中心ではなく例外も数多くある。母系、義理の息子、養子、門下生での世襲が長子承継と同様、高く評価されている。息子は父を真似て、娘は母を真似る。時には成長過程で反発をしながらも意識的無意識的に真似ているのである。そして、あるとき瞬間的に、自分にとって最良の道が、幼いころから見守っていた親を真似ることであることに気づかされるのだ。

いつか出会った日本仏教のお寺の住職が聞かせてくれた話である。日本の小さなお寺は、通常世襲の妻帯僧である。彼は、父のお寺を任されるのが嫌だった、特に僧侶になることが嫌で、さまざまな分野の勉強をして、世俗の世界をさまよった。ところがある日、自分にとって最も得意なことが、幼いころから父親の声を繰り返し聞いて自分も知らないうちに覚えた念仏だということに気づいたそうだ。

韓国で世襲が問題になるのは、権力と富、特に硬直的な権威主義が世襲されることである。南北の政治権力と政治的権威主義は、いつの間にか世襲が常識となってしまった。韓国の「財閥」は無条件にどんな方法を駆使してでも、血縁によって富の承継を行い、莫大な富を維持している。そして、最終的に韓国プロテスタント・キリスト教の大型教会までが世襲の罠にかかり、「世襲反対運動」が起きたり「世襲防止法」が実施されたりして、その実状が広く知られるようになった。

日本の「小さな世襲」文化は、敬意を超え、時にはうらやましいほどである。日本社会は、このような世襲の価値が少しずつ崩れて弱体化しつつあるので、残念に思う。韓国や日本で、非難の対象となるのは、権力の世襲であり、富の世襲である。権力にしてもお金にしても、君臨する環境で育った人に弱い存在への配慮を願うことなど、到底不可能なことかもしれない。韓国でも、真の意味での世襲文化を再興できたらと思う。親の大切な才能と誇りを引き継いで家業を継承する人に、社会の称賛と激励が寄せられて、最高の名誉が与えられることを望む。たとえ生涯のどこかで自由な寄り道をしたとしても、いつかは大切な家業を継ぐということは、たいへん貴重で美しい。「小さなこと」を何代も続けることが、最高の価値となる社会になってほしい。そんな彼らに、最小限の誇りと安定が保障されるならば、さらに良い社会だといえるだろう。

そして、権力と富、すべての人々を重苦しい状態にしてしまい、深刻な剥奪感に陥らせる「既得権の世襲」だけは容認しない社会、「小さな世襲」こそを宣揚し「大きくて強い世襲」は強く制限して冷笑する社会になってほしいと思う。

私は、牧師の息子が牧師になって役割を果たすことについて考える。いつも君臨していた「オーナー（owner）牧師」の息子が、そのまま再び「オーナー」になるのであれば、それは最も非難されるべき既得権の承継である。牧師の世襲そのものが問題なのではなく、お金と権力と既得権に満ちた「オーナー経営式教会」の承継と世襲が問題なのだ。牧師の子どもが牧師になること、つまり世襲することはよいことだと思う。真の牧師の献身と犠牲、熱烈な信仰が、世襲として承継されるならば、それはどんなに美しいことか。私は、牧師の世襲に反対するのではなく、既得権としての世襲に反対しなければならないと考えている。

## 少し足りない生活のさわやかさ

私が日本に住みながら、日本の文化で最も高く評価することは、逆説的だが、いくつかの「足りない」面があることである。「足りない」ことが逆に心を満たすという文化である。日本の友人の生き方を見ても、そこまでしなくてもよいと思うのに、どんなことに対しても、必要な程度よりも少し控えめで行動している。

韓国で人を評価する言葉に、あまり良くない評価として「ちょっと足りない人」という言葉がある。もちろん、その意味は違うにしても、「足りない」という言葉自体に、良くない、望ましくないというニュアンスが含まれる。私もそう思って人生を生きてきたようだ。決して足りないことがあってはならない、なんでも豊富にあるべきだという考えのもとに生きてきたからだ。しかし、豊かさというものは、溢れたり、多すぎたり、過ぎることから来る満足によるものではなく、むしろ少し足りない、少し空きがある、時には貧しさとでもいえる状態のことなのだと、最近思い始めた。当然「父の土地」を離れて他国の土地で旅人の人生を生きているわけだから、服装から本一冊に至るまで、あまり持つことはできない。ここにも古い友人が多くいて、人々の間の深い分かち合いもあるが、懐かしい人々を故国に置いて時々寂しさを感じるのも当然のことで、人と人との関係も故国に比べれば欠くところも多くなる。故国と比べ、食べたり飲んだりする量を少し減らす、あまりもったいぶることもしないなど、少しだけ足りない状態で暮らすことができる場所が、まさにここではないだろうか。

振り返ってみると、私も長い間あり余るほどのあふれた生活をしてきたことは明らかである。ここでまた、あらためて歴史というものを振り返ってみよう。足りない、少ない、という状態で「あまり満たされていない人」によって世界が被害を受けたことは歴史上あまりない。逆に、より多くできて、よりスマートで、たくさん持っている人によって破壊された歴史ならいくらでもあるということを切実に思う。

私が出会った、私が見た、数々の加害者の多くは、あふれるほど満ち足りた人々だ。むしろ、足りない人は、自分たちが被害者であるか、あるいは周囲に決して害を与えない「真水」のような人々であった。歴史は、たくさん持っている人々が破壊してきたのである。イエスもまた、そのような人々に殺されたし、国も欲の多い人々によって破壊された。

今私は、「足りない」人としての幸せを生きたい。勉強も少しして、良い仕事にも欲を減らし、できるだけ少なく食べて、人もたくさん会うのではなく、会う人の数を減らして、本の執筆も減らし、しゃべることも少なくしていく。すぐに変えられるとは思わないが、徐々にでもそうしていきたいと思っている。日本に住んでいるので、それも可能かという気もする。ちょっと足りない状態を保つと、その足りないことがもたらす「さわやかさ」があらためて身に染みるのだ。
以前、フェイスブックで、弟子たちにしてあげたいことが十分できずに、足りない先生としての悔恨を明らかにしたが、今日は逆に、そのように足りないままで、また会えることが幸せなのだと思う。もちろん、これは弟子たちに対してだけでなく、暖かい友人、先輩・後輩たち、家族に対しても同じ気持ちだ。

今日、都心にも桜が開花したというニュースが流れていたが、我が家の前庭の桜はまだ開花していないようだ。今日の庭の景色は、まさに「足りない」春、まだまだ冷たい春である。このような少し足りないことが与える「さわやかさ」を感じる生活をしたいものだ。もちろん、この願いもまた過度に望むことにはならないように…。

# 第3章　人の香り

## 土肥昭夫先生の思い出1　初めての挨拶と日本語

今日は終日、研究室でこの本やらあの本やらをめぐる中、しきりに昔のことが思い出されてきて、ああ、私も歳になったものだ、と思った。誰かが「学者は歳になったら、論文ではなく回顧録を書け」と言っていた。先輩たちの昔の話が、若い後輩たちにとって、たいへん参考になることは確かだ。今日は朝から、ある先輩の回顧談をフェイスブックで読んだせいで、そんなことを思うのかもしれない。

私は京都の同志社大学で土肥昭夫（どひ・あきお、一九二八―二〇〇八）教授の指導のもと「日本」を勉強するために単身渡日した。一九八九年十月のことである。当時私と一緒に初めて土肥先生の研究室に同行してくれた先輩は、今ではもう故人になってしまった蔵田雅彦（くらた・まさひこ、一九四七―一九九七）だった。その数年前の一九八五年一月に何人かの先輩たちと台湾訪問後、初めて日本を旅したとき、少しだけ土肥先生にお目にかかったことがあるので、実際には二回目の出会いだったわけだが。

土肥先生の弟子になるために日本を訪れたとき、私はたいへん恥ずかしいことに日本語を片言も話すことができかった。英語で初めての挨拶をした後、石仏のように座っていた。もちろん先生も事前に、私がそのあとに数ヶ月間まず日本語コースで勉強をして翌年の春学期から自分のゼミに参加することはご存じだった。私を案内した蔵田先輩は、何とか土肥先生が私に対して良い印象を持つよう熱心に通訳して、私と土肥先生との間のコミュニケーションを助けてくれた。

しかし、こんな私に果たして弟子入りする資格があるのか、という挫折感あるいは屈辱感は、決して言葉で表現できるようなものではなかった。先生の言葉も聞き取ることもできないくせに、何を勉強しようとして弟子になろうというのか。結局、師弟関係としての最初の出会いは、ごく短時間で済んでしまった。先輩に通訳をしてもらいながらという状態で、ゆっくりと会話ができるはずもなかったからである。

その日の夕方、蔵田先輩は大阪の自宅に帰らずに、私の日本語の速成学習対策を立てるために、私が滞在する宿泊施設にわざわざ泊まってくれた。夜遅くまで日本語コースの教科書のほとんど全部を空テープに録音してくれた上に、当時流行していた日本の歌も一曲録音してくれた。

その後、朝九時から一二時まで日本語クラス、同志社大学の学生食堂で昼食をとったあと、午後は図書館で暗くなるまでひたすら日本語だけを勉強するという毎日だった。基礎文法もよく分からない状態だったが、教科書も参考書もすべての日本語教材を全部覚えるように学習した。宿に戻ってからは、蔵田先輩自らの声で録音してくれた教科書を声に出して読んだ。幸いなことに、そのしばらく後には、語学コースの先生の配慮で、友情あふれる午後の課外授業も受けることができた。

土肥先生に挨拶してから二ヶ月も経っていないある日、おそらく約五十日後だったと思うが、クリスマス前にしばらくソウルに戻ろうと思って、先生にその連絡のためにお目にかかるつもりで電話をした。私としては先生に対して最初に使う日本語で、しかも電話で何日の何時に研究室を訪問すればよいかと先生の都合を尋ねるという内容だった。電話の向こうに、すごく慌てたような先生の雰囲気が感じられた。とにかく何とか約束をとりつけた。幸いなことに、蔵田先輩も、約束の日に京都に用事があるとのことで、土肥先生を再び一緒に訪問することになった。

一九八九年十二月初旬のことだった。先生の研究室に入って、私は、少し自信も出てきたので、先生に日本語の自慢も兼ねて、明るい声と表情で挨拶をした。ところが、先生の反応はあまりよくなかった。少し暗い表情で、怒っているようだった。私は早合点して推測した。ああ、私はあまりにも無関心で日本語の勉強だけに集中しすぎたのだ。二ヶ月間先生を訪ねることもしないで、日本語の勉強だけしてしまったのだ。私は日本語が少しでもできるようになってから先生を訪問するつもりで、一日に平均一七時間日本語の勉強だけをしていたのだ。それは間違いだったのだ。初めてお会いしてから何回でも先生にお目にかかることができたのに、一度もおうかがいしないで、ほんとうに申し訳ありませんでした、と謝罪した。それでも先生の暗い顔色は変わらなかった。初めて先生が本音を言った。

「私はソ・ジョンミン氏がこれほど不正直な人間とは思わなかった。こんなに日本語ができるとは、前回初めて会った時は全く知らなかった。だから、最初、英語で挨拶したでしょう。歴史研究には、まず正直な態度が必要なのです」

いや、これはいったいどういうことなのか。私よりも慌てたのは、一緒に行ってくれた蔵田先輩だった。蔵田先輩が言った。

「この人は、本当に二ヶ月前まで日本語が全くできませんでした。私が何回も教えた『すみません』という日本語を、英語の『ミステイク（mistake）』と混同して『ミスマセン』と言うほど、とんでもない初心者でしたよ」

蔵田先輩の話を聞いて考えこんだ土肥先生の目元は次第にゆるみ、最終的に明るい笑顔を見せてくれた。そして椅子から立ち上がると、私に近づき握手を求めて、肩を暖かく包んでくれた。この二ヶ月で日本語をこれだけ習得するなんて（もちろん、今考えると、その時の私の日本語はまだまだの段階だったのだが）、夜もろくに眠らずに精魂尽くしたのだろう、と先生はおっしゃった。その日以来、私と土肥昭夫先生の師弟関係は熱いものとなった。

## 土肥昭夫先生の思い出2　内村鑑三のこと

先生の大学院ゼミに出席し始めたころ、最初は仲間たちの発表と先生のコメントを半分も聞き取ることができなかった。一言も逃さないように鉛筆を握りしめ、意味がわからない単語はその発音もノートに書いていていった。数時間かかる授業を終了するころには、背筋と額はもちろん、両方の手にも汗が流れ、緊張したせいか時々手足が引きつった。一九九〇年の春学期が始まって一、二ヶ月が最もたいへんだった。

学期開始後一ヶ月ほど経ったある日、先生の研究室に呼ばれた。これからは他人の発表を聞くだけではなく、自分の研究テーマを決めるべきだから、一度考えてみるように、と。私は、これから正式に勉強ができると思ってたいへんうれしかった。

この件で、先生にもう一度お目にかかる前に、「日韓キリスト教関係史」という大枠での主題を決めた。これまでの私の知識を総動員して、全体主題に関連するほぼすべての項目を網羅して、目次のみ五ページ程度書いたものを持って、先生の研究室を訪ねた。

先生はそれにじっくり目を通され、「君には幼い娘がお二人いると聞いたが、このテーマで彼女らに勉強をさせるつもりなのか」と尋ねた。少なくとも三代目までは続いてこの研究が世襲されるべきで、そうでなければこのテーマを完成することは困難であろう、と先生はおっしゃった。その後先生は、まず日本の近代以降のキリスト者の中で知っている名前をあげるようにおっしゃった。私は、内村鑑三、賀川豊彦、北森嘉藏などを順に挙げていった。先生は、わかった、最初に名前を挙げた内村鑑三を一度勉強してみてはどうだろうか、とおっしゃった。理由は、先生自身が日本の近代宗教思想史を勉強し始めるときに、まず内村鑑三研究に集中したからである。先ほど後頭部に衝撃をくらっていた私は、無条件に「はい！」と即答した。その後、少し時間を与えるから、内村鑑三の著作資料、それに関連する研究資料などをリストアップするようにおっしゃった。

早速その日の午後から、私は同志社大学中央図書館、神学部図書館と人文科学研究所のアーカイブを行き来しながら内村のことだけを考えた。データ化されているものは、人文科学研究所でプリントした。しかし、一九九〇年の春当時、プリントできるような資料は少なかった。図書館の図書カードを丸ごと取り出して、手でノートに一つひとつを転記していった。

そして中心的な研究論文を借りて、その参考文献を比較しながらさらに二次資料のリストを追跡していった。二週間ほどの作業でまとめた内村関連資料のリストの数は千をはるかに超えていた。トピックをこれだけ絞ったのだから、もう仕方がない、これからは内村を研究しなければならないと考えた。そのリストを持参して研究室を訪れた私は、研究テーマを「内村鑑三研究」にしたいと、先生に告げた。

先生は「お疲れさま」と言ってニッコリ笑うと、この資料をほんとうに全部読み込むことができるのか、と質問された。テーマを絞って内村鑑三にしたのだが、自分の手で調査した資料のリストだけで千をはるかに超えたわけで、いったいそれをどうやって全部読むというのか。私は、首をかしげながら、頭を悩ませた。

先生はこの時、自分のニューヨークのユニオン神学校時代の話をされた。アウグスティヌスの研究をしようと思って留学したが、教授や同僚たちの質問は「日本キリスト教」のことばかりであった。それと同様に、自分もゼミ仲間たちも、内村自体についてはあなたに問わないとおっしゃった。内村が韓国とどのような関係があるのかを問う、とおっしゃった。私が調べた千単位の資料のリストを、さらに韓国と関係がある資料のみに絞った。そうすると、「朝鮮問題」を扱った内村の論説で一次資料が数編と、内村と韓国関連を扱った研究論文二編になった。

先生は愉快そうに笑っておっしゃった。この二本の小論文を極めることさえできれば、あなたの研究はこの分野で最高のものとなるだろう、と。結局、三年近い同志社大学時代の私の研究テーマは、「内村鑑三と韓国」になった。結果としてその研究過程で、近代史における日韓関係、日韓のキリスト教関係史というものが、手に取るように明確に見えてきたのである。

その後「土肥ゼミ」で何回か発表した、内村と韓国に関連する問題提起を、最終的に論文にまとめたものが桃山学院大学の紀要に掲載された。一方で、韓国の定期刊行誌『基督教思想』にも三編のアーティクル（article）が連載された。これらが学者としての私の最初の論文となった。

土肥昭夫先生が私に最初に教えてくれたのは、「小さな穴から世界を見る」ということだった。そして、そのためには自分自身と深く関連したコンテキスト側の穴がなければならないということだった。結局、先生の教えどおり、私は、「内村鑑三研究」ではなく、「内村鑑三と韓国の研究」の専門家となった。それを起点として、韓国の金教臣[1]をはじめとする内村の弟子たちとその時代、韓国と日本との関係が視野に入ってきた。私の研究の中心である「日韓関係史」の重要な端緒を開くことができたのである。

1 キム・キョウシン、一九〇一―一九四五、内村鑑三の弟子、韓国の無教会界の思想家、教育者。

## 土肥昭夫先生の思い出３　涙の説教と涙の通訳

一九九〇年二月に、戦後日韓関係の和解のために活動したキリスト者の澤正彦（さわ・まさひこ、一九三九―一九八八）の一周忌を記念する日韓キリスト史セミナーが、東京の富坂キリスト教センターで開催された。私の韓国の仲間たちの「韓国キリスト教歴史研究所」[1]の先輩・後輩多数が参加した。私は土肥昭夫先生と一緒に東京のプログラムに参加し、先生が基調講演をされた。

翌一九九一年八月には「韓国キリスト教歴史研究所」は研究所としての一周年記念にソウルで「日韓キリスト教史国際シンポジウム」を開催した。私は通訳を兼ねて、先生と一緒にソウルに行った。これは土肥昭夫先生最初の韓国訪問であった。奥様も同行した韓国旅行だった。

今や日本のプロテスタントの歴史書で定番となった土肥昭夫著『日本プロテスタント・キリスト教史』（新教出版社、一九八〇年）には、独立した一章として韓国植民地と日本キリスト教関連の内容が述べられている。先生のもとで勉強し始めた後、私は突然、この部分を書かれたとき韓国にはいらっしゃったことがあるのですか、と尋ねたところ、顔を赤くされながら、実はまだ訪れたことがなく、それは自分がもっとも恥ずべきところだ、とおっしゃったことを覚えている。

先生の最初の韓国訪問は、先生はもちろんのこと、同行した私もたいへん興奮してしまった。日本の近代史、特に日本のキリスト教史を最も批判的に研究している学者なので、韓国に対する歴史的責任を深く認識している歴史家の最初の韓国訪問だったからだ。招待のメインだった「韓国キリスト教歴史研究所」の国際シンポジウムの基調講演以外にもいくつかの経験をされて、たいへん喜ばしい旅となった。日程が短かったことだけが心残りだった。

まず私の寓居に先生ご夫妻を招待した。韓国では、貴重なゲストをもてなすとき、必ず自宅に招く。非常に基本的な韓国の味を賞味していただいた。このため、我が家だけでなく、両家の人もみな参加し、妻はもちろん、義母にも苦労をかけた。先生と私がシンポジウムに出席している間、妻と娘たちは奥様を連れて「民俗村」（キョンギド・ヨンインにある韓国の伝統を再現した観光地）などの観光に出かけた。当時日本語が全くできなかった妻は、通訳として実家の父に助けてもらった。

公式行事が終わってから、私は先生と奥様をソウルの南山の「安重根（アン・ジュンクン）記念館[2]」、「ヒョチャンドン」（ソウル市龍山区の町）の「白凡会館[3]」、そしていくつかの大学のキャンパスなどを案内した。しかし、先生の韓国訪問のハイライトは、何といっても帰国前日の日曜日、何とよりにもよって、8・15記念週間に「延世大学教会」の大礼拝で説教をされたことである。先生をどうしても私の母校のプログラムに組み入れたかった。幸いなことに、当時の延世大学のチャプレンたちは、先生の韓国訪問の意義をたいへんよく理解してくれた。しかし、先生の説教へのストレスはかなり大きかったようである。

旧約聖書の歴代誌下三六章二二―二三節[4]を本文とした説教だったと記憶するが、先生は事前に説教原稿を何回も何回も読まれていた。一緒に通訳をしなければならない私も、韓国語翻訳文をほぼ覚えてしまうほどに何回も読んだ。

いよいよ一九九一年八月一一日、日曜日、先生と私は延世大学教会の「ルースチャペル」の説教壇に並んで立った。司会者が先生を紹介しながら、延世大学教会の歴史としてはもちろんのこと、解放後、韓国教会で8・15記念週間に日本人の歴史神学者が説教者として登壇したことは、おそらく初めてのことであろうと付け加えた。

説教壇に私と一緒に立った先生は、年輪を重ねた長老学者ではなかった。説教原稿を持つ手が目に見えてふるえ、乾いた咳を立て続けにすることで、見るからにたいへん緊張されていることがわかった。

事前に、通訳は段落ごとに行うことに決め、私は先生の第一声を待っていた。もちろん震えるのは通訳者である私も同じだった。ところが、時間を測るために、手首からはずして説教壇に立てていた腕時計の針が一分、二分、三分…と進んでも、声が聞こえてこない。正確には約三分、先生の口元からは、何の声も出なかったのである。切ない心で横目に垣間見た先生のメガネの内側にある両目には、いっぱいの涙がにじみ出て、それが頬をつたって途切れなく流れていた。先生の胸中を誰よりも理解していた私もまた、涙を抑えきれなかった。礼拝に参加している人も、なぜ説教をしないのかではなく、今まさに涙の説教をされていることに気づくのに、それほどの時間はかからなかった。先生が心を落ち着かせて言葉の説教を開始する直前、通訳としての私の最初の声がマイクに乗った。

「皆さん、涙の通訳は、涙しかありません」

そのあと行われた先生の旧約本文による説教は、正直言ってさほど感動的な内容ではなかったかもしれない。しかし、土肥昭夫先生は語り始める前の三分間、涙によって説教をされたのである。歴史的謝罪の涙によって、ご自分が伝えようとしたすべてのメッセージを、そこですでに伝えられたに違いない。

声はなくとも、涙が説教だったのである。涙そのものがメッセージだったのである。涙の通訳は、涙でしかできない。私も先生と一緒に泣いた。私は、通訳として、涙は涙でしか通訳できないことをそのまま伝えたわけである。

この日の説教については、そのあと私が母校の教授として在職中、ずいぶん時が経ってからも、当時の参加者によってその時の感動がずっと語り継がれた。もちろん先生はその後、様々なプログラムで何度も韓国を訪問することになったのだが、最初の訪問時のその日の説教は、だれにとっても忘れ難いものとなったのである。

1 当時は「韓国キリスト教史研究会」、一九八二年にスタートした韓国のキリスト教の歴史研究のための組織。

2 伊藤博文を狙撃した韓国の独立運動家の安重根の記念館。

3 独立運動家の金九（キム・ク）の記念館。

4 ペルシアの王キュロスの治世第一年のことである。主は、エレミヤの口を通して伝えられた主の言葉を成就させるため、ペルシアの王キュロスの霊を奮い起こされた。王は国中に布告を発し、また文書をもって次のように述べた。「ペルシアの王キュロスはこのように言う。天の神、主は地上のすべての王国を私に与えられ、ユダのエルサレムに神殿を建てることを私に任された。あなたがたの中で主の民に属する者は誰でも、その神、主がその人と共におられるように。その者は上って行きなさい。」（聖書協会共同訳）

## 土肥昭夫先生の思い出4　先生と共にあった日常

留学時代、妻と幼い娘二人をソウルに置いて、京都で単身生活していた。体も不自由な私が一人で衣食住をこなしていくことが、先生にはいつも気になるところだった。平均して週に一度以上は朝早く私の宿に電話をいただいた。

「妻が今日も得意のサンドイッチをたくさん作ってくれたし、昨日香りの良いコーヒーが手に入ったから、他に用事がなければ研究室に来なさい。ランチを一緒にしましょう」と。

セミナーの時間はたいへん厳しく容赦ない先生だが、普段の先生は、我が父と同じだった。

「土肥ゼミ」は授業以外にもよく集まったものだ。学外のレストランや郊外のキャンプ場などで食べて飲んでは、集まって議論をする場合も多かったが、左京区の先生宅でもよく会食の集まりを開催した。集まる時には、家族がいて余裕のある友人は何か一つずつ手料理を作って持参、奥様が作った料理と全員で分かち合いながら、セミナー兼パーティーという機会が多かった。もちろん、単身の私は、料理を持参する義務を免除され、いつも申し訳ないという気持ちでいっぱいだった。

留学翌年の一九九〇年夏に休暇を迎え、妻も勤務先である学校の休暇で、幼い二人の娘と義理の両親まで連れて京都に来た。到着翌日、妻と子どもたちを連れて先生宅に挨拶に行った。子ども好きだった先生は、自分の孫娘を新たに迎えたかのように喜んで我が家族をもてなしてくださった。

その後、いつも先生は、私の二人の娘の名前を覚えていて、長女と次女の名前を呼んで安否を尋ねてくれた。その年の夏休み最後のパーティーが再び先生のお宅で開かれたとき、妻と義母が特に準備した韓国料理のプルコギ（韓国式の焼肉）、チヂミや、チャプチェ、キムチなどをたくさん持参した。これまで「土肥ゼミ」の集まりには、何も作らず「口」だけ「持参」していたので申し訳なく思っていた私にとって、先生ご夫婦と友人たちに恩返しができる良い機会となった。

先生は小さなスクーターに乗って通勤していた。駐車と移動が簡単だからであった。しかし、いつも危ないと思って心配していた。ある日奥様から電話があった。先生が事故で入院されたという。病室に駆けつけてみると、足首を骨折してギブスをして横になっておられた。先生は私にニッコリ笑って、病室の片隅に立てかけられている二本の松葉づえを指さされた。先生は、今回ケガをしてソ・ジョンミンを正しく理解する良い機会になったよ、とおっしゃられた。幸いなことに、大きなケガではなかったのですぐに退院はできたが、当分の間ギプスをしたまま、松葉づえをついて動かなければならない状況だった。当時、私は大学の特別許可を受けて、自分の車を、神学館と国際センターの間の花壇の横に駐車することができた。それからほぼ毎日、先生のお宅に車で迎えにいき、研究室の建物までお送りした。両側のドアから、二組の松葉づえを握って車から降りる先生と私は、お互いに見合いながらゲラゲラと笑った。そのとき先生という人間に、より一層近づいた感じがした。

先生とある程度気兼ねない間柄になったころから、私は先生に、あるお願いをしてみた。私が休暇でソウルに戻ったら、「尹東柱詩人が勉強した場所」と刻んだ木版を持って帰るから、同志社大学キャンパスの花壇のどこにでもよいので埋め込むことができないでしょうか、と。先生はメガネを上げ下げして、やってみよう、とおっしゃった。日本の大学のシステムでは、一人の教授が尽力したところで、そのようなことが容易には許可されないことはよく知っていた。しかし、先生は私と一緒に悩んでくれた。あとで知ったことだが、先生の先輩や友人の韓晳羲[1]先生と、このことについて何度も相談してくださったという。ソ・ジョンミンが強く望んでいるので何とかよい方法を見つけてみようということだったらしい。先生は、私に対して、学問的にはたいへん厳格な方だったが、人間的には限りなく温かい方だった。

１ハン・ソクヒ、一九一九―一九九八、同志社大学出身の在日企業人、研究者。尹東柱詩碑建設に最も大きな力になった方である。

## 土肥昭夫先生の思い出5　「先生！ なぜ天国に『花見』にいらっしゃったのですか」

私が韓国に戻ってからも、ほぼ毎年、先生にはお会いした。同志社大学を定年退職されたあとも、先生の研究に定年はなかった。私の見る限り、現職で弟子たちを育てているときよりも研究は旺盛になった。私が延世大学に在職したときに韓国に一度招請の機会があり、その前後、私はほとんど毎年京都にシンポジウムや学会などの用事があった。そのたびに先生のお宅を訪れた。いつも機嫌よく温かく迎えてくれた。

二〇〇八年、私は延世大学の研究サバティカルに、今在職している東京の明治学院大学から招聘教授として招かれた。そしてその年に、私は同志社大学から学術博士号を獲得した。先生の喜びはひとしおであった。その年の三月二六日、私の学位授与式があり、翌三月二七日の夕方に、京都で先生夫婦と妻と私は、私の学位論文の審査委員長であった原誠教授らが集まった祝賀会に参加した。先生は子どものように喜んで、私の学位記を読みあげてくれた。そして、普通はあまり飲まないお酒も少し飲むほど、ひたすら喜ばれていた。しかし、私のほうは、先生にとって必ずしも良い弟子ではなかったのではないだろうか、と気にかかることひとしおであった。

その夜、私は新幹線ですぐに東京に戻った。明治学院大学で新しい講座が始まるので、せわしない日程だったのである。開講して余裕ができたら、同じ日本の東京・京都間のことなのだから、一日でも二日でも頻繁に行き来して、何回もお目にかかることを先生に約束をしたところだった。ところが、東京に戻って三日後、三月最後の日のことだった。夜遅く京都の後輩から電話があった。先生が逝去されたというメッセージだった。まったく信じられないし、信じたくもなかった。ほんの数日前、晩餐の席で童顔のように赤らんだ表情をして、明るく生き生きとした目をされていたのに、亡くなるなんてどうしても信じることはできなかった。

その夜は眠ることもなく悲嘆にくれたまま、翌日早朝の新幹線で京都に向かった。先生を奉った礼拝堂で、私は茫然自失して座った。奥様の手を握ったまま、無言でしばらく泣いた。私は一人の親をまた失くしたのである。前夜礼拝をささげるため、礼拝堂の庭に設けられた芳名帳に悲しみをおさえつつ一筆書こうと筆ペンを持った。すると途端に、一筋の風が吹いて、満開の「さくら」の花びらが一枚舞い散り、芳名帳の白いページの上に落ちた。先生の息づかいだろうか。私はこのように書いた。「先生！　なぜ天国に『花見』にいらっしゃったのですか」。その文字の上に、私の涙と「さくら」の花びらがまた舞い散った。

お別れの礼拝で、花に包まれた先生のお顔を直接拝見した。私の顔を先生の顔につけると、一瞬不気味な冷気が伝わった。その冷たさは、二〇年もの間、私がいただいた先生の心の温かさを、逆に感じさせるものでもあった。四月初旬の京都は、輝きあふれる夢幻の花の国である。まさにそのような季節に、先生の肉体を火にかけてお送りし、重い足取りで東京に戻った。その日の記憶は今なお鮮明に残っている。

今日、東京では、いよいよ桜が満開した。目黒駅まで出かけたが、町中が桜天国だ。時折、強い風が吹いて、花びらが舞い散る。咲き盛りの若い花は、多少の揺れでもびくともしない。日本人は、この季節に最もセンチメンタルになるようだ。故郷のこと、親兄弟のこと、古くからの友人のことが思い出されるのはこの季節だ。花風の中を往来する人々の表情がそのように見える。これは、長くなった日本での生活から感じることだ。どの国、どの文化も花風に無関心ではないが、日本は、特にこの「さくら」に生き、「さくら」に死ぬ国であろう。悪しき軍国主義も、その強固な表れである戦争への化身も、通常「さくら」が咲くところから始まって、「さくら」が散るところで終わる。若い命がはかなく散った「神風特攻隊」をこの桜の花びらに例えるのは、最もすさまじい極端な例といえる。舞い散る花びらのように、彼らの青春を追いやってしまったファシズムの狂気が憎い。

日本では、花見の季節に最もロマンと風情を感じる。旅をするのもこの季節が一番だ。人びとの心にはどこか余裕があり、穏やかで、軽い興奮状態がある。人びとが出会う季節でもあり、青春真っただ中の人びとにとっては縁結びの季節でもある。しかし、私には「花見」の華やかで人々との交流が豊かなこの季節が、いちばん悲しい記憶によって憂うつになる。恩師土肥昭夫を天国に送った季節だからに違いない。

その日の記憶以来、桜が満開する三月下旬になると、きれいで美しい花見であるはずなのに、痛みと悲しみに包まれてしまう。これを美しさというならば、それは「悲哀美」である。このようなきらびやかな季節に、私を愛してくださった先生は、まるで花見に行くかのように、ふわりと天国に行かれた。私にとって、今の季節の日本の「さくら」は、先生との別れを記憶させ、回想させるのである。

先生が亡くなった二〇〇八年五月には、同志社大学で再び先生の追悼礼拝が開かれた。幸い私は日本にいたので、無理なく参加することができた。先生を追悼する言葉を引き受けて、いくつかの言葉を述べて、数回泣いて、すぐに席を降りてきた。そしてまたしばらく泣いた。追悼礼拝に参加したある先輩が私の手を握ってこう言った。

「土肥先生は、ソ・ジョンミンが同志社大学から博士号を取得するのを待って、お亡くなりになったのかもしれないね。いや、ソ・ジョンミンが東京に来たときに合わせて、天国にいらっしゃったのかな」と。

先輩の言葉は、私への慰労なのか悲しい独白なのか、わからない。奥様の話によると、亡くなった日の午後は、いつもと同じく普通にスクーターに乗って、行きつけのコーヒー豆専門店で好みのコーヒーを一袋買って来られた。いつものように夕食前にお風呂に入られ、浴槽に座って、その静かな姿のまま、それが我々みんなとのお別れになった。

先生の追悼礼拝を終えて東京に戻ってきても、私の寂しい心が落ち着くまでにはかなりの期間を要した。その年の一一月、当時私が招聘教授として在職していた明治学院大学で、特別企画セミナーを開催した。土肥昭夫の歴史観に焦点を当てた学術集会であった。今回は特に京都の奥様を大学にお招きした。私に発表の任務が任せられた。私としては、何回も遠慮して他の弟子の中で適任者を探したがうまくいかず、結局私が先生の歴史観をまとめた。

生涯を通して人間的な側面をお持ちであったこと、歴史叙述の方法論については日本的な意味での「民衆史観」であったこと、天皇制イデオロギーと日本キリスト教史のこと、日韓キリスト教関係史のことなど、ざっと先生の生涯と研究をまとめた。そして、遠近問わず集まった先生の直接または間接の弟子たちと、討論の場がもうけられた。

先生の直接の弟子ではない参加者のおひとりが、意を決して私に質問をした。

「世間には、『冷たい土肥』という評判があります。土肥先生は、自分の国、日本のキリスト教の歴史を、どうしても過度に批判的に、冷徹に評価しがちです。それについてソ・ジョンミン先生の意見はいかがでしょうか」

私の答えは簡単だった。

「真の歴史家の目で見る場合、どうしてもそのようになるでしょう。告白的批判をしなければ、歴史家としての責務を果たしたことにならないからです」

質問者は、さらにもうひとつ質問した。

「それなら、ソ・ジョンミン先生も自分の国の歴史を語る場合、同じように批判的に評価することができますか」

「もちろんです。そのようにしなければならないからです。私は土肥昭夫の弟子ですから」

結局、その日の討論で、何人かの参加者によって、私も「冷たいソ・ジョンミン」にされてしまった。人間に対しては温かい心で接し、歴史的事実に対しては冷酷なほど厳密に検討していく姿勢が、先生から学んだ真の歴史家の姿勢だからである。

先生がこの世を去ってから結構な月日が流れた。その間、私の研究と教育の場は韓国から日本に移った。日本の歴史においても韓国の歴史においても、歴史というものを冷徹に批判しながら研究と教育を続けている。そして、一方で、やはり先生のように、すべての人と歴史上の人物とに、心から温かいぬくもりをもって接している。

## 土肥昭夫先生の思い出6　懐かしい先生

土肥昭夫先生は、人と会う際には穏やかで温かい方だった。誰に会っても柔らかく明るい笑顔で接した。ところが、いざ歴史のことになると徹底的に厳しい方だった。先生は、歴史的事実やその痕跡を曖昧に「了解する」ことは、歴史家がその責務を果たしていないに等しいと考えておられた。弟子たちの発表に対しても、もし根拠が弱い推測や同調的あるいは主観的な感情を示す場合は、断固としてその点を指摘することをためらわなかった。

だから後でわかったことだが、歴史分析においては「刃のように冷たい土肥」というニックネームが付けられていたのである。

ところが、ある日、突然だれかが先生に尋ねた。

「先生は、もしファシズム絶頂期に、日本キリスト教の指導者であった場合、命をかけてキリスト教の信念を主張したと思いますか？」と。

その場の雰囲気に突然緊張が走った。私の心もドキドキした。大胆不敵で挑戦的な質問だったからだ。ところが、先生はニッコリ笑っておっしゃった。

「歴史に『もし（if）』のないことがいかに幸いなことでしょうか。きっと私も、明らかにその先輩たちと同じ道を進んだことでしょう。しかし、自分がそのような道を進んだかもしれないことと、歴史批判とは全く別次元の話です。多分、私も皆と同じ道を歩んだことでしょう。ただし、後に多くの後悔をすることになったでしょうが…」

日韓キリスト教関係史について十数年講義を続けてきた私も、時々弟子たちから大胆な質問を受けたことがある。

「先生は、日帝末期におられたら、神社参拝をしたと思うでしょうか？」

私は答える。

「歴史に『もし』のないことが幸いだ。もちろん神社参拝もして、多くの人々と同じように行動しただろう。後で後悔しただろうけど…。それでも歴史家の歴史に対する批判は継続されるべきなのだ」と。

いつの時代、いつの歴史にも、了承すべき「状況」は、いくらでもあるだろう。自分がそこに属している場合、特にそう言えるかもしれない。しかし、歴史家は、それを強く批判し、厳密に記憶し、記録することが責務である。そんな歴史家に、人は言う。

「あなたならば？　あなたは？　…　あなたもそうだったはずだから、そんな批判をするのはやめてください。自分もそうだったのだから、全部理解して納得して乗り越えていこうではありませんか」

このような考えは決して正しくない。歴史家は、いついかなるときも、史実に対して厳格にならなければならないのである。

## 娘たちとの思い出1　自転車と娘たち

数回ほど恩師の「その時、その時代」の話をしたが、今回は、娘たちが幼い時の話を数回してみようかと思う。今日も出勤して、日中ずっと学生たちのレポートと格闘したので、頭を少し休めるためにも…。

先日、長女夫妻が東京を訪れたとき、義理の息子が突然私に言った。

「お父さん、彼女は自転車に乗れないので、車の運転は必須です。それでも運転しないというやり方もありますが、赤ちゃんが生まれた場合どうするかが心配です」

事実、日本の若い母親たちは幼い子どもを自転車に乗せて、それも子どもが二人の場合には、前後両方に乗せて保育園や幼稚園をめざして走るのが普通である。それができないなら、車に乗せて往復しなければならない（今現在はもう、孫が生まれて幼稚園に通う年齢だが、幸い幼稚園が家の近くにあるので、自転車がなくても歩いて通うことができる）。

その昔、長女が四歳になる誕生日のことだった。誕生祝いのプレゼントとして何がいいか尋ねると、「自転車！」とすぐに答えが返ってきた。すごく気持ちが良かった。足の不自由な私がぜひとも乗ってみたかったのが自転車だったからだ。それを最初に娘が買ってくれというのだから、心地が良いに決まっている。今日は必ず自転車を買ってきて、車に乗せて帰ってくる、と小指を結んで約束した。

ところが、その日、当時勤務していた出版社の会議が長びいて帰宅が遅くなった。会社を出ていそいそと、あらかじめ幼児用自転車を見ていた近くの自転車店に行ったら、すでに閉まっていた。切羽詰まって急いで運転して遠方まで行き、幼児用自転車、もちろん両側に補助輪が付いていて倒れることのない赤色の自転車を買うことができた。

長女は、その日からマンションの廊下で、あるいは子どもの遊び場で、私が買ってあげた自転車に乗っていた。しかし、小学校に入った後、年齢にふさわしい自転車に買い替える時期を逃してしまった。そして、あっという間に時間は過ぎて長女は中学一年生、次女は小学三年生になってしまった。

そのとき、自転車の話が再び持ち上がった。やはり私はうれしい気持ちになって、小さくてきれいな自転車を家に配達してもらった。自転車を見た中学生の長女は「補助輪がない」と不平を言った。私は、そんな年齢にもなれば、補助輪はもうはずして走るものだ、練習して乗らなければならない、と言い聞かせた。ところが、私が自転車の後ろをつかんで、一人で乗れるようになるまで助けることができないということを考えていなかったのだ。娘たちはぶつぶつと文句を言った。「パパは、自転車の後ろをつかむことができないじゃないの！」

その日から、娘たちはマンションの空き地で新しい自転車に乗る練習をして、数日間かなり努力した。ころんで膝を傷つけもした。私はただハンドルを右へ、左へ、と叫ぶだけだった。数回倒れて恐怖を感じた長女も次女も、二人ともがもう金輪際自転車には乗らない、と言い出した。パパが後ろで安全に助けてあげることができない上に、自転車についてはパパに対する心理的な信頼を失った娘たちは、自転車に乗るのが恐怖になってしまった。私のミスであった。後ろからつかむパパの手の代わりに、補助輪付きの自転車を買ったほうがよかったのだ。その後娘たちは、自転車に乗るという発想自体を捨ててしまった。新しく買った自転車は、いずれ近くの親戚にあげてしまって、お払い箱になってしまった。

そんな事情で、日本に住む長女は、日本の主婦には必須とされる自転車に乗ることができない。それを義理の息子は密かに思い悩んでいるのだ。しかし、二人の娘の両方とも、パパに似たのか、運転免許証はすぐに取得した。二人の娘が二人とも自転車に乗ることができないのは、すべてパパのせいなのだ。

## 娘たちとの思い出2　いつもパパの後ろで遊んでいた次女

長女が小学校入学直後、次女が三才のとき、私は単身で日本に留学した。そして三年間韓国の自宅を留守にした。特に次女は、パパを最も必要とする時期にそばにいてあげることができなかった。

日本留学から戻った後、出版社の嘱託勤務や放送の仕事と大学の非常勤講師をして、それ以外の時間は、主に家で本や論文を執筆する時間となった。すでに小学校高学年になった長女は、公私ともに多忙であったが、まだ幼稚園児だった次女はパパが家にいる日は、ほぼ一日中私のまわりをぐるぐる回っていた。ほぼ毎年高三の担任になった妻は、毎日夜明けとともに出勤したから、娘たちがママの顔を見ることはより難しい時期だった。

いつも机にばかり向かっていたパパだから、次女は「遊ぼう」ともいえなかったようだ。机の前のパパの後ろで、ちょっと離れて、一人で遊んでいた。もしかしたら、友人がドアの外で呼んでくれても、パパが家にいる日はいろいろな理由で家にいるべきだと思っていたのかもしれない。紙人形を床に並べては服を着せ替えして遊び、私が買ってあげた日本の人形や、「ミミのキッチン遊び」、「病院遊び」などのおもちゃをさわって遊んでいた。

執筆に集中している途中、少し休憩も兼ねて、遊んでいた娘に「パパと遊ぼう」と話しかけると、目はキラキラ輝き、突然表情が明るくなり、声に生気が出て大喜びした。その時、よく一緒にした遊びは、サイコロを投げて、出てきた数字だけ、円形ボードの上に書かれている都市へ自分の「石」を移動させる、一種の旅行ルーレットのような遊びだった。自分が好きで行ってみたいと思うヨーロッパの都市に、自分の「石」がうまく移動すると、手を叩いて喜ぶのである。

それから歳月が流れ、二〇〇八年のことだったと思う。延世大学のサバティカル年で、今勤務している明治学院大学の招聘教授として東京に一年間滞在している時のことだった。長女はすでに日本に留学して大学院に通っていた。次女は学部を休学していたので、ママと一緒に東京にやってきた。カナダに半年間語学留学をしてきて、そのあと勇敢にもヨーロッパでバックパッキングの旅に出かけていた次女である。東京に戻ってきた彼女に、北米と欧州のどんな都市をまわったのか尋ねてみた。

指を折って数えつつ旅した都市の話を聞きながら、かつて幼稚園時代、時々一緒に遊んでくれた旅行ルーレットのボードと「石」のことを思い出した次第である。その時代、私は研究と仕事が忙しすぎたために少ししか遊んでやれなかったのが、いつも心残りで悔やまれる。

## 娘たちとの思い出3　士官生徒のようにたくましく歩いていた長女

次女が生まれてから、妻の実家で義理の両親と一緒に住んだ。それから二年たって、妻の職場である高校近くのマンションに引っ越したころのことである。妻は夜明けとともに出勤し、仕事に行く時間が比較的遅い私は、二人の娘の朝の世話をしていた時期がある。家事を手伝ってくれる方が来てくれるまでに、次女は牛乳を飲んでアニメを見る。長女が自分でご飯を食べて顔を洗って洗面所から出てきたら、私も出勤準備をしながら時間を作って、長女の髪をすいてやらなければならなかった。髪が長く、特に髪の毛が多かった長女の髪をすくのは、簡単なことではなかった。

全部すいた後、一本に束ねて鈴を付け、ヘアゴムでしっかり縛ると終わった。私の手の握力は普通より強いので、髪一本残らず束ねてしっかり縛ると、長女の両目はぐぐっと引き締まり、間違いなくモンゴリアンの目となった。私に似てどんぐり目の長女の印象は、そこでガラッと変わってしまう。しかし、そのようにするのがよいことだと、私も娘も意見は一致していた。お手伝いさんが来たら次女を預け、長女と私はマンションを出る。規模が大きいマンションの中で我が家が一番内側にあった。長女が通っていたカトリックの幼稚園付近まで私の車に乗っていかなければばならなかった。長女をマンション入口の商店街の前で降ろしてUターンをしなければならない。朝のラッシュアワーのため車が長蛇の列で、なかなかUターンの順番がまわってこないし、Uターンをしても反対側の車線でまた長時間待っているというのが普通になった。

長女はマンションの入り口で降りて反対側のカトリック大聖堂付属幼稚園に向かって歩いて、一つ、二つ、三つ…、と歩を進めた後、直角に振り向いて、また一つ、二つ、三つ…、と、私の車に向かって手を振った。そして、再び直角に振り向いて、また一つ、二つ、三つ…、と歩いてから、私に手を振った。そんな動作を幼稚園に着くまで、あるいは私の車が離れるまで繰り返したものだ。そのころ、ママは早朝に出勤をしてしまうし、小さい妹はお手伝いさんに任せたきりになる。長女と私とは、毎朝一緒に家を出るので、まるで同志のような連帯感が沸いた。しかも、パパの強力な腕力で、髪をしっかりすいてモンゴリアンのように目にきつく引き締めたので、その力が髪から全身にいきわたり、長女はまるで士官生徒のようにシャキッとした出で立ちで出かけたのである。

その後、長女は成長するにつれて、もちろんたくましい面がなくはなかったが、幼稚園時代のモンゴリアンのような気丈な態度、節度ある歩き方は、再び見ることはできなくなった。それほどにそのころ、長女はまさに士官生徒のような園児だったのである。

## 娘たちとの思い出4 「ラーメン・コンプレックス」の次女

妻はいろいろな面で徹底する人間だが、娘たちが幼いころ、インスタント食品の規制は、なるほどたいしたものだった。だから、私の家では、インスタントラーメンを段ボール箱ごと購入して、積み上げて保存しておいて食べるというようなことがなかった。必要な時だけ、お店に行って単品で買ってきて食べるというのが習慣になっていた。

次女は、幼い時、友人が毎日一、二度食べているラーメンがうらやましかったようだ。もしもママが学校の仕事で遅くなって夕食の準備がない時、私が娘たちに何かおいしいものでも買うか作ってあげるかということになる。そんな時、「何を食べようか」と尋ねると、次女はいつも目を輝かせながら「ラーメン！」と叫ぶ。そうすると、長女が横で「ママに怒られるよ」と釘を刺すものだから、次女は今にも涙があふれそうな顔をして、私のほうを切なく眺めるのだった。

私は、「はい、パパが責任をもつから、インスタントラーメンを買ってきて、お湯を沸かして食べよう」と言う。

長女が店に行ってラーメンを三個買ってきて、私たち三人が協力して麺をゆでる。その後、次女はいつの間にか廊下に走っていき、隣の同年代の友だちに自慢をしまくる。

「今日、私たちは〈ラーメン〉を食べるんだよ」

隣の友だちは、それがどうしたのだろうという表情で、「私たちは毎日食べてるよ」と言う。その言葉を聞いて戻ってきた次女は少し不機嫌になるのだが、沸騰した匂いや音に、すぐに笑いを取り戻して、もう大喜びである。お椀にたっぷり入れて、最終的に全部食べられないので、残りをポットへもどして、冷蔵庫に入れる。

「それはのびてしまってもう食べられないよ」

「いいえ、パパ！　麺が太くなっても、おいしいんだよ。あとで食べるから。大切に食べなくちゃ」

ラーメンを食べながら、次女に尋ねた。

「ハミ（次女の幼いころの愛称）！　大きくなったら、どんな人と結婚したいの？」

「うん、ラーメン工場の人」。

「なぜ？」

「うん、毎日家に帰るとき、ラーメンを一個ずつ持って帰ってくることができるから」

「その程度なら、いくらでも買うことができるじゃないか？」

「うん、でも工場の人は一個だけ持って帰ることができるから」

もちろん、今、私の次女の夫はラーメン工場の人ではない。娘たちにインスタント食品を食べさせないようにした妻の考えは、いやというほど何回も聞かされていてよく理解している。しかし、そのころ、特に次女の「ラーメン愛」と「コンプレックス」は、いまだに忘れられない。

今、ラーメンを食べる時、子どものころの次女の表情と声が目と耳に浮かぶ。

## 生放送ラジオ番組の醍醐味

### 〈回想1　突然鳴った携帯電話〉

一九九〇年代の初め。日本留学後、帰国して大学の非常勤講師、本の執筆、論文発表などをしていた時代、偶然、放送の仕事をもらった。「極東・アジア放送」（ＦＥＢＣ）のある番組のマイクを握ることになったのである。

レギュラー番組の司会者として毎日流される生放送であった。現在、アメリカに住んでいるＪディレクターによる午後の放送だった。郵便で送られてくるリスナーの話や経験物語を紹介しながら、毎日数人のゲストを迎えてインタビューする形式だった。もちろん音楽ＤＪのように、番組では音楽も流して、恥ずかしながらコメントもしなければならなかった。

毎日、生放送を三年程度続けたので、かなりのことを覚えている。あるとき、かなり有名なゲストを放送に招請したが、非常に忙しい方であった。当時「カーフォン」はある程度普及していたが、「携帯電話」はめずらしくて貴重なものだった。しかも、その大きさはビッグサイズで、ニックネームが「冷蔵庫」または「無線機」、「武器」などと呼ばれていた時代である。私もＪディレクターも持っていなかったから、ゲストの「携帯電話」のことまで事前に確認していなかった。おそらく最近であれば、無条件にチェックし、もし持っていれば押収（！）した後、生放送のスタジオに入ってもらうはずだ。インタビューが盛り上がってきたときに、ゲストのハンドバッグから騒がしい音が鳴り始めた。生放送の司会者である私は全身に冷や汗が流れた。調整室の若いJディレクターは、突然死相になって半泣きだった。

「会長、突然の緊急電話のようです。どうぞ遠慮せずお話しください。リスナーもわかってくれますよ。しばらく音楽を聞くことにしましょう…」

ゲストは、自分でもあわててしまって、ハンドバッグの中身を床に落としてしまい、たいへん申し訳ありません、と言って携帯電話の電源を切った。私は、とっさにとぼけて「お忙しいのに、お電話はよろしいですか?」と言って、何ごともなかったようにインタビューを続けた。

スタジオの外のJディレクターは、私に投げキスを飛ばして、両腕で「ハート」を描きながら、私に敬意を送った。放送が終わって走ってきたJディレクターは、突然私を抱きしめ、天職の放送人だとほめたたえてくれた。

その後、視聴者からのハガキでも、この電話事件の放送がいちばん面白くかったという反応が殺到した。それでも、私としては冷や汗もので、今でも忘れられない経験であった。

**〈回想2　アドリブで遅刻〉**

こんな感じで生放送を三年ほど続けた。大学街のデモがひんぱんだったときだ。午前の講義を終えて、昼食もとらずに放送局に向かって車を走らせた。延世大学前も、弘益大（同じ新村にある大学）前も、デモ鎮圧用の催涙弾がいっぱいであった。車は動けない状態、何とか川沿いの抜け道の河辺に出て、近道を走ったが、私の生放送の開始時刻午後三時は、すでに車の中で過ぎてしまった。

どうしても私の放送にチャンネルを合わせてラジオをつけることができなかった。今ならどこにいても「携帯電話」から放送することができるだろうに…。結局、一〇分以上遅れてスタジオに飛び込んだ。Ｊディレクターが私の席に座って音楽を流していた。すぐに興奮した口調で市内のデモの状況を伝えながら、アドリブで冗談を飛ばして、マイクを受け継いだ。

**〈回想3　アフターの楽しみ〉**

同じ放送局で、レギュラーゲストとして出演したときである。放送界、政治界の重鎮である柳在乾[1]先輩と、長時間の放送収録をした。Ｃディレクター、Ｊ作家、続いてＫ作家、その時の放送内容がもとになって私の「論争史」、「社会運動史」などの本となった。

録音が完了すると、柳在乾先輩は「じゃ、終わったので、ご飯を食べに行こう」と。国会議員、弁護士、大学の学長まで兼ねていた柳先輩は子どものころの空腹の時代の話をして、いつもどのレストランでも、無料でご飯のおかわりをしてもらっていた。

私は、先輩に「ご飯コンプレックス」とジョークを言ってからかった。柳先輩との楽しい放送、そしていつも温かいアフターは、今でも忘れられない。

**〈回想4　台本なしの生放送〉**

今回は韓国のCBSである。話すことは山ほどあるが、Kディレクターのレギュラーゲストをしていた時代のことである。司会者は韓国第一世代の有名コピーライターの李・マンゼさんであった。毎回放送作家が息も切らせぬ綿密な台本を書いてくれる。私の出演時刻になると、李・マンゼさんは目でウインクしながら、笑いささやく。

「じゃ、ここからは、ソ・ジョンミン先生ですから、台本なしでいきましょう」と。

**〈回想5　はるか南シナ海で弟と出会う〉**

MBCのラジオ番組を担当したこともある。すでに故人となった詩人の金・ギュドン先生が進行した早朝番組である。かなり長期間のシリーズで、当時私が研究していた北朝鮮の宗教史の話をした放送のときのことである。

私のただ一人の弟、今ではファッション界の重鎮である弟が航海士としてコンテナ船に乗っていたときのことだ。欧州から出発してシンガポール経由で横浜に向かっていたらしい。穏やかな海でつれづれなる夜、周波数を前後に回してリーダーが故国の電波をキャッチした。すると、すぐに誰か分かる声が聞こえたという。（最近、インド近海で日本の貨物船が、船員が家族や親戚と通話するためにＷｉＦｉを利用したくて無理な接岸をして座礁、大量の油が流れて清浄な海を汚染させた事故を思い出す。やはり隔世の感である）。

しばらくして、日本に国際電話がかかってきた。「兄さんでしょう⁉ 今放送していたのは！」。航海中の弟がＭＢＣの早朝放送を聞いたのだ。突然、弟に会いたい気持ちが募って、涙が込み上げてきたものだ。

そんなこんなで、放送はやはりラジオが最高だ。中でも、生放送が。

１リュ・ゼコン、一九三七―。国際弁護士、大学教授、前国会議員、放送人。

## こだわりと遍歴、そして帰属欲求と

ソウルに親しい友人がいる。某大学史学科のC教授である。彼の周りでは、彼のことをいつも「ワーキング・エンサイクロペディア」と呼んでいる。私もそのように呼ばれることがあるため、二人は時々情報の混乱と勘違いで口論をしたこともある。そこで、周辺の友人たちは、宗教やキリスト教などの分野については私に、一般的な部門ではC教授に、「優先順位」を与えられた。ところが、最近では、私が日本亡命（！）中なので、C教授が全面解決しなければならない。しかし、最近、私たちも年齢が年齢なので、記憶がだんだんあいまいになってきているかもしれない。

幼いころから、私には特別な収集遍歴があった。友だちと会うこともあまりなく、入院生活が続いていた境遇のため、親や家族のおかげで、同年の子どもたちとは比べものにならないくらい多くのおもちゃを持っていた。一日中、それを分けて整理しては、また散らかすという繰り返しが、私の遊びであった。しかし、いつの日か、遊びたいおもちゃを探し出すのに疲れてきたので、私はあることを決心した。それを一つずつみんなに分けてあげてしまうことにしたのである。そして、おもちゃの次は、帽子を集め始めた。ところが、頭が大きい私に似合う帽子はあまりなかった。今も好きな帽子がいくつかあるが、もうあまり強い関心はない。また、笛への執着もあったが、それも、「うるさい」とまわりから叱られ、嫌気がさしてしまった。ハーモニカをはじめ、いくつかの楽器もことごとく同じ結果になった。

中学生の時には、切手収集に執着した。切手を集めるために、海外にペンパルまでつくって、夢中で没頭した。記念切手シートが発行されると、私の代わりに母が夜明けから郵便局の前に並ぶことも、一度や二度ではなかった。高校のころには、それはかなり高価な「コレクション」となった。

ところが、ある事故が起きた。数十人が頻繁に自由に行き来する私の部屋の中に置いていた切手のアルバム全集を失ったのだ。もちろん、絶対に私の友人の仕業ではない。誰かが、さも私の友だちのような格好で私の部屋に侵入して持っていったのだと推測する。数日悔やしかったが、そのうち執着も捨ててしまった。

原稿を書く仕事をするようになってからは、万年筆やボールペンを収集し始めた。かなり高価なものだけでも二十本以上も集めた。ところが、これもまた、ある事故が起きてしまった。ある日、引っ越しの最中、わざわざひとつに取りまとめていたものを、私のミスで捨てる荷物のほうにそれを入れてしまったのである。家を出てから気づいて、びっくり仰天、元の家に戻ったが、時すでに遅し、引っ越しのゴミは処理された後であった。胸の焼ける思いをしたが、これもそのうち忘れた。

物だけではなく、子どものころから家には犬が必ず一匹いた。高校時代の終わりころ、もっとも愛していた珍島犬一匹が死んだ。その後体重が減るほど胸が焼け焦げ、これからもう動物を育てるのはやめようと決心した。動物を育てるのであれば、これからは人を育てよう、もう犬は決して育てない、と決めたのだ。だから私は、人を育てる教員になったのかもしれない。

読書はと言えば、もともと私は「雑食」であった。もちろん専攻に関連するものが最も多いだろうが、特に大学時代までは、あらゆる分野の書物を速読、そして乱読した。最後まで読み終えなかった本もあれば、しっかりと読み込んだ本もある。

大学卒業後、一時期、百科事典編纂のために、原稿を執筆する仕事に携わった。出勤すると、一日中、本と資料を読んで、少なくとも原稿を八〇〇〇字以上は平均的に書かなければならなかった。それを一〇年間続けた。未発表のものも含めて実際そのころ書いた原稿は、四〇〇字詰め原稿用紙に二万枚以上になると思う。すべて手書きで、原稿用紙に書く時代である。すべての指にタコができるほど書いて書いて書きまくったから、筆記具については敏感でたいへんこだわるようになった。そして、そのときその時代の、洪水のように大量の資料には、嵐のような書き込みがある。そういったものが、今、私の知識の源となっていることは間違いない。

人文学の訓練には、さまざまな分野への積極的な関心、強靭な知的吸引力が求められる。人文学にとって、ある一つの分野だけに執着することは問題だ。もちろん、自分の目指すところにこだわり続けることも必要だが、いったんそこから離れて寄り道をすることが大切である。寄り道をしてはまた戻り、戻ってはまた他の寄り道をするということを繰り返すのだ。

本業と寄り道とを、どれだけうまく使い分けることができるかによって、ほんとうの人文学の知的遊泳の可能性が決定されるのだと思う。（この部分、収集遍歴の経験の一部は、朝日新聞「論座」のコラムでも例に挙げて書いたことがある）。

ところが、最近は、知識、人間関係、収集、趣味など、いったい何が私を幸せにしてくれるのか、いい加減もうどこかに錨をおろしたいという怠惰な帰属欲求が生じている。年寄りになった証拠かもしれない。しかし、あまりにも長い間、知的遊泳、収集遍歴、思考の自由に慣れてしまったため、果たしてどこに錨をおろすことができるのか自信がない。それならいっそうのこと、どこかに定着するのではなく、むしろ思考の自由そのものを趣味にして、遊泳し続けようかとも考えている。

## 「タルギゴール」か「ティファニー」か、それが問題だ！

私は梨花女子大学師範大学付属高校を卒業した。韓国で学校名が最も長いことで有名である。私の時代は、名実共に男女共学であり、学校創立後から私たちの二年先輩までは私服を着る高校だということで有名であった。また、いわゆるデューイ式教育を名実共に実践する学校で、自由奔放で、学生のほとんどは、いつも楽しく学生生活を満喫することができる学校であった。韓国の高校教育制度が変更されたため、このような学校を志望して試験を受ければ入学できるというシステムは、私の学年が最後となった。

学校の所在地は、梨花女子大学[1]のキャンパスに続く梨大裏門付近の「デシンドン」（ソウル市西大門区の町）である。今は別の梨花大学併設の学校の金蘭（クムラン）女子高校と合併され、高校は「クムファ・トンネル」[2]側の金蘭キャンパスとなり、オリジナルの学校は付属中学校となったが、私の当時は今の付属中学校が中・高校の校庭であった。現在の梨大裏側付近、梨大と延世大学の境界付近は、かなり洗練された都会的で比較的高級な雰囲気だが、当時はそういうわけではなかった。何よりも「クムファ・トンネル」がなかった時代だから、ここから光化門、鍾路などソウルの中心部に出る道としては、新村（延世大学の正門付近の町で有名な学生街）、梨大正門入口、「ブクアヒョンドン」すなわち「エオゲ」（ソウル市西大門区の町）を通っていくしかなかった。現在の「クムファ・トンネル」高架下の「ボンウォンドン」（ソウル市西大門区の町）入口はまさにソウル都心からそれほど遠くない田舎、市内バスの終点だった。道路は舗装されたが真ん中の車道だけで、路肩は土ぼこりが立ち込め、間違いなく田舎道だった。当時延世大学の裏山は自然の状態のままだったので、ここがソウルとは思えないほどであった。空気は清らかだし、夜には天の川が白く輝いていた。

梨大付属高校の正門の道を渡れば、少し右上に私たちの「アジト」である「タルギゴール（いちご谷）」があった。辛いコチジャンスープの太い麺（うどん）が最高に美味しかった。そして、当時としては非常に多くの種類の「ソフトクリーム」があった。メニューに「ないものはない。すべてがある店」であった。二階が広く一クラス全員が入ることもできたので、私たちの「集会所」でもあった。

それと別に正門を渡って左側には、「ティファニー」があった。ひび割れた白い壁の、狭いが長い建物であった。私たちの時代では最高の人気デュオであるカーペンターズの曲が常に流れていた店である。この店の「スンドゥブチゲ」、貝殻をそのままたっぷり入れた「スンドゥブチゲ」は天下の珍味であった。多くの友人が図書館にこもるときの夜の弁当としてご飯だけ用意して、この店の「スンドゥブチゲ」を注文して食べるというのが長らく流行していた。私たちはいつも校門を出て、「タルギゴール」に行くべきか、「ティファニー」に行くべきか、悩んだものだ。

ところが、私の親しい友人にはもうひとつの選択肢があった。延世大学付属セブランス病院側を二百メートルほど下がれば、今はもうないが古い韓屋の我が家があった。いつも家にいた祖母が、食事は大切だからと言って、私の友人のためにインスタントラーメンを常に用意してくれていた。私が「タルギゴール」にいても「ティファニー」にいても、あるいは図書館にいても、私の友人たちはいつもインスタントラーメンを食べに私の家を訪れたものである。

「タルギゴール」からでも「ティファニー」からでも「アイスハード」を一つずつ持ち出してギターを巻きつけて、「ボンウォンドン」側に歩いて、延世大学の裏山にあった「農業開発院の牧場」道に入れば、それこそキム・セファン（一九七〇年代から人気のフォーク歌手）の当時の流行歌「牧場道に沿って」の主人公になった気分であった。

ところが、当時の時局は朴正熙（バク・ジョンヒ）の「維新」に突入、「緊急措置」[3]が発令されていた時期だった。高校一年生で私は生徒会長に選挙で選出され、二年生になって学生会が「学徒護国団」になって、「学生組織」は「軍事組織」となった。延世大と梨大のデモのチラシ、催涙弾の臭い、歓声はそのまま私たちの高校のキャンパスにまで飛び交った。そのころ、学校の雰囲気も変わった。自由、個性、夢を重視する教育ではなく、入試、進学、成功、学業成就などで広く知られる雰囲気に変わってしまった。当時独特の梨大付属高校の教育を守り支えてきた先生のうち何人かが、半分は自分の意思で、半分は自分の意思からではなく、学校を去ってしまった。

そんな中、決定的なことが起きた。当時梨大付属高校は九月中旬ごろから、いわゆる「国連デー(UN day)」の一〇月二四日まで、全学年の各クラスを六大陸の一ヶ国ずつ毎年別途選定し、その国の市民になって文化体験をするイベントを準備する。そして「国連デー」に「梨花大学スタジアム」での大規模な運動会兼祭典を開催する。秋全体が楽しい季節だったのである。もちろん入試の勉強に支障をきたさないわけではなかった。

ところが、私は二年生になった年、学校の新執行部は、これを廃止すると発表した。この時、私たちのクラスの反骨者たちは初めて大規模デモを実行した。延世大学生たちが使っていた「維新反対声明ビラ」を保管していたのでそれをコピーした。そして「校外問題」として、このような時局に高校生たちも静観してはいられないと宣言した。私たちも４・19革命の時のように、大学生の先輩たちの後に従うと主張した。

そして「校内問題」を追加した。「国連デー」のイベント廃止には絶対反対であった。授業を拒否し、授業中放送室で占拠声明書を読み上げて、全校生徒を体育館に集めて、校門の外に出ようなどと、今考えると恐ろしいデモだった。当然首謀者である私も、私を助けてくれた友人も、すべて退学処分に相当する事態だった。教務会議が開かれた。その結論は驚くべき結論であった。私を大事にしてくれる先生が私を呼んで泣きながら言われた。

先生の多くは授業ボイコット、放送室無断占拠、授業妨害等の罪であなたの退学は当然である、と主張した。しかし退学処分になると、「緊急措置違反」になるというのだ。大学進学前に「緊急措置違反」で刑務所に入ったり、独裁政権の情報機関にリストアップされたりすることを考えると、あまりにも胸が痛む。そこで、何もなかったことにしよう、と決定したそうだ。

そして、君たち生徒が学校生活を充実させたいと思って開催する「国連デー」のイベントは継続する、と決定された。今になって考えると、私は、維新時代「緊急措置」の恩恵をこうむった人間である。というのは、学外で出された「緊急措置」のおかげで、若い弟子の将来を守り抜こうとした先生たちの愛によって、退学処分は免れて、無事学校に通い続けて卒業することができたからだ。「緊急措置」が、退学処分から私を守る「防波堤」になってくれたのだった。「緊急措置」か「退学免除」か、私の高校時代には二者択一の問題が多かった。

まさに、「タルギゴール」か「ティファニー」か、それが問題だったのだ。

1 韓国で一番歴史が古い名門女子大学でキリスト教主義の大学。
2 延世大学と梨花女大方面からソウルの中心の光化門などの方面に直接行くことができるトンネル。
3 朴正煕の軍事独裁政権が発令した特別法令で、個人の政治的意思表現の自由、人権などを制限する措置。

## 幼いときの夢、シンバリスト

ある日の午後、私の大学のアートホールで開かれた古典的な室内楽コンサートを妻と一緒に鑑賞した。モーツァルト、プッチーニ、ロッシーニなどをレパートリーにした弦楽五重奏が中心であった。音楽の持つ世界共通の共感やインスピレーションは、クラシックに造詣があまり深くない素人である私にも喜びと感動を与えてくれる。無駄のない、すっきりとした演奏であった。ところが、今日、弦楽五重奏としてはめずらしく、コントラバスが主題であった。多くを知るわけではないが、室内弦楽器コンサートでコントラバスが中心となることはあまりないはずである。

コントラバスの奏でる重低音を聴きながら、小学生のころのある記憶がよみがえった。小学生も終わりのころ、初めてシンフォニーオーケストラの交響曲演奏を鑑賞した時のことである。壮大なオーケストラで編成された大きな舞台の交響曲を聴くこと自体も興奮する事態だったが、いくつかの種類の楽器で、各演奏者がそれぞれの演奏をして、その音が一つの壮大なハーモニーを醸し出していることが何よりも感動的だった。

ちょうどその時、私の目を引く演奏者がいた。大編成オーケストラの最後部にもの静かに立っているシンバル奏者だった。もちろん、彼はシンバルだけを演奏するわけではなかった。カスタネットやトライアングルも演奏したが、幼い私の目に、彼は演奏者の中で演奏する場面の最も少ない演奏者であることは明らかだった。しかし、時々交響曲のプロットが変わるときに、「チャン！チャン！チャン！」と大転換の壮快な役割をする。私は、その姿に深く魅了された。

家に帰ると。すぐに母にせがんだ。音楽をしたい、シンバル奏者になりたい、と。ごく常識的で、息子に対するプライドが強かった母は、プロとして音楽を勉強するにはもうすでに遅すぎる。仮にするにしても、ピアノやバイオリン、またはオーケストラの指揮者をすべきではないか。シンバルをやりたいなんて、何てことだ、とさんざん叱られた。音楽をよく知らない母と息子の当時の会話について、今とやかく言おうというわけではない。私は今、当時母の叱る気持ちが十分に理解できる。しかし、その当時、やはりシンバル奏者の夢は捨てたくないと思い、シンバル奏者になることは私だけの密かなはかなき夢となった。

後で分かったことだが、大曲の演奏中、たまにシンバルを叩いたり、小さな打楽器を叩いたりする打楽器奏者は、シンフォニー全体の流れを常に把握していなければならず、他の演奏者よりもずっと高度で最上の拍子感覚を備えていなければならない。旋律の転換について、彼がどれほど重要なカギを握っているかということを、私は理解していなかったのである。

しかし、シンバル奏者の役割を細かく見ると、何か歴史における「辺方」または「辺境」の存在のようにも思われる。歴史というものは、いつも最高の指揮者やオーケストラと共演するソリスト、少なくとも第一バイオリニストだけを追求しがちである。もちろんそうした者たちによって、歴史は作られ、主導されてきたという事実は否定できない。

そして、その他の様々な楽器一つひとつ、演奏者一人ひとりの「タラント」も、ことさらに強調しなくとも、十分に重要な要素である。ずっと休止していて遊んでいるかのように見えるが、「チャン」、「チャン、チャン、チャン」とシンフォニー全体のオーラを「開闢」するかのごとく変えてしまう「シンバル」のフォーム、私はその「格好よさ」を忘れることができない。

今日、弦楽五重奏のコンサートで、決してメインにはなることのない「コントラバス」の低音の響きを耳にして、かつての自分の夢がよみがえった。

目立つ人々のことは、歴史を読むときのひとつの視点であることは確かである。しかし、目立たなくとも、世の中の全体を常にきっちり見極めてきた人々のことも、歴史を読む視点としてはたいへん重要なのだ。

シンバルの演奏者が脚光を浴びるような社会にぜひなってほしいものだ。

# 第４章　批判的思考

## 真の民族主義とは

学生や周辺の人たちから、時々、右翼イコール民族主義なのかと、よく尋ねられる。東北アジアの政治がすべて右傾化の情勢であること（韓国の場合は二〇一七年文在寅政権以後変化した）に起因した質問だろう。そこで、「民族主義」の意味をいくつか考えてみよう。

私は、民族主義をまず「オフェンシブ・ナショナリズム（Offensive Nationalism）」と「ディフェンシブ・ナショナリズム（Defensive Nationalism）」に分ける。オフェンシブ型の代表例としては、ドイツの「ナチズム（Nazism）」つまり「ゲルマン（German）民族主義」、近くには日本の「ファシズム（Fascism）」における全体主義絶頂期の「大和民族主義」などがある。

民族主義は、歴史の中で決して肯定的なイデオロギーではない。有名なナチスの「ユダヤ人虐殺事件」を、伝統的な「ユダヤ民族主義」と「極右ゲルマン民族主義」との間の葛藤と分析することもできる。そして、ほとんどの民族主義はオフェンシブ型の性格を帯びて優越的、排他的な感情をみせ、好戦性と攻撃性を持っている。

しかし、ディフェンシブ型は他の民族や周辺の強力な国によって独立と尊厳を侵害されて屈辱と迫害の中にある民族から表明される民族主義を意味する。これらの民族主義は、他の民族を侵略したり制圧したりする形のエネルギーであるよりは、自民族の最小限の独立と尊厳を回復し守り抜くための「守備的民族主義」を意味する。帝国主義の植民地時代のほとんどの被抑圧民族から示された思想であり、実践目標であった。

もちろん日本の植民地時代における「韓国民族主義」もその代表例とすることができる。今、中国の漢族以外五五の少数民族のいくつかのケースと、ロシア、東欧などでその実例を確認することができる。特に独立を望む多くの少数民族から生じる独立闘争や民族のアイデンティティを維持する諸活動の基盤は、この「ディフェンシブ・ナショナリズム」である。

韓国の歴史にも明らかに「ディフェンシブ・ナショナリズム」が存在した。韓国は、８・15以降分断を迎えたが、分断の「レトリック」は左右イデオロギーの尖鋭な対立だった。もちろん外国勢力が朝鮮半島を支配したからだ。このような状況で、韓国は過酷な同族間の戦争を経験した。事実、左右イデオロギーの極端な対峙と、激しい同族戦争自体を見ても、すでに韓国における民族主義は有名無実化してしまった。民族アイデンティティではなく、理念のアイデンティティが優先されなければ、相互対立と敵対が不可避だからである。だから同族戦争以前に、左右イデオロギーを超越して統一国家を樹立しようとした最後の理想的な民族主義者たちの南北交渉は、南北の両方で無惨にも失敗したのである。

そして、韓国は国家権力主導の基盤を日帝下の親日勢力に置いた。植民地時代に存在していた韓国の抗日民族主義は、むしろ独立国家樹立の過程で疎外された。既得権の中心になる元の親日勢力が選択したレトリックは民族主義ではなくやはり反共だった。これらは時局に合わせて抗日、反日を叫んだが、もともと持っていた限界を克服できなかった。そして、軍事政権以降はさらに露骨になったのである。

北朝鮮は本来民族主義とは相入れない社会主義国家を樹立した。階級構造的には民族主義は統合思想である。しかし、社会主義は、それが民族内部であっても階級闘争である。北朝鮮が社会主義と民族主義を無理やり結合しようとした「主体主義」は、社会主義でもないし、なおさら民族主義でもない。

韓国は継続的に抗日を叫びながら、実際には反共に命をかけたイデオロギー社会であった。表面的には、「反北親米」というかたちをとった。そして、それに忠実な立場を「韓国民族主義」と呼んだ。私は、これを便宜上韓国の「旧民族主義」と呼ぶ。

さて、ここで親米が強く存在する限り、民族主義としては失格である。厳密に言えば、民族主義は、いかなる外部勢力にも同調することがあってはならないからである。米国であっても例外ではない。そして、現実的に民族か反共か選択しなければならない状況になると、すぐに反共になるという、つまり民族の価値というものが二次的でしかない、名分のみの民族主義である。

その後、韓国社会の一連の変化に応じて、新しい民族主義が登場した。つまり統一を目標とする民族主義だ。これらの理念が形成された背景はともかくとしても、表面的にはやはり「親北反米」となった。もちろんここでも、基本的に反日が前面に出る。そして左右イデオロギーの問題で反共そのものは維持するが、選択的な側面がある。

これらは、民族か反共か二者択一の状況では、民族をまず選ぶ。民族を最優先とする意味では、民族主義といえるが、伝統的な意味の民族主義とは全く異なる面を持つことも事実である。北朝鮮と民族主義的にコミュニケーションしようとする態度を持っていて、解放空間における南北交渉勢力というような側面がある。状況的に見ると、ひとつの強力な理念を持ったものというよりは、戦略的で方法論的な特徴がより強い。私はこれを韓国の「新民族主義」と呼ぶ。

民族主義は、苦悩する民族が最低限の民族的尊厳を回復するためにのみ有効である。これまでの歴史において多くの例を見るように、優越的、排他的、攻撃的な民族主義は、野放しにしておいてはいけない。この点において、韓国民族主義は「守備的」であり、「苦悩する民族主義」であり、肯定的な「テーゼ」を持っている。

しかし現状としては、韓国民族主義の実体は消え去り、南北の両方に「類似民族主義」だけが存在する。それによって民族的課題が解決される期待はもう失われた。韓国内の民族主義の葛藤は、旧民族主義を「偽民族主義」として「保守バカ」と罵倒し、新民族主義を「社会主義」として「従北アカ」と責め立てるような、相互不信と議論だけが激化している。

韓国の「新旧民族主義」も、北朝鮮の「主体思想」も、真の民族主義ではない。民族主義が誤って横行すると、長らく歴史の指弾を受ける。民族主義は、ともすれば軽率な考えだけで主張されがちである。韓国キリスト教は「民族キリスト教」、「民族教会」という概念を乱発し、付和雷同した。民族主義をキリスト教と結合して理解するには、より複雑で、洗練された省察が必要である。

再び冒頭の質問の答えに戻ろう。右翼がすべての民族主義なのではない。いま現在、韓国において、真の民族主義は存在しない。他の価値によって将来を設計していきたいものである。

## 悪の平凡性「考えないことの罪」

数年前に公開された映画「ハンナ・アーレント」が継続的に注目されている。上映館は長蛇の列となり、彼女にかんする書籍や資料もかなりの人気である。私はまだ映画は鑑賞していなかった。しかし、ずいぶん前に政治哲学者ハンナ・アーレント（Hannah Arendt,1906-1975）の著作「エルサレムのアイヒマン：悪の平凡性についての報告」（Eichmann in Jerusalem：A Report on the Banality of Evil, 1963）を読んだ。

いわゆる彼女の「考えないことの罪」については、基本的な理解があるつもりだ。ドイツ出身のユダヤ人学者である彼女の一生は波瀾万丈そのものだ。恩師である哲学者ハイデガー（Martin Heidegger, 1889-1976）との恋愛、そして決別、ドイツで経験したユダヤ人差別と虐待、ナチスの抑圧、フランスへの逃避、再びアメリカに亡命…。そしてその後、アメリカの市民権を獲得して一九五九年以降はプリンストン大学教授を務めた。特に、ハイデガーとの不適切な関係、後に彼と和解してナチスを擁護していた彼のために公聴会で証言したことなど、話題に事欠かない人物である。

しかし、彼女に注目する最大のテーマは、歴史の中に存在する「悪」と「罪」に対する省察だ。彼女は、ナチスによるユダヤ人虐殺の主犯であるアドルフ・アイヒマン（Otto Adolf Eichmann）の戦犯裁判傍聴記録である前述の著作で、「考えないことの罪」というテーマを展開した。何百万人ものユダヤ人虐殺を主導した凶悪者アイヒマンという人物は最終的に「命令に従っただけ」という弁解で一貫している。

これを直接目の当たりにした彼女は、一体「悪」というものが根本的に現実とは別のものとして存在するのか、それとも単に「陳腐」（人々が自分の行動のもたらす結果について何ら考えることなく無批判に、単に命令に従うだけ、多数に従うだけとなる怠惰な傾向）の作用であるのか、という深い疑問を抱いた。彼女はこれに対して「考えないこと」が結果的に「悪の陳腐さ」を生成すると結論づけた。

これは徹底的に分断化され疎外された個人の受動的な態度であり、まるで「死んだと同然、考えることをしない」態度であると分析した。

数年前、大学でナチスのユダヤ人虐殺事件に言及して、「ユダヤの信条的な選民主義とナチスのゲルマン民族主義との葛藤」を前提に講義をしたとき、そのような前提の対立項として、ハンナ・アーレントの論旨を説明したことを思い出した。そのころ、日本語に翻訳された彼女の著作『イエルサレムのアイヒマン―悪の陳腐さについての報告』（大久保和郎訳、みすず書房、一九六九）を再読したことがある。

ハンナ・アーレントは、政治哲学者に分類される。もちろん、そのような分類がふさわしい研究書、たとえば『全体主義の起源』（*The Origins of Totalitarianism*, 1951）や、『革命について』（*On Revolution*, 1963）のような著作もある。しかし一方で、人間の存在や内面について、より一層深い洞察を試みた哲学者でもある。

私はもちろん、彼女の学術の方向や思想にすべて同意してるわけではない。彼女が経験した、特別な生涯の過程で凝縮された結論だけでもって、歴史に存在する悪や罪を包括的に解釈することは困難だからである。しかし、少なくともどのようなシステム、組織、場所、責任、役割の中にあっても、個人の「考えないこと」によって引き起こされる、何か言葉で表現しようのない罪、そこから発生する「無限の悪」という考え方には、心から同意したい。

いまや古典ともいえるアーレントの考えを、現在の故国韓国における政治社会、特に朴槿恵政権の崔順実ゲート事件のことなどを考えるキーワードにすることもできるだろう。ここでいくつかの答えを出すことができるのではないかと考えている。個人の生活において無念無想もよいし、怠慢と怠惰もよい。しかし、責任ある地位にある者がとる無の概念の行為、たとえば、陳腐や慣性などがもたらす醜悪な結果は重大な罪であり、構造的な悪である。深い省察をしないことは、それだけで批判能力が欠如している。これらに対して、特定の責任を排除することが歴史的な悪を防止する一つの道であることには間違いない。

最近（二〇一四年七月）、日本では、現政権（安倍政権）の「集団的自衛権」の解釈強行をはじめとする政権の保守回帰、強硬な好戦性の波が高まるとき、もちろん彼女を描いた映画の流行も原因だろうが、改めて注目される「ハンナ・アーレント現象」は、たいへん意味のあることではないかと思う。

また、イスラエルとパレスチナの戦雲が色濃く立ち込める中、イスラエル軍がパレスチナの「小さな天使」たちを無差別虐殺している現実において、新たな「アイヒマン」たちの、ただ命令に従っただけという「陳腐な悪」に大きな危惧を抱かざるを得ない。

私の故国の現実にも危惧を抱かざるを得ない。彼らもやはり何気なく習慣通り従来やってきた通りのことを行うだけだった。何も考えないことの罪、何も思わないことの罪を犯さないために、どうすればよいのだろうか。

## 「ソシオパス」

最近一連の過酷な事件、口にすることさえはばかられる極悪な殺人と死体遺棄を犯したティーンエイジャーの犯罪に対して、専門家たちは「ソシオパス(Sociopath)」という診断をくだす。最近、韓国でも日本でもよく言われる「サイコパス（Psychopath）」とはまた異なる意味である。ところが、「ソシオパス」は特別な犯罪者に適用されるだけでなく、日常の私たちの周囲に多く存在する。殺人も物理的な意味以外に様々な形態がある。社会組織の関係、人間関係等で様々な形態の、目に見えない犯罪や殺人行為もたくさんあるだろう。身近な「ソシオパス」は、そのような目に見えない犯罪のことを言う。

非常にインテリジェントで、目に見えたり自分が直接狙われたりする状況は作らない。偽善であることができず、「天使の仮面」を楽しんで使用する。通常の判断基準からすれば常識的に見えるし、少し距離を置いて見ると正義そのもので品格がうかがえることもある。しかし、彼らの「羊頭狗肉」はむしろ自分と非常に近い人々、そして善良な人、やりやすい人、あるいはいくつかの理由で利用価値が低下したと考えている周辺の同僚にまず示される。普通のレベルでの快適な関係を到底容認できない彼らは「最後まで利用しなければならない人」を設定する。もちろん、その対象が頻繁に変わることもある。非常に卑怯で、時には過度に卑屈になる時も多い。徹底的に正義と真実を装うが、正義が何かを実際には理解することなく、真実はまったく嘲笑の対象になる。そんな「ソシオパス」が意外にこの社会の中に多いという事実である。いわゆる知的社会の中にも、さらには宗教界にも、そうしたソシオパスが日常的に存在している。

このように極悪な事件が起こるといつも犯人の診断に登場する「ソシオパス」が、私たちのごく周辺に存在しているということを実感する。彼らの実際問題の一つは、彼らは勝負根性がかなり強い一方であまりに野卑で、正々堂々と対決しようとする姿勢やスポーツマンシップのようなものはまったくないということだ。彼らはアメリカの西部時代であれば、後ろからいきなり銃を撃つようなものであり、すでに降伏している者をさらに残酷に処断するものであり、それを勝利だと勘違いしている。そのような深刻な情緒障がいを持つ人々が私たちの周りのいくつかの組織に散在しており、先に挙げたような方法で権力を握り、世論を掌握して、善良な仲間を苦しめているという事実が大きな問題である。

私たちの社会で広く知られている「ソシオパス」という概念に触れながら、それと同質のものが社会全体に蔓延しているという事実への懸念を少し述べてみた。

## 「親日行為」雑感

日本で講演をしたとき、従来の歴史の評価基準の問題について、参加者の意見を聞いたことがある。たとえば、日本で戦前の軍国主義ファシズムに積極的に協力していた人、韓国でいわゆる日帝末期に親日的態度を示した人々に対する評価基準や根拠についてであった。意見は大きく分かれた。彼らの行動や言説、組織に対する忠誠度などを評価する際に、彼らが直面した実存状況の問題をどう考えるかという問題である。

まず、同じ状況であっても最後まで信念を守り抵抗した人も少なからず存在するので、彼らの行跡を最大限厳しく批判的に評価しなければならないという意見があった。もう一つは、まさに私たち自身も、そのような状況になれば、どのように行動したかわからないわけであり、多くは明らかに脆弱な姿に直面したはずなので、その評価基準もある程度は柔軟にすべきだという意見もあった。大きく二分したのである。

私は、両者それぞれに一理あって、考えかたにより複数の歴史的評価がありうると述べた。しかし、この問題について、決して譲ることのできない大前提がひとつあるとも述べた。それは、まさに自分の間違った判断、行動、業績あるいは誤った信念に対する告白的反省的言辞が必要だということである。もちろんそれもゆるされていない状況の場合には、別の理解も可能であろう。しかし、そうでない場合は、私たちの「歴史的生きかた」とは、自分の一定の行為、特に公的な行為や他人に大きな影響を与える可能性がある行為に対して、絶え間ない反省と点検が求められる。

今回の韓国文学紀行の中（二〇一三年二―三月）、「未堂（ミタン）詩文学館」[1]でみた徐廷柱（ソ・ジョンジュ、韓国の詩人、一九一五―二〇〇〇）の告白文は、この問題に多くの材料を提供してくれる。

「私が親日作家であるという点について否定はしない。明らかにそれは間違ったことだったと思う。一九四三年の夏から冬まで崔載瑞（チェ・ゼソ、一九〇八―一九六四、韓国の文学評論家）が運営していた「人文社」で日本語雑誌「国民文学」の編集の仕事をしながら、当時総督府傘下にある朝鮮国民総力連盟支部の要求どおりに作品を書いたことがある。要求どおり書くしかなかったし、すべての情報が遮断された状態で、解放がこんなにも早く来ると思った人は誰もいなかっただろう。若かりしころ、そのときを生きるためには仕方なかった、それがいま改めて、痛みをもって私に迫ってくる。親日は明らかに間違っており、きれいに清算する必要があることは当然だ。当時の私の精神的実像を、死ぬ前に必ず書いて残したい」

このように前提した徐廷柱は、自分の親日作品の一部を、次のように引用している。

「数百の飛行機と大砲と爆発弾と、髪の毛が黄色い虫のような兵士を乗せ、私たちの土地と命を奪いに来た敵英米の空母を、君が代のもとに、からだごと打ち壊して、壊して壊して、あなたも壊れたのか。何と立派なことか。我らの陸軍航空伍長松井秀雄よ」[2]

（「松井伍長頌歌」から）

徐廷柱の告白の度合いが高いとか、満足できるものであるとは決して言えない。むしろ誰が見ても「言い訳」に近い。「要求どおり書くしかなかった」、「すべての情報が遮断された状態で、解放がこんなにも早く来ると思った人は誰もいなかっただろう」、「生きるために仕方なかった」などの表現は、間違いなく煩わしい言い訳に見えるはずだ。しかし、それも重要である。「明らかに間違っていた」と前提して、自分が残した行跡をありのままに明らかにすることが必要である。

これよりはるかに後のことだが、民族問題研究所の『親日人名辞典』は、決して「歴史的非難」ではなく「歴史的整理」であると強調して編纂された。その編纂過程で提起された親日人士の子孫の理屈に合わない異議申し立てに、あらためて私たちの胸が痛む。歴史の現場が実存的苦悩そのものであるということは歴史家自身が最もよく知っている。自らの告白による事実と証明、そのような歴史認識を明らかにしてくれるメカニズムも他にはあまりない。

1　二〇〇一年に設立された韓国の詩人徐廷柱の詩文学を記念する記念館。全羅北道コチャンにある。
2　一九二四—一九四四、韓国名は印在雄、イン・ゼウン、朝鮮人特攻隊で一九四四年一一月二九日戦死。

## 現イスラエルへの不信

私はこれまでひどい民族主義に問題の素地があることを何回も話してきた。ユダヤ民族は、かつて彼らほど受難を受けた民族がないほどの苦難の歴史を持つ。ナチスによる虐殺の歴史だけでも胸が張り裂けるほどである。事実、その歴史をパノラマで見たときに、イスラエルに石を投げることはできないと考えてきた。

しかし、現在のイスラエルには本当に失望している。まず、私個人として到底容認することができない。そして、宗教史の研究者かつ教育者として、イスラエルの歴史と現在について語ろうとしても、今は胸が張り裂けて言葉が出ないほどである。私は反戦主義者である。戦争に反対する最大の理由は、何の罪もなく、戦争の意志も抵抗する力も自分の命を守る能力もない、罪のない善良な市民、特に天使のような子どもたちが無惨に死んでいくという事実によるものである。

イスラエル軍は、あれこれと理由をつけてはパレスチナの善良な市民と子どもたちを虐殺している。また、残酷な武器である「白燐弾（white phosphorus bomb）」まで使用している（二〇一四年七月のイスラエル軍のパレスチナ攻撃）。これは人を燃やすというよりは、骨の髄まで焼き尽くしてしまう武器である。その火は最後まで燃え続けて人間の肉と骨を食い尽くし、臓器や神経細胞、組織全体を燃やしてしまう。水で消えるような自然界に存在する火ではない。人体の肉と組織をすべて食い尽くしてはじめて消えるかどうかという炎である。核兵器、生化学兵器等とともに、人類が作りだした最も悪魔的な武器である。このような悪魔の火種がパレスチナの子どもたちの骨髄に食い込み、無残にも柔らかい肉と骨を燃やして焼き尽くす。その死体はとても見るに耐えない。写真を見るだけで嘔吐と涙をこらえることができない。

私がみる限り、今、国連も非常に形式的である。アメリカは黙視しているし、有力国はすべて国際社会の勢力関係の計算だけをしている。今すぐに虐殺を無条件で停止させなければならない。また、反人道的武器の使用を直ちに中止しなければならない。

キリスト教は、イスラエルの歴史と現在をしっかりと見据えなければならない。私たちは常にそう考えてきた。国のない悲しみを何千年も耐え忍びつづけ、しかも第二次世界大戦ではナチスに大量虐殺されたユダヤ人たちが、最終的に約束の地に自分の国を建てた。小さくみすぼらしい国を砂漠の上に建てて、全国民そして世界のユダヤ人が祖国を愛する力で固く団結し、その十倍も強大なアラブ世界から祖国を守った。まさに「砂漠の奇跡」が起こり、「乳と蜜の流れる地」が作られたのである。「キブツ」と「モシャブ」は、私たちが学ぶべき共同体であった。

ああ、イスラエルはすごい、と長らく思ってきた。世界のどこからも、民族アイデンティティと宗教アイデンティティを守って、幼いころから母系中心に「トーラー」を覚え、「タルムード」

で教育されるイスラエルの伝承は羨望の的であった。しかし現在、目の前にあるイスラエルは決してそのようなイスラエルではない。彼らは暴圧的殺人者であり、「小さな天使たち」を無惨に殺戮している反人道的集団である。

イスラエル軍の無差別爆撃と虐殺行為は決して許されてはならない。

世界は沈黙せず、イスラエルの虐殺を即刻中断させなければならない。何よりも、「ジュネーブ条約」で禁止された武器である「白燐弾」使用を即刻中止しなければならない。

イスラエルのパレスチナ市民虐殺行為は、いかなる理由があっても正当化されることは許されないのである。

## 歴史的な日 4・3　困惑の韓国現代史とキリスト教史

今日は四月三日（二〇一三年）である。昨日韓国では雨が降ったと聞いたが、今日はどうか分からない。東京では、春雨にしては荒れ模様の雨が昨日に続いて、嵐のごとく今なお降りつづけている。研究室へ出勤するのは断念して、今日は自宅で原稿執筆に没頭することにしよう。

フェイスブックにも多くの友人が、今日という日について投稿をしている。今でこそ「済州4・3事件[1]」を知っている人々は多いが、少し前までは韓国でタブーの歴史の一つであった。ずいぶん以前のこと、一九九〇年代半ばころのことだが、日本留学後、研究所で専攻関連の研究を続けながら、放送が主な仕事だった時期があった。当時韓国のCBSラジオが企画して、全国各地のキリスト教遺跡をスケッチして、現地の関係者にインタビューした後、スタジオで私が進行するラジオドキュメンタリー番組の特集を制作して放送したことがある。

このプログラムのため、進行者兼プランナーである私と、担当PD、技術サポートと車両運行チーム、それから放送局の雑誌のルポ取材のための記者など五、六名がひとつのチームになって、ほぼ一ヶ月近く全国を回った。その最初の取材地、第一回放送の地域が済州島（ジェジュド）であった。私は当時、その番組の済州編で４・３事件をプログラムの正面に取り上げたかった。しかしそれを実現するには、当時の雰囲気は十分ではなかった。

ところが、済州行きの飛行機の中で担当ＰＤと同行取材記者、アシスタントディレクターまでが私に近寄ってきて、一体「済州４・３事件」とは何なのかという質問をした。当時としてはもちろん、発言には慎重を要する時期であったが、私は知る限りの歴史を、制作チームに説明した。そのうちの一人の質問を今も忘れることができない。

「はい、はい、それで先輩は４・３で、誰が正しいと思うのか？」「もしそのとおりなら、『アカ』がより正しいということでしょうか？」

「はい、それでは取材対象の中心人物である李道宗牧師[2]は悪者か？　それとも良い者か？　いったいどちらですか？」

典型的な「韓国的質問」ではないか。私たちの子どものころには、常に「悪い国」と「良い国」の二分法で、世界のすべての価値と現状、思想を区別した。同じ年ごろの友人と話をしても、いつも「悪い国」と「良い国」の区別が最も基本的なことだった。

済州の李道宗牧師は、キリスト教界では殉教者として称えられている。彼の「殉教」と「殉教記念碑」は、韓国キリスト教の歴史そのものであり、それを称えることこそが美しい信仰の標準とされていた。一方で、彼を殺した「山の人びと」（いわゆるアカのグループ、パルチザン）の血塗られた歴史も明らかになっている。ほとんどキリスト者で構成された「西北青年団[3]」の４・

3以降、済州市民虐殺の蛮行もますます明らかになっている。「麗順事件」[4]では、韓国キリスト教の中で最高の殉教者として尊敬されている孫良源牧師の二人の息子東仁、東信の死、彼を殺した安ジェソンを許して養子とした孫良源の信仰的美談が『愛の原子爆弾』という著作によって崇拝されている。しかし、歴史記録としては、まだまだ「麗順事件」の実態と真実は正しく評価できていない。

「大邱10・1事件」[5]も、南労党が起こした左翼暴動だった。この事件で犠牲になった朴サンヒ（朴正煕の兄）の死後、朴正煕とこの事件に加担している李ジェボク牧師との深い交遊、朴正煕の南労党入党、そして当時の民衆の犠牲に至るまで、十分に分析されていないことばかりである。

6・25戦争中ではあるが、いわゆる「良い国」、いや、さらに「美しい国」（アメリカ）の正規軍によって善良な市民が無惨にも虐殺された「ノグンリ」[6]も、まだ歴史の分野で精査されなければならない部分が多い。また、「光州5・18民主化運動」は、全部整理ができたように見えてもまだ歴史家によって手つかずのままであり、歴史研究の課題として取り残されている。

4・3事件の記念日を迎え、個人的にはほぼ二十年前に済州島のドキュメンタリー取材当時の記憶が一瞬思い浮かび、韓国現代史は、まだまだいくつかの事件と主題が、歴史家の繊細な関心と整理を待っている状態であることを痛切に感じた。ところが、このような敏感な事件に、韓国キリスト教は肯定的であれ否定的であれ必ず関係しており、その判断の「皮肉」をそれぞれ提供しているのはなぜだろうかと思うことがある。

1　一九四八年、韓国の済州島での左右勢力の葛藤と共産主義者の討伐の名目で多くの民衆が虐殺された事件。
2　イ・ドジョン、一八九二―一九四八、4・3事件の時、いわゆる「アカ」のグループによって死亡。
3　北朝鮮から共産主義に反対して南にきた人々が中心になって、韓国で当時の左側のグループや民衆を攻撃した青年組織。
4　一九四八年一〇月韓国の全羅南道麗水、順天地域で行った左翼勢力に対する鎮圧事件。
5　一九四六年一〇月大邱でやはり左翼勢力に対する鎮圧の名目で行なった警察と民衆の間の衝突事件。
6　韓国の忠清北道永同のノグンリで多くの避難民がアメリカ軍飛行機の機銃掃射で亡くなった事件。

## 「オウム真理教のテロ事件」回顧

昨夜の速報（二〇一二年六月三日）以降、日本のあらゆるメディアは、東京地下鉄サリンガステロ事件の主犯の一人で一七年間逃避していた「オウム真理教事件」の指名手配者の菊地直子逮捕のニュースで一色だ。当時、この事件は、日本だけでなく全世界に衝撃を与えた。宗教関連の研究者たちも、その現象をどのように説明するか判断し難い事件だった。

一九九五年三月二〇日の朝、東京都心を走る地下鉄で天人共に怒る無差別テロ事件が発生した。猛毒の化学兵器であるサリンガスが噴き出たのだ。日本の新興宗教集団であるオウム真理教の蛮行であった。一三人が死亡、六千八百人が負傷し、その中に致命的な障がいをうけて、いまなお病床にある人も多い。宗教集団というよりも犯罪集団とみなされたオウム真理教の教祖麻原彰晃をはじめとする事件の首謀者は死刑確定判決を受け、宗派としては解散した。しかし、散在するオウム真理教の一部は、名前と形を変えて、現在も日本に残存していることがわかっている。

宗教はどのような場合でも妄想的である。彼らは誇大妄想的または被害妄想的であり、かつ破壊的あるいは敵意的な属性を表わすこともある。ほとんどの反社会的擬似宗教の現状、出来事、教祖や教主の行動、デマゴギッシュ的な説法、そして追随者の心理構造や極端な信仰実践がそうだ。韓国でも近現代以降に明滅した数々の新宗教がほぼ同じ基調を持っている。最近も、特定のキリスト教系新宗教が韓国社会を蹂躙している（いわゆる「新天地」という集団を意味する）。それだけではない。ＩＳなどイスラム原理主義の一部の集団も同じ基調の行動様式を示す。

さて、ここで私たちは既成の伝統宗教に対しても関心をもって見る必要がある。程度の差こそあれ、伝統宗教にも同じような現象が生じることがある。妄想的で、時には敵意を持ち、有害となる。集団や共同体としてだけでなく、宗教家、個人がそのような傾向を示す場合もある。時々宗教人たちのフェイスブックをみるが、私たちのすべてが常に気をつけて目を見開いていなければならないと感じることが多い。少なからぬ人々が、過度に「自己義」に陥っている傾向を示す。過度に犠牲的な「正義感」に浸っているか、驚くべき「満足感」に陥っている。そしてまた、深い自己憐憫にとらわれている。既成宗教に属する人々の多くが新宗教とあまり変わらない妄想的な心理状態を示す時が多いのだ。程度の差と節制力があるだけである。だから真のキリスト教は、常に覚醒していなければならない。少し油断すると傲慢になり、最終的に妄想に移行してしまうからである。

あちこちに、オウム真理教のような宗教的妄想の地雷がある。サリンガスよりひどい手法で罪のない人々を攻撃しながら生き延びているようだ。そして自らも、他の人に対して加害者にならないためにも、常に目を覚ましているべきである。

オウム真理教の教祖麻原彰晃は、当初ヨガ修練者で、後に新興宗教を立ち上げた。当時、世界的な現象の一つだった世紀末的な雰囲気に便乗して、多数のエリート知識人たちが彼の布教に惑わされ、強力なカリスマ的宗教組織を形成した。彼らは現実に強い影響力を持つことを目標に政界進出まで図ったが、失敗した後、極端な社会的影響力発揮のための破壊など、革命的目標を設定し、それを実践した。

当時、彼らの目的である日本社会転覆のシナリオは、日本の伝統的な既成宗教が体制に順応し、社会的安定基調に乗って進路を形成していたのとは対照的だ。その極端性は驚愕を禁じえないレベルである。一言でいえば、日本政府の転覆と天皇の廃位であり、最終的に目標が達成されると、麻原彰晃が「神法王」に即位して、新国家である「真理国」を建国するというものである。

その方法論は、警察組織によって維持されている日本の治安を徹底的に蹂躙して、テロで社会秩序を崩壊、完全に破壊する計画だった。教団傘下に軍事組織を運営しており、ロシア布教の過程で開拓されたルートで軍用ヘリコプターを購入、生化学兵器を開発して生産し、最終的に東京の地下鉄でそれを実行したものである。

しかし、彼らが最も軽視したことは、人々の安寧と日常の幸せだった。「オウム真理教」が完全に崩壊状態に陥ったのは、内乱に準ずる綱領を実行しようとした宗教団体に対する日本政府のとった態度の影響もあるが、一般市民の抵抗による社会的反対の雰囲気がより大きな崩壊の原因と思われる。事件に直接かかわった中心人物菊地直子が昨日逮捕されたことによって、一人高橋克也だけがあとに残った。[1]

日本の宗教史を見ると、近代の宗教政策と関連するのだろうが、あくまで社会的秩序の枠内で活動する新宗教運動が多い。いわゆる社会的物議をかもす宗教集団の隆盛は韓国と比較してもきわめてめずらしいのが事実だ。

この「オウム真理教」の実態とその事件は世界的な宗教テロ、宗教妄想の証左として継続的な分析が必要である。誰が日本を無宗教の国だとしたのか。日本はむしろ宗教で読み解くのにたいへんわかりやすい社会であり、その好事例である。

宗教テロの犠牲となった罪のない日本の大衆の衝撃に共感し、韓国の現代宗教史も一緒に振り返ってみた朝である。

１　彼も二〇一二年六月一五日に逮捕され、教祖の麻原彰晃は二〇一八年七月六日に死刑が執行された。

## 3・11東日本大震災とその後遺症

私は、日本の大学の授業や講演において、日本の現代史を3・11以前と以後に分けてみる歴史認識が必要だと強調している。また、アメリカの現代史も9・11の前と後に分けて考えるべきと思っている。いわゆる超現代文明を建設して、それを享受した両国で発生した、奇しくも同じ「11」事件は、私たちが地球次元で現代史をより深く読み解く必要があることを知る重要な端緒となった。アメリカの9・11が政治的、国際的、人文的、人為的災害とすれば、日本の3・11は自然的、不可抗力の災害であったということができる。しかし、3・11大震災は、福島原発事故が起きたため、人間の問題、いわゆる人災としての性格が付け加わった。

3・11に対する日本社会の視点、立場、認識を私なりに考えてみると、まず失望の思いを隠し切れない。もちろん、その苦難を今なお背負って、自然と歴史の犠牲者で生きていく数多くの日本の人びとには、深く共感し同情するものである。そして、何とかこれを早く克服して、悲しみと苦しみを克服しようと立ち上がっている被災地の官民の努力にも心から敬意と支持をするものである。

しかし、私が日本の最近の現代史を３・11以前と以後でみなければならないと強調した歴史認識の主眼とするものは、独断、独善、自尊心、優越意識から、連帯、協力、オープン、相互共存、平和の価値に日本全体を転換する努力の起点を意味する。

もちろん、アメリカの場合も同様で、文脈として９・11を転換点にすべきことを強調したが、残念なことに失望してしまった点は、３・11以後の日本と全く同じであるということだ。９・11以降のアメリカはむしろ、より閉鎖的で、自己保全的であり、見方によっては、国際社会でより一層自国の利益中心路線に立つことになってしまった。それは非常に大きな事件の前に簡単に現われやすい被害者意識の集団的表現であるかもしれない。

しかし、歴史を世界全体として克服し、進展する世界に対して責任を果たすためには、さらに開かれた姿勢が求められるだろう。テロへの報復と防止も重要かもしれないが、そのようなテロを引き起こした背景という、より根源的な問題に着目しなければならないのではないかと思う。

日本の３・11の場合は、いくつか異なる点もあるが、これを歴史的転換点として考える認識はあまりないようだ。積極的にそのように考えようとする雰囲気はまだまだ見られないどころか、むしろ逆行しているようにも見える。

私が希望する日本の国家や社会の役割は、日本の未来を３・11以前またはそれよりもっと前の強い日本に一日も早く戻るというようなことではなく、まったく新しい日本、開かれた日本、アジアの周辺諸国と共に歩み、ともに繁栄を共有する平和な新しい日本を形成するということだ。

これらの願いが容易には実現しないだろうという暗い予感はあるが、私はまだすべてに失望して放棄するには早いと思う。受難の中にある民衆がより良い状況に速やかに生活の質を回復することは誰でも望むことである。そして、まだ多くの危険にさらされている原子力発電所について、あらゆる知恵を集めて早急に解決を図らなければならない。具体的には、今、日本が先頭に立って「脱核」を明らかにして率先しなければならない。「核」は決して安全ではなく、人類が求めるべきものではなかったと言うべきであった。日本が犠牲的に体験した歴史的事実をしっかりと踏まえて、「脱核」の新しい歩みをリードしていかなければならない。このような動きが積極的に実行されていないことが、3・11以降の日本で最も残念に思うことである。

歴史を見ると、危機を迎えた社会が保守的傾向を強める場合がよくある。そこには、歴史の危機を積極的に克服しようとする姿勢がない。3・11以降さらに強化されてきた日本の右傾化傾向を理解できないことはないが、これは決して新しい日本の未来に良い影響を与えるものではないことも強調しておきたい。もちろんまだ日本の現代史がどのような方向に展開されていくかを確定するには早い。今は、すべての可能性を開いておかなければならない時である。

ところが、ここで一つ付け加えておきたいと思うのは、3・11の災害を生きている日本に対する韓国の一部の世論である。もし日本がなくなれば、歴史の裏側に消えてしまったら、原子力事故も再起不能の状態になったら、日本との交流をなくし、日本への旅行や留学も禁止するなどという、幼稚な発想と表現が存在するのだ。日本の現在のリスクと危機を知らせ、いくつかの方法で支援してその改善について議論することが必要だろう。

しかし、いま行われている幼稚で報復的な言辞と思考は、歴史という観点に立った時、日本に対する正しい韓国側の指摘を、むしろ弱いものにし、せっかくの意義を無駄にしてしまうような態度ではないか。

これは３・１独立宣言の趣旨、すなわち「日本の過ちの責任を問わない。自らの過ちを反省することを喫緊の課題とする私たちには、他の異議や誤りを論じる余裕はない。現在の課題を解決することが求められている私たちには、他のものを責める暇がない。いま私たちには、ただ自らの建設が重要であって、他人を攻撃することが任務ではないのである。私たちは厳粛な良心に基づいて、自らの新たな運命を切り開いていくであろう。決して過去の恨みにこだわったり、感情的に他者を排斥しようとすることはない」という精神に、とても及ばない。

日本は明らかに、３・11以降の歴史を新たに書き起こさなければならないだろう。９・11以降の歴史を新たに確立していないアメリカの失敗を鏡としなければならない。ちょうど新しい日本の現代史の展開に、韓国と中国はより成熟した態度と、世界全体が協力し合う模範を示さなければならないのだ。３・11は、日本で８・15（終戦）以上の歴史的意義がある分岐点であることを、日本の国家社会は鋭く自覚しなければならないと思う。

再度強調するが、３・11は日本の現在を読む重要な数字である。すべてが原状回復されたような姿だが、実際にはじっくりこの社会の中をのぞいてみるとそうではない。しばらく様々な分野で話題の中心にあった「東日本大震災」への言及をタブー視するような、そんな感じを受ける。そのように熱心に再建と復旧の意志を叫んで現場を扱ったマスコミも今は静かになった。政府と自治体の動きも今は一つひとつまではあまり報道しない。歴史の忘却作用か…。災害現場と連携した各大学と市民団体のボランティア活動だけが、どの程度持続性を持って動き続けることができるかだけだ。社会の雰囲気、日常の雰囲気も表面だけを見れば３・11以前の日本の状況が回復されているように見える。しかし、私は、この日本社会の基底に３・11コンプレックスがまだ深い傷として刻印されていることを敏感に察知する。これは、日本が抱えている原初的な問題で、ここには非常に深い挫折がある。

これまで私は、日本の友人たちに一つの羨望があった。表面的には謙虚でも、常に大きな自信を持っているからだ。歴史的過程を議論しながらも、いつもの歴史を再建することが必ずできるという強い意志のようなものも感じることができた。

時には、日本の歴史的なことの違いについて、その告白と罪責を超え、いつでも正しく再インストールすることができるという一抹の自尊心も感じた。それは左右イデオロギーの区分とは別次元の日本の誇りだと思う。だから、私は、日本が歴史的清算をより確実にできないのも、彼らのもつこの誇り、自信を持っているからではないかと考えたこともある。

３・11は自然災害である。日本の歴史、社会、文化、宗教さえもどうすることもできない不可抗力の自然の力によるものである。もちろん原発事故のようなものは、いくつかの点で政策的、政治的決断と関連する「人災」と見ることができるが、多くはやはり自然災害である。３･11は、日本の挫折である。最も不利な極限の経験を今世紀になって凄絶に体験したのである。そして今また、東京周辺地域の直下型大地震の可能性が繰り返し語られ、また不可抗力をどう克服するかという問題に直面しているのに、何か初めてのことであるかのように語られている。３・11の経験を生かそうとするのではなく、３・11に沈黙してしまうのだ。そこには「克服の沈黙」ではなく「挫折の沈黙」がある。

私は日本の友人に告げる。不可抗力のものも現実を直視しなければならない、と。「できなかったこと」には「それに何かをプラスする」のではなく「完全に新しくしなければならない」という方向に力を集中させなければならない。日本の歴史において、常に「もう少し」と見られている面があれば、これからは「完全に新しく」、「全く違う」、「無から有」のような決断の思考と観点においてのみ３・11は意味がある。だから、私には、日本の３・11は、自然の変化の起点ではなく、歴史の変化の起点と思われる。そのことを親しい友人にずっと語り続けている。

ところが、いつからか、彼らは３・11をもはや語ることなく、もうそれは解決したとさえ思っているようだ。友人としてたいへん心配するところである。３・11は、日本の「完全転換を要求する新しい起点」であることを強く訴えたい。これを宗教的観点で言い換えれば、日本の従来の宗教的パラダイムでは、答えがない。パラダイムを大幅に変換した「終末論的応答」が必要である。

## 日韓関係再考の場　国立中央博物館

韓国の国立中央博物館を訪問した。明治学院大学の同僚で友人である嶋田彩司先生の韓国旅行の最終日（二〇一三年三月九日）、私の弟子で韓国延世大学の博士課程に留学中の松山健作君も一緒であった。韓国の歴史が保存されている代表的空間に嶋田先生と一緒に見学するという意味も大きかったが、何よりも私の日本人の友人と弟子の二人を共に博物館常設展示館二階の寄贈館に案内することが、最も意味のある重要なことだったかもしれない。

日韓関係には、まだまだ課題が多いことは言うまでもない。両国政権のスタンス、現在両国がメインにしているイデオロギーのかたち、右翼の極端な行動などを見ていると、いつになれば望ましい関係と自由な未来を築くことができるのか。近いうちに、とは決して言えない状況である。領土問題、強奪した文化財の問題、従軍慰安婦問題、徴用と徴兵問題、韓国人原爆被害者の問題、在日同胞関連の人権問題等を解決しなければならないのだから、問題は山積しているといえる。

このような時、私の考えでは、韓国の国立中央博物館に行くと、多少なりともその糸口が見えてくる気がする。まず、一階のロビーに建つ「敬天寺十層石塔」によっていきなり日韓関係の苦しい歴史と現実を目の当たりにして複雑な気持ちになるだろう。国宝第八六号の石塔は、一度日本に搬出されたが、やっと帰ってきたという受難の歴史をそのまま物語っているような塔である。

この塔は、一九〇七年、純宗の嘉礼式に出席した当時の日本宮内大臣の田中光顕[1]が政治目的で無断解体し、日本に搬出するという受難を経験した。搬出後、多くの非難が起こったため、一九一六年朝鮮総督府は石塔搬出の事実関係を調査し、一九一八年ころ再び韓国に戻した。敬天寺十層石塔はそのような受難の歴史をものさびしく語りながら、現在国立中央博物館一階ロビーに展示されているのである。

そして、常設展示館二階の寄贈館には、一一の展示室がある。その中で最も注目すべき三つの日本人寄贈展示室は、次のとおりである。

まず、金子室である。金子室は、日本の「アジア民族造形文化研究所」の金子量重所長が寄贈したアジア各国の文化財一〇三五点のうち代表作品八〇点余りの展示室である。この文化財は金子所長が過去四十年間、アジア三〇ヶ国を踏査し収集した貴重な資料である。

金子寄贈品は、東南アジアの仏像と仏画、經箱など華麗な仏教文化財をはじめ、アジア各地の生活文化を見ることができる漆器と土器、陶磁器、木工品、衣装、織物など、非常に多種多様な作品で構成されている。金子は過去、日本が韓国から受けた恩に報い、二一世紀の日韓両国の友好親善に資するために寄贈を決心したという。

第二に、八馬室である。日本人の八馬理が一九九四年九月に韓国の国立中央博物館に寄贈した遺物を展示している展示室である。寄贈品は、八馬理の亡父の八馬兼介が一九二〇〜三〇年代に収集した遺物三八三点で、新羅金銅仏像と百済の金のイヤリングをはじめ、青銅器時代から朝鮮までの各時代に渡っている。研ぎ石刀と弩弓などの古代武器とイヤリングなど、三国時代の装身具と小型仏像と舎利瓶、洗練された細孔の腕前を見せる頭立てなどである。

第三は、井内室である。日本人医師井内功は、子どものころ、叔父から受け取った統一新羅時代の獣柄の瓦をきっかけに韓国の瓦に興味を持った。以降自宅に「井内古文化研究室」を設け、韓国の瓦とレンガについて研究し、多数の論文を発表した。

そして一九八七年、日韓親善のために国立中央博物館に自分が所蔵していた瓦とレンガ一〇八二点を寄贈した。寄贈された瓦とレンガは、楽浪から三国、統一新羅、高麗、朝鮮に至るまでの全時代を網羅したもので、韓国の瓦とレンガ発達史を研究するために欠くことのできない貴重な資料である。寄贈品は、統一新羅のものが最も多く、韓国では容易に接することができない高句麗、楽浪の瓦とレンガも相当量に達する。

これらの日本人の寄贈物のほとんどは、金子室のアジアの遺物は別だが、韓国から不法搬出されたものを再度購入したものなどである。かんたんに言えば、元あった場所に戻ってきたということなのだ。

さて、この場所に二つの日韓関係の肯定的未来が内包されている。

まず第一に、たとえ搬出されたり、移動が定かではなかったりする遺物かもしれないが、すでに所蔵している高価な、時には宝物以上の価値がある遺物を、喜んで韓国に寄贈した日本人所蔵者の姿勢である。その寄贈意図は韓国に対する歴史的謝罪と日韓親善のためだったのである。

第二に、韓国政府は、国家の文化の象徴ともいえる国立中央博物館に日本人寄贈者の名前をそのまま付けて常設展示している点である。所定の位置に戻った元韓国のもの、多分奪われたものを取り戻した国家所有の遺物であるにもかかわらず、搬出、所蔵者、寄贈者の固有名詞をそのまま付けて、国立中央博物館の中心に展示しているという寛大さである。

これは、韓国国立中央博物館が、移転拡張をして新たに開館された時期の金大中、盧武鉉政府の事績として高く評価したい。

私の考えが未熟であったかのかもしれないが、最初国立中央博物館に行った時には、「いやあ、この展示館で、いくらなんでも日本人の名前をそのまままつけることはないだろう」と困惑した。

しかし、よくよく考えてみるうちに、日韓関係の新たな未来がここにあるということを発見した。私の説明を聞いた嶋田先生と松山君は深くうなづいて、「素晴らしき寄贈者」と「寛大な展示主体」に敬意を表していた。

1　スンゾン、朝鮮二七代目の最後の王。

## 6・25を想う

六月という月は、表面的には平和な顔で過ごしていても、心の中ではいつも戦争のことを考えている。南北間の雰囲気が急に緩和されたり、北朝鮮が非理性的な行動をしたりするのを見ていて、想いはさらに深まる。いま、これまで戦争についてメモしていた内容をスクラップしながら、韓国戦争七十周年（二〇二〇年）に思いを馳せている。

今日は六月二五日。私は反戦主義者である。戦争が人類の犯罪の最たるものだと思う。だから、歴史学者たちは、戦争について、より多く、より執拗に研究しなければならないと考えている。私は、自分の専門、関連分野に限定されるが、戦争史も研究する。数日前の講義でも、残酷なベトナム戦争史を告白的に研究しなければならないと主張した。日本の学者たちにも、いつも自分たちの戦争史を、懺悔の気持ちをもって研究することを願う。そういうことだから、私の講義には必ず戦争の話が入っている。

6・25という数字だけで通常の韓国人はそれが何を意味するか、みな知っている。ところで、日本ではこの戦争について話す時、「朝鮮戦争」、「韓国戦争」、「６・25朝鮮戦争」など、いくつかの名称を使用する。それ以前の第二次世界大戦中のアジア太平洋地域の戦争は「太平洋戦争」、「大東亜戦争」と言い、日本で「戦争」といえば、まさにその戦争を意味する。だから、一九四五年の終戦を境界線にして、「戦前」と「戦後」に分ける時代区分が定式化している。そして、それ以前に日本が行った大規模な国際戦争としては、「日清戦争」、「日露戦争」がある。

私は、講義で時々戦争史を整理するが、それとともに、戦争がもたらす惨状の歴史を解説する。人類の戦争史で「悲惨指数」、すなわち、その戦争でどれほど多くの人命と財産が無駄に奪われたかということで順位を付けると、第一位は第二次世界大戦、第二位はベトナム戦争、第三位は第一次世界大戦、第四位は６・25戦争となる。

さらに、その戦争の残酷さに加えて「衝撃指数」で順位を付けると、これとはまた違った結果になる。犠牲になった人命が、どれだけ短い時間で、どれだけ狭い地域を戦場にして死んでいったのか、戦争のコストや財産上の犠牲がどれだけ短い時間と空間に集中したのか計算したものを「衝撃指数」という。それを条件に追加すると、順位が変わってくる。第一位は６・25戦争、第二位は第二次世界大戦、第三位はベトナム戦争となる。一九五〇年六月から一九五三年七月まで、これほど短い期間で、それも朝鮮半島の全体ではなく、ごく一部の狭い地域で数多くの人命と財産とが奪われた戦争は他に例がない。

それに加えて、「傷痕指数」、すなわち戦争の「敵」が誰なのかということを考えれば、６・25

は、父と息子、兄と弟がその主たる敵であった。殺人事件に例えると近親殺人であろう。他国の人々、異民族の人々ではなく、「同族相残」だった。この「傷痕指数」まで加えると、6・25は人類の戦争史で最も悲惨な戦争のトップとして記録されるしかないのである。

いずれにせよ、人類の悲惨な戦争史一位、二位の両方に関連している極東の三ヶ国は、日本、中国、そして韓国である。そして、それに必ず関与している国が、アメリカだ。結果的に日中韓とアメリカは全く数奇な国である。また、歴史心理学的に考察すれば、そんな衝撃的戦争の記憶と「戦争の遺産」を持った第一位の韓国と北朝鮮、第二位の日本、広くて大きな国であるゆえにその衝撃が比較的少ないかもしれないが中国とアメリカ、これらの国々は、おそらく今もってまだ正常な社会心理状態を回復していないことは明らかである。

なのに、これらの国は今戦争意欲が高く、戦争準備をして世界の軍備の絶対比率を占めている。アメリカが最大であり、中国はそれに匹敵するほどになり、南北韓の軍備と戦力も想像以上である。日本も潜在的には、世界の軍事規模に匹敵しうる。ところが、日本は正式に「軍隊」を持たない現実的な「平和憲法」第九条のために焦りがかなりあるようだ。このような「戦争の記憶」と「傷」と「社会的な病理状態」は、そのまま宗教において示される。宗教は社会病理を最も鋭敏に反映する。したがって、宗教をよく分析すると、社会病理現象とその歴史、戦争の傷跡までも推論することができる。現代社会が宗教を無視できない一つの側面である。

戦争を、全面的な国家、国際単位の集団殺人事件、いかに大量に効果的に殺人を犯すかによってその功労を称揚する「殺人の狂乱」とするならば、「韓国戦争」は親子を、兄弟を多く殺すほど英雄となり、その手柄を称えるという、まさにそのような戦争であった。この事実は、長い歴史の中で韓国人の社会心理的トラウマを形成している。

私がこのように戦争の歴史を考えていたとき、偶然にもテレビの時代劇で、日本の戦国時代の一場面が流れていた。サムライ一人が何人かの武士たちと斬り込みを行う場面である。そのころも戦争の惨状はあるだろうが、今の時代の戦争に比べれば、あまりにレベルが違いすぎる。

とにかく、これからも歴史は記録され、予言されるべきである。何らかの理由で戦争を望んで、戦争を意図して、戦争を実行する勢力は、例外なく悪の勢力であるということを心に銘記しなければならない。この世の中に「正義の戦争」はありえないのである。「十字軍」が最も非難されるべき戦争だったことを忘れてはならない。

そして、今、目の前で罪なく死んでいくパレスチナの子どもたち、これらの悲惨な場面が脳裏をよぎる。宗教も政治も経済も理由にならない。さらに、神も理由にならない。それは悪魔が天使を殺しているということにすぎないのだ。

## 子どものときの夢は医者になること

私は、生まれてはじめて迎える誕生日あたりから、ずっと病気がちに過ごした。私は、慶尚道（キョンサンド、韓国の南部地方のいわゆる「ヤンバン」（貴族）の伝統が多く残って、男児を好む思想も強かった）で、長男として期待されて生まれたが、病弱だった。その上、当時の子どもたちにとっては、最近の新型コロナウイルス、いやそれ以上に絶望的だった「小児麻痺」（ポリオ）にかかった。最近、いわゆる先進国はもちろん複数のアジアの開発途上国やアフリカでもポリオは根絶されたというニュースに接した。特に私にとっては格別の喜びであり、たいへんな感慨がある。ぜひ、新型コロナウイルスも、そんなポリオのような完全撲滅を宣言する日がいち早く来ることを期待している。

私がポリオにかかり、過酷な闘病によってもし命を守ることができたとしても、その後遺症がどの程度深刻かわからない状態で、我が家は非常事態になった。大邱（テグ、慶尚北道の中心都市）で生まれ初誕生日の直後病魔に巻き込まれた私は、一九五〇年代後半の韓国の医療状況で最善かつ最高の治療を受けるため、名医を求めて巡礼を始めなければならなかった。

私にはそのころの記憶はないが、母親、父親と、主に私の面倒を見た祖母の回想によると、両親は、私の命を守り、後遺症を最小限に抑えてくれる名医を探すために全国ツアーに出かけた。ビジネスも家のことも姉の養育も全部投げ出して、あちこち回ったそうだ。私が聞いただけでも出生地である大邱のキリスト教宣教師が建てた有名な東山（ドンサン）病院、そしてポリオの権威の西洋人医師がいると聞いて、朝鮮半島を東西に横切り、全州（全羅北道の中心都市）のやはりキリスト教関係の「イエス病院」に出向いた。そこにかなりの期間入院することで初期対応はある程度成功したそうだ。

発症と進行の過程で小さい命の安全は何とか確保できたが、次に襲ってきたのは「ポリオ後遺症」だった。どの部分の障がいを減らすかによって、いかに適切な成長、学習、社会生活を可能にするかがカギとなった。再び両親は家財道具をすべて整理して、ソウルに向かって走った。

韓国戦争以降、戦傷、リハビリに大きく貢献したスウェーデンの医師が基礎を築いた乙支路（ソウルの中心街）の「中央医療院」が最初の目的地だった。現在の国立医療院である。その過程で、補助治療として大邱の「漢方薬局路地」の「ホ・ジュン」たち、そして民間療法の最高権威者たち、さらには治病専門の各種の宗教家、シャーマンさえ私の「ポリオ後遺症回復プロジェクト」に参加し、彼らは我が家の凋落へ大きく寄与（？）した。

「中央医療院」で、私の両親が決断しなければならなかった選択は、背骨と両方の足の神経、筋肉の大々的外科手術をするかどうかということだったという。スウェーデン出身の医師が、私の母と会って、手術は子どもにとっては耐えがたいほど大きいもので、その効果はそれほど大きくないと、セカンドオピニオンとして伝えてくれたそうだ。彼は、戦傷者治療、特に小児リハビリ治療で国内最高を誇り、いずれ私の生涯の宿命共同体となる「延世大学校附属セブランス病院」を推薦したという。

私の子どものころポリオ後遺症治療の最高権威のジョン・インフイ教授をはじめとする「セブランス小児リハビリセンター」の先生たちのことは今も覚えている。その後、私は入退院を繰り返した。結局は家の状態が急激に衰退して、ソウルでの入院生活を継続することが困難となり、どうしても転院せざるを得なくなった。折ほどよく、セブランスのリハビリマニュアルをそのまま実施する大田（韓国の中部地域の都市）の「許整形外科附属リハビリ治療所」に長期間入院することになった。

私のリハビリ治療の過程は、思い出すだけでも悲しくなるほど、苦しくてつらい過酷なプロセスであった。

しかし、つらいリハビリ治療中、「君は必ず立ち上がる」、「何とか車椅子を蹴飛ばして歩くことができるようになる」、そして「松葉づえをついて歩く人の中ではいちばん美しく、モデルのように歩くことができるようになる」と私を励ましながら、頭の上に本をのせて歩かせた医師たちを忘れることはできない。

私は何とか学校に入学して、勉強しながら、ずっと医師になることを志して医学部をめざした。

私の子どものときの経験から、最高の価値、やりがいのある夢、そして絶対的能力とカッコよさまで備えた唯一の仕事が医者だと思ったのである。

しかし、大学入試を前にした高校二年のとき、初めて当時韓国の医科大学の入試要項を詳細に知ることになった。今は韓国社会と教育界も変わったが、当時は私のような条件で受験することができるのは、私の目標であった延世大学校医学部を含め韓国にはただ一箇所もなかった。私はしばらくの間迷った。文学を専攻するか、歴史を専攻するか、美術をしてみるか、あるいは歴史と美術を合わせ美術史や美学をめざしてみればどうだろうかなどと考えた。母はすでに法学部と勝手に決めてしまっていて、私が弁護士になることを強く望んでいた。

私の中学校入試と登校が難しいという状況を聞いたとき、叔母が、体の不自由な子どもを無理に勉強させなくてもよい、時計の修理技術を学んで時計修理店を開店するように仕向けたほうがよいのではないかと提案した。私の母は叔母のいうことをまったく聞かなかった。もちろん、時計修理の仕事がどうこうというのではない。とにかく母は、私がとことん勉強して、医師を望めない場合、弁護士をめざすべきだと考えていた。

今なら必ずしもそうではないかもしれないが、不思議に私はその当時、法学部に入って弁護士になるという気持ちは全くなかった。母と争いが続いた。その時、私の高校の恩師で、今はソウル大名誉教授の鄭鎮弘（ジョン・ジンホン）先生が、「人の病いは、なにも肉体の病いだけではない。精神と魂の病いがさらに深刻だ。あなたは医者になることをあきらめるのではなく、宗教学や神学を勉強して、そのような魂の病をなおす医者になったらどうだ」とおっしゃった。この言葉は、私の人生の進路に決定的な言葉だった。

現在、韓国の患者は、医師を医師と呼ぶのは申し訳ないと思っている。ドクターと呼ぶこともどこか不敬ではないかと思っている。先生と呼ぶには、韓国語の呼称で「先生」があまりにも多すぎる。だから主治医のことは、必ず博士や教授と呼びたくなる。私も博士や教授と呼ぶことがある。

このように皆が尊敬の念を抱き、私たちの「生死」を握っている職業が医師なのである。その医師たちが、この世界的な新型コロナウイルスの危機のときに、韓国政府の大学医学部定員拡大政策に反対する動きを示したという。

私も、入試要項が変わって医学部に進学することができて医師になっていたとしたら、そのような動きに加わったかどうかは分からない。そんなことをするぐらいなら、進学しなかったほうが良かったと思う。私たちは、医師たちにみなシュヴァイツァーや李泰錫[1]になってほしいというわけではない。少なくともヒポクラテスの誓いをした、職業意識をもった医師として、私たちのそばにいてほしいと言いたいのだ。この社会は、彼らの「茶碗」（経済的な収入の意味）を比較的大きく作っている。

今朝、このことを医師たちに伝えたいと思ったとき、つい自分の過去を回想してしまった。

1 イ・テソク、一九六二―二〇一〇、アフリカの南スーダンでその人々の治療と宣教のため死ぬまで奉仕した韓国のカトリック司祭、宣教師、医師。

## 私は戦わない

私は、どちらかといえば直接的なタイプで、自らの考えることをその通り表現しようとする性格である。振り返ってみると、学会などでは、若手の学者や新しい論文を発表するとき、私から何か強力な質問が出るのではないか、あるいは論旨そのものを揺るがすような問題提起があるのではないか、と逆に期待され、先輩も後輩もひとしきり議論を楽しむということがよくあった。学術的な議論はたいへん大切で、学会などでは欠かせないものである。

母校の教授を務めながら、大学院では多くの弟子を育てた。全体的に見ると、自画自賛になるが九割はほめられてもよい教授だと思う。しかし、残り一割は手厳しく批判される教授だろうと思っている。教授会や様々な形態の委員会における議論の場でも、自分の考えを隠して他人の顔色を気にしたり、妥協的な考えで臨んだりした記憶はひとつもない。日本の大学に移籍してからも全く同様である。

このように考えると、私は、いわゆるタカ派だったかもしれない。しかし、率直に言って私ほど戦うことが苦手な人間もいないと思う。今まで生きてきて、わずか一、二回だが、とことん戦ってでも、大論争を行わなければならないことを経験した。私のミスがあったかもしれないが、それを口実に、人格的あるいは社会的名誉を攻撃する悪意のあるタカ派に何人か出会ったこともあった。実際に私はその過程でたいへんな不利益をこうむったことがある。法的措置をとらなければならないという局面もあった。もちろん事案によっては、法的措置も講じて必ず勝つための方策を練ることもした。周囲では、当然のことながら、訴訟になるのではないかと予想された。また多くの状況で、私がタカ派というイメージで見られ、勝つまで最後まで戦うだろうと予想した者も多かった。

しかし、私は一度もそこまで戦うことはなかったし、法的措置も却下した。私にタカ派のイメージを持っていた人ほど、何か私に弱点があったのか、とか、天下の徐某が戦いを放棄したのか、という言葉だ。

私は、良心の呵責を感じていない。それはまず、断言して戦うことを本当に嫌うからである。また、自分自身を守りにかかったり、自分の利益を優先したり、利益を得ようとしたりする論争は、全くしたくない。戦って勝ち取る名誉や利益よりも、戦わずして損害をこうむって退くほうが、よほど幸せだ。そのためか、自分を守るために最後まで闘争する人々をうらやましく思うことがある。自分にはそこまで戦うということができないので、逆に、戦うことのできる人を見て心から尊敬する。

私は基本的に、幸せに人生を生きることを望む。人間の幸せを最も破壊するのは、誰かと、あるいはどこかの組織と争うことである。しかし、このような私にも、今まで生きてきて、とことん争ったいくつかのことがある。純粋な学術論争、学術的議論である。それは戦えば戦うほど、創造的な仕事になるからだ。価値観、イデオロギー、正義、民主主義をかけて、構造悪に抵抗することだからである。個人的な利益ではなく、正義を守るために身を投じることはたいへん意義深く、私自身にも可能なことであった。しかし、それもまた戦いに対する強い信念、闘争への決意が不足しているせいか、思ったほど成し遂げられなかった。

私は、世界の指導者たちや政治的なリーダーを、戦争に向かう者と平和に向かう者にいったん区分する。私は、韓国の京畿道の李在明（イ・ジェミョン、一九六四―）。二〇二一年十月十日、韓国の与党の民主党の第二十代大統領候補者として確定）知事をよく知らない。ただ、今日のニュースによれば、彼の言葉は、私の好きな言葉であり、普段の私の考えとも一致する。

「平和を守るためなら、どんなに費用を使っても、どんなに難しいプロセスがあっても、それは戦争よりはずっとよいものである」

これは、個人間でも国家間でも、集団でも共同体でも同様である。正邪を決める過程がどれほど困難であっても、おそらく判断を歴史に任せなければならないとしても、戦争に勝った者が正しいという論法には反対する。

私は、個人的な困難に直面したとき、学部のころから好きだった先生を尋ねて相談したことがある。先生は、葛藤があるとき、正しいのはどちらかということに関心がない、どちらであっても戦って勝ったほうに自分は立ちたい、と語った。先生のその言葉は今でも私の人生の中で最も痛み、同意できない言葉になった。

最近よく取り沙汰されているアメリカのボルトン[1]のような者を、私は最も軽蔑する。世の中には、ボルトンのような人物に近い人たちが意外に多い。おそらくいつかはそれもゆるすだろうけれども…。ただ私の幸福と平和のために。

1 ジョン・ボルトン（一九四八―　）、アメリカの代表的なタカ派外交官。

## 趣味は何かということ

自分の若いころを振り返ってみると、ずっと一生懸命勉強し続けてきた人生だった。そのとき実際には、勉強もしながら生活戦線で仕事も激しい時代だった。すごく心身ともに疲れた。一体なぜこのように生きなければならないのかという一つの質問が生じ始めた。しかし、そのような自分の気持ちを具体的に誰かに表現したり、いくつかの選択肢を見つけたりするには、あまりにも余裕のない若すぎる年齢であった。前だけ見て走っても何とかなるだろうという青春の真っただ中にあり、より具体的な目標がたくさんある時だったからだ。

また、少し早く結婚をしたので、幼い二人の娘もいた。すべてをやめたとしても、責任だけはしっかり果たさなければならなかったから、勉強はもちろん、様々な関係の中での自分の義務を果たすためにも、無条件で本業に集中するしかなかった。しかし、ますます疲れている自分自身を発見した。そこで、自分なりに体を回復する方法を探した。

まずは少しでも休む時間には、柔らかいベッドではなく、硬い床にまっすぐ横になる。そして意識的に髪の先から頭のてっぺん、額、眉、目、鼻、口の順番で下がっていって、つま先まで意識をたどる。ああ、楽だ、楽だ、と強調し、自己催眠をかける。通常一五分程度で、その意識的な休息プロセスは可能だが、意外にも効果が大きい。その短い時間に、物理的に楽になるだけでなく、精神的にもかなりのリラックス効果がある。最近もたまにその方法を使うのだが、若い時ほど効果はない。おそらくそのころほど勉強していないから、そんなに疲れていないのかもしれないし、歳をとって自己催眠による回復力や復元力が落ちてしまったからかもしれない。

そして、もう一つ使った方法がある。休日の一日を確保するために、すべてのものを先送りし、フリーターのよう過ごしてみるということだ。まず服装から備えなければならない。私の若いころ流行していた無地の制服で青色や赤色のトレーニング姿がふさわしい。そして、ブラッシングも洗顔も手洗いもしない。お風呂にも入らない。ソファや床に横になり、テレビのリモコンをさわるか、思わず笑いが飛び出る漫画、軽い小説などが必需品である。もちろん、読み終えなければならないというような重圧もかけてはならない。時には頁をめくったり、リモコンを操作したりして、面倒ならそのままにしてもよい。

この方法は、家族に特別に了解を求めておかなければならない。子どもたちにもよく説明をして、なるべく一日、自分ひとりになれるようにする。おこずかいをあげて、外出するように求める。これはみんなが知っているようで知らない効果的な方法で、私が厳しい時代の時に通常使っていた方法である。

ところが、率直に言って、この方法は、たいへん効果的ではあるのだが、自分には必ずしも最適ではなかった。私の性格がそうすることをあまり受け入れなかったからだ。ソファや床に横たわったまま怠惰を楽しむタイプではなかったからである。たとえば、原稿締切日のあるものは、期日よりも早くに出さないと気が済まない。目標は少しでも高いところに置いてきた私にとって、書く必要があるのに書かないまま時間を過ごすことは、原稿を書くことよりも疲れることであった。だから、このような方法で一日を休むことは、歯を食いしばって宿題のようにでもしなければ、できないことだった。

とにかく、私の過去を振り返ってみると、ひたすら打ち込んで、疲労を感じることとさえ忘れてしまうような人生の連続だった。そのような生活が、最終的に留学、フリーランサー、非常勤講師、そして母校延世大の教授になり、その後日本の大学教授となった初期まで、絶えず続いた。友だちと会ったり、旅に出たりすることまで一生懸命してしまうと、リラックスする時間にはならない。多忙をきわめる中、二〇〇八年の延世大学のサバイバルのときや、現在の明治学院大学の招聘教授のときが、もっとものんびりした時期であったように思う。

木曜日は講義で出勤、講義以外は終日研究室で読書、別の日に定めた火曜日は出勤して日中は翻訳…。その他の日々は、どのように休んで、どのように遊んで、どこへ行こうか、どんな美味しいものを食べようか、と考えた。その年の夏休み、同志社大学のスタディツアー客員指導教授として、タイのある地方に旅行に行った。私の役割は、流行の言葉でいえば「カクツギ」（韓国語の隠語あるいは俗語で、意味のないプラスアルファの存在の意味で使う言葉）であった。しないといけないことはなく、ただついていくだけの気楽な旅であった。

そして、翌年延世大学の元の場所に復帰した後、再びたいへん多忙な時期が続いた。私が自分の国を離れて今の日本の大学にきたのは、他の理由もあるが、二〇〇八年にここで満喫したのどかな休暇の思い出の影響もあるだろう。しかし、新しい大学、特に外国の大学でうまく適応することはそんな甘くはなかった。そんなときに、趣味は何か、と誰かから聞かれると、ただ笑って、「趣味は何だろうか。勉強することが趣味ではないか」と答えたものだ。

しかし、今はわかっている。人間が人間らしく、心とからだの余裕を持って生きることがどんなに大切であるかを。最終的に趣味なんて何もない、趣味とはむしろ休むこともできず幸せでもない人が何かをしながら休んで、幸せな時間を過ごす方法だと言っている。最近、私は、絵を描くことと、泳ぐこと、が趣味である。かつては簡単な木彫りに心酔していたこともあった。四、五年前、日本での生活が安定してきたとき、そのころの私の趣味の産物が、今も我が家の玄関を飾っている。

## 難しい文章とやさしい文章

昨日まで春の台風のような天気だった。雨は二日間降り続け、風は非常に激しくて嵐に近かった。傘はあっても強風のため用をなさない。満開した桜の花びらが強い風に飛び散り、真冬の雪のように街頭や屋根や車に白く積もった。ところが、天気とは本当に奇妙なもので、すぐにしらばっくれる。昨日までがうそのようである。いつそんなことがあったのかという様子である。

朝早く出勤を急いだ。講義はないが、読書や原稿執筆などをするつもりで家を出た。自分の車は、本当に目が覆われたかのように、家の前庭の桜の花びらで全体の色が変わったかのようだった。ところが見回すと、まだ木に残った花は、輝く太陽の光の下で生き残っていることを誇っていた。その風雨に耐えたということで、ゆらゆらするようにもみえた。残った花びらに、感心しながらも、一方では、少し心憎い気持ちもよぎる。

高速道路を走りながら考えた。やさしい文章と難しい文章の違いは何だろう、と。普通、学者の文章は難しいという。特に専門的な分野を研究し、それを論文にしたものが、最も難しいとされる。そのような論文の文章を書くことは、たいへん難しいだろうと考えられている。

しかし、私も専門分野を数十年間勉強して、研究者や学者の一人として告白すれば、そのような専門的ライティングは、見方によれば、より簡単で、日常的にできるものかもしれない。もちろん論文の種類や、テーマによって、あるいは資料の有無とその整理方法によっては、異なる場合もあるが、一般的にいえば、学者が論文を書くことはそれほど難しいことではない。それはむしろ、研究者としては当たり前のことで、「プロ」が「プロ」の本業をこなしているにすぎないからだ。

もちろん、それをすべての人が楽に読んで理解するには難しいかもしれない。あらかじめ内容に関する前提がなく、起承転結が把握されていない場合、学術的文章は専門家でない人が読むには難解であろう。しかし、同じ分野の研究者同士がそれを読むことは、はるかに容易である。同じ分野の研究で「チャンバプ」(韓国語で「経歴」を意味する俗称、軍隊の先輩と後輩を区別するときによく使うことば)がかなり長いときは、意外に同一分野の他の研究者の論文は読みやすくなる。

私も比較的経歴が長いので、後輩たちが熱心に書いた論文や、先輩たちが書いた文章も、複数の学術誌の審査をするときなど、論文の内容を容易に把握できることが多い。同じ分野の論文を読むことは、おそらく文学的な詩やエッセイ一編を読むことよりも、はるかに簡単だというのが事実だと思う。

ところが、このような学者たちに、一般の読者が普通に読める、いわゆるやさしい文章を書くように要請すると、悪戦苦闘、冷や汗をかかなければならない。注もつけず、自信を持って自分の考えや経験、知識を整理して、自分の言葉で文章を書くようにすれば、苦労しても何とか書き上げることができるはずだ。しかしながら、書くときは難しくても、そのように書いた文章は、学者が書いた文章でも多くの人々が、比較的簡単に読めるようになるだろう。

通常、人文学分野での論文の場合は、それを約数十人、数百人が読むことになる。それも、宿題をするためや、関連論文を書くために読む。そして、研究者や学者が自分の存在に基づいて書いたやさしい文章は、論文あるいは学術的な著書より、はるかに多くの人が読んで理解しやすいものになるだろう。

私は恥ずかしながらあれこれの形の本を五十冊以上書いた。その中には学位論文をはじめ、それなりに学術的な評価を受けた本も何冊かある。そして、「プロジェクト」のために宿題のように無理矢理書いた本もある。

ところが、その中でいちばん小さい本が一冊がある。二〇〇三年のことだ。延世大学に在職中、韓国の「サルリム出版社」から「知識叢書」シリーズの第四一巻で、私に『韓国教会の歴史』の執筆依頼があった。当時の編集責任者との対話で、いくつかの注文を受けた。

「教授の専門知識を総動員して簡潔にわかりやすく書いてください。決して論文ではなく、なるべく脚注もないようにしてください。どうしても必要ならば、本文のなかにカッコを付けるかたちにしてください。そして執筆期間は可能な限り短くしてください」と。ここまでは編集者の要求として仕方ない。

ところが、今も忘れられない追加の要求があった。

「書きたいことが多くあっても、短くしてください。同じ表現でも、より容易な言葉で、誰もが知っている言葉で、表現してください。申し訳ありませんが、頭ではなく胸で文章を書いてください」と。

確かに難しい注文ではないか。学者に対する原稿要請なのに。

とにかくそのようにして書いてみた。それは私の小さな本「韓国教会の歴史」である。執筆期間はぴったり二週間、原史料の確認が疑わしいいくつかの部分は省略した。私が直接キーボードを叩くと論文になってしまうので、まず目次をつくって、当時高校生だった次女に夏休みのアルバイトをしてもらい、私はソファに横になって内容を言葉で発して、娘はキーボードを打つという口述方式で原稿を書いた。

日本でいう新書サイズだから、七万字程度で韓国教会の歴史を過不足なく全部入れることができた。私の著書五十冊ほどの中で、版を重ねて、額の多寡は別として印税が支払われている数少ない本の一つである。それを日本語で執筆しなおして、『韓国キリスト教史概論』（かんよう出版、二〇一二年）として日本で出版した。その後、これに関連して、二〇一七年には、同じ出版社の知識叢書五五四として『韓国カトリックの歴史』も執筆し、出版された。（日本語版は『韓国カトリック史概論』、かんよう出版、二〇一五年）。

愚か者の自慢のようになって恥ずかしいが、今このことについて書くのは、自慢が意図ではない。やさしい文章と難しい文章の真の区別は実際のところ、よく分からないという話をしているのだ。もちろん、今後も私は大学の教員で研究者なのだから、論文を書かないことはないだろう。すでに今年だけでも、大きな学術大会の発表が二件ひかえている。私にはある意味容易で、複数の読者には難しい（同じ分野の「プロ」たちには「朝飯前」のような）文章を、またいくつか書かなければならない。

しかし、私には本当に難しいけれども、読むにはやさしい文章をたくさん書きたいと思っている。それは、学者が夢見る最後の執筆作業ではないかと思う。

私は文章を読むとき、「知識を読むことができる文章」、「考えを知ることができる文章」、そして「執筆者の存在を感じることができる文章」に区別する。

今、私も「知識」から「考え」を経て、そろそろ「存在」を示す文章を書かなければならない時がきたようである。もっとも難しいことである。うまくいくかどうか分からない。

ただ、それが夢なのである。

## 大学入試時の記憶1

老婆心かもしれないが、韓国という国が超一流国、最も素晴らしい国になってほしいという気持ちになるとき、不安になることがある。過去の話だが、一九七六年、私が延世大学に入学するときのことだ。私を含めて九人以上の障がいをもつ友人が身体検査で不合格になった。修学の能力が足りないという理由だった。すべて優秀な成績で、既に筆記試験に合格した私たちだった。したがって、修学の能力不足とは認知学習能力の問題ではなく、大学建物の階段、キャンパスの丘、教室の移動、書籍などの教材を持って移動する力がない、または不足しているという能力の問題であった。

もう一つは各専攻別に卒業後の進路の制限がともなうという問題と、専攻学習の過程で実験実習に困難な問題なども付記された。私も含めて身体検査で不合格になった友人が座り込み、デモ、断食闘争をする中で、正式な質問書すなわち修学の能力不足が何を意味するのかという質問に対して大学当局が答えた事実である。

私の場合は、あきらめて別の道を見つけることもできた。世の中を恨みつつ、私のような文系なら、国家試験を試しに受けてみてもよいし、詩や小説を書いてみるということもできただろう。しかし胸を痛めている両親、未来への夢を失ってしまう全国の障がいのある後輩たちと、周囲の温かい友人たちは、そういうわけにはいかないと思った。一緒に不合格になった友人を集めて「ポリオ協会」という団体の支援も受けた。

一緒に闘争を共にした友人の中の一人で、現在フェイスブックで親しい友人でもあるのは哲学者L博士だ。私たちが集まってデモやハンストをしていた「ポリオ会館」（ソウルの城東区にある会館、現在の「正立会館」）には、私たち一人ひとりの出身高校の友人、先輩・後輩たちも、延世大に入学が決定した同期たちまで多数来て一緒に参加してくれた。

切実な願いは通じた。独裁者の維新大統領の朴正熙（バク・ジョンヒ）は、私たち全員に合格を通知した。延世大学を含む、身体障がい者を不合格にして他の学生を既に追加で選んだ大学には、特例で定員を超えても合格を出すように指示したのである。

当時の大統領の命令は、超法規的であった。とにかく私たちは恵みを受けたのである。だから今、私の学部時代の学生番号は三十人定員の学科にもかかわらず〈76・・・031〉として永遠に残っている。つまり〈030〉で終わるはずの学生番号が〈031〉になったのだ。

今は、もちろんそのようなことはないが、韓国にはまだまだ細部でチェックしなければならないことがかなりある。それで昔、この社会がどのような差別を障がい者たちに課していたか、一度振り返ってみることが必要なのでは、と思う。

大統領の特命で再合格した私たちは、朴大統領の功績のシンボルとなった。入学当時はニュースの主人公となり、寛大なる大統領の恩に報いるため、国立墓地に眠る大統領夫人の墓に参拝する必要があり、青瓦台（大統領府）招待まで受けるほど、有名な障がい者になった。

今から思うと、なんとも苦い経験であった。

## 大学入試時の記憶2

もう昔の話だが、私にもハンストの経験がある。朴正煕政権下である。朴政権下と言えば、「三選改憲」や「維新反対闘争」かと思われるかもしれないが、このハンストはそれらとは全く別物である。前項に引き続いて、少し重複するが、そのことをもう少し詳しく書いてみたい。

一九七六年二月、大学入試で学科試験に合格した私をはじめ、障がい者学生、同僚たちが有名私立大学で次々と身体検査によって不合格になったのだ。当時一九七六年の資料に従っているなら、調査に回答した全国の有名大学二四校のうち二一校が全体あるいは一部の学科で障がい者の入学を許可しなかった。今でこそ想像できないことであったが、それが当時の現実だった。私の母校の延世大学でも私のように闘争に参加した友達九人が学科試験合格後の身体検査で最終的な不合格判定を受けた。法学科のL、作曲科のP、医歯学部のH、Lなど、今でも名前は鮮やかに思い出せる友人たちだ。

当時、私は万が一大学に行けなくてもよいと思っていた。ただ、勉強しか希望がない障がい者の後輩の夢がこのように無惨に挫折してはならないと思っていた。その私たちが集結した団体である「韓国ポリオ協会」を根拠地にして、同じ理由で複数の大学で不合格になった学生を呼び集めた。そして、そのような弱者が実行することの可能な闘争方式を定めて決意した。まさに、それが断食闘争だった。私たちはすぐに「ポリオ会館」で断食闘争実行を準備した。私は準備委員長兼スポークスマンを務めた。

しかし、当時の私たちを助ける、心の温かい医師たちは、障がいのために身体のバランスが不均衡で、健康な学生に比べて健康上のリスクが深刻な十代の障がい学生が断食をするのはきわめて危険だ、と命がけで反対した。しかし、生の極限の悲しみにあった私たちは、断固たる決意を曲げることはなかった。だから医師たちと協議して妥協した。絶食はするが、十分に水分をとって、一日に三回程度牛乳を一本ずつ必ず飲んで、ひどいめまいがするとか、障がいのために弱い足や腕の痛みが生じた場合は、すぐに点滴を受けるという条件で絶食に入った。だから当時、私たちは、その断食闘争を「牛乳断食」と呼ぶこともあった。

絶食中、牛乳を飲む時間になると、心配と悲しみに涙まみれになった顔で私たちの口に牛乳を飲ませる母や父のすさまじい姿を忘れることができない。当時、韓国社会は、制度や共同体意識の面で話にならない部分があることは以前に書いたが、それでも温かい部分もあった。大々的に報道していた当時の新聞、放送などのマスメディアの記者たちは、私たちの決意と断食闘争に寄り添い、いずれの場所でも「彼らは断食闘争と言いながら、時間を決めて牛乳を飲んでいる、だから、この断食は嘘だ」というような批判はしなかった。むしろ、放送や新聞社の撮影チームは、我々に時間を合わせて、一人ひとり交互に牛乳を飲む時は、カメラをしまい込んで、そのような場面は報道しなかった。

そして、さらに驚くべきことが起こった。私たち一人ひとりが卒業した高校の友人、さらに、もし入学が再び許されれば一緒に勉強することになる大学の同僚の友人、先輩・後輩が自発的に「ポリオ会館」を訪ねて決起大会に来て絶食闘争に参加してくれた。私は個人的にも当時梨花大学付属高校の同期、先輩・後輩たちと一緒に勉強していく延世大学の友人がこの闘争に積極的に参加してくれたという事実を、四十年過ぎた今も忘れることができない。

皮肉なことがそのとき再び起こった。朴正熙政権は、私たちの断食闘争は正当で当然の要求であるとして、それこそ「恵み」を下した。それぞれの大学は、身体検査で不合格になった障がいのある学生を無条件で合格させるよう、大統領命令を出したのだ。しかも特例措置として、その年に限って定員を超えても合格させるという、想像できないような措置であった。

私や友人、私の両親たちが、大統領の「恩賜」に感激したことは言うまでもない。しかし、メディアのインタビューで、大統領の大きな恵みにどのように報いるのか、という質問に対し、広報担当者だった私は「私はこの措置が決して、恵みとは思わない。当然のことであり、間違っていたことが、正しくなっただけだと思います」と答えた。そのあと、こんな答え方をして私の母にひどく叱責されたことが、昨日のことのように思い出される。

当時の政権は、民心の負担が大きかった時代に、障がいのある学生のために、いわゆる「恵み善処」で世論を大きく好転させることができる機会を絶対に逃さなかったわけである。当時もやはり「独裁政権賛美」を大きく歌った各種メディアは、この事件を、私たちが想像していたよりもはるかに大きく扱った。もちろん焦点は「大統領の温かい配慮」に集中した。

最近韓国での、たとえばセウォル号事件に関連するハンストに対する一部のメディアや保守団体の冷たさ、あるいは政治家たちのハンスト闘争の偽善などを見ていると、昔の経験を思い出す。当時のメディアや社会の温かい視線のことだ。私たちの「牛乳断食」に目を閉じてくれ、むしろ十分飲んで健康を損なうことがないように気をつけてハンストをするように、と涙を流してくれた記者たちを思い出す。今のメディアは、あまりにも表面的すぎる。今のメディアや社会には、もうそういう温かさが失われてしまったように思う。

## 大学入試時の記憶3

私は牛乳を飲めない。牛乳を飲んだら、腹痛を起こして、消化に苦労する。これは医学的には「牛乳アレルギー」というもので、具体的には牛乳のタンパク質、特にβラクトグロブリンの過敏反応ということだ。多くの人にありがちな症状だという。ところが、奇妙なことだが私はもともと高校時代までは問題なく牛乳をよく飲んだ。病弱な私の体質を改善したい一心で、母は牛乳から山羊乳に至るまで、様々な乳製品を私に飲ませ食べさせたが、これまで特別なアレルギーを起こした記憶はない。ところが、四十年以上前、私の一八歳当時、いわゆる「牛乳断食」の後に、その症状が生じたのだ。

絶食をした友人が順番に一日三回程度トイレに行く途中に、両親が渡す牛乳を急いで飲み干すことがあった。もちろん、それは当時の「ポリオ会館」に関与していた医者たちが、私たち障がい学生の絶食を許す条件として実行した方法であった。しかし、当時のハンストを率先して準備し、スポークスマンの役割を務めていた私の良心にはどうしても牛乳を飲むという事実自体が忌まわしく思われた。

絶食三日目だった。まったく不本意な気持ちで、母親が強制的に飲ませる牛乳を急いで飲むと、すぐ吐いてしまった。そしてすぐにおなかを下すという経験をした。その日以来、私は牛乳を飲むことができなくなった。飲むと間違いなく腹痛がくる。もし私が、よくある牛乳アレルギーの遺伝的特徴をもっていたなら、幼いころから牛乳を飲めないはずだ。幼少時から誰よりも牛乳をよく飲んできた私としては、いま牛乳が飲めなくなった理由は、断食闘争のときの「絶食のトラウマ」だと思っている。

そのようなケースは、実はほかにもある。ずっと病気がちだった私の子どものころは、手足の両方が蜘蛛の足のようにやせ細った姿だった。私を丁寧に育てた母と祖母は、いろいろな種類の漢方と民間の保養方法を駆使した。

五歳のころ、一年間に約五十匹以上のアヒルの生き血を週に一回ずつ飲んだ。アヒルの血を飲まなければならない日は、自分でアヒルのように首を切り、この世から去りたい衝動にかられた。その日は朝から一日中どころか、前日から泣いて持ちこたえなければならなかった。アヒルの生き血を無理やり口に注ぎこんで、粗塩をひとつかみ口の中にふりかけた後、じっと我慢することは、五歳という年齢の子どもには耐えがたい苦痛である。そして、私のためにアヒルがもう一匹殺されるという罪悪感は、私の良心をさらに苦しめた。そのおかげかどうか分からないが、五十週の保養を続けた後、血の気のない私の顔に、赤い血色のよい顔色が戻ってきたのは事実だった。

しかし、それ以来、私はほとんど鴨肉を食べることができなくなった。ただ、高校時代のたいへん親しい友人が鴨バーベキュー店を開いたので、友人たちと約束をして「美味しい、美味しい」と冗談を言いながらアヒル肉のバーベキューを楽しんだこともある。それは、アヒルの生き血によるトラウマと鴨肉コンプレックスに勝つための、それなりの努力だったのかもしれない。最近その友人のバーベキュー店は、違うメニューの店に変わり、それも幕を閉じたようだ。

別の話もある。子どものころの保養中も、薬剤を一緒に入れた鶏の水炊きだけではない。ありとあらゆる鶏料理を食べた。とにかく財産を使い果たしてでも私の身体を少しでも健康に保つことが家族全体の目標だったのだ。毎週何回もサムゲタンのようなメニューが日常であった。朝も夜も、食卓には鶏肉汁が出てきて、私は耐えるしかなかった。

今、自宅で私は鶏の「いじめ」に合うことがある。私に外食の約束や飲み会があるときは、その日こそ、待っていましたとばかりに、妻と娘にとっては鶏肉料理の日である。パパのいない日だから鶏肉を食べようなど、と。まさにこれは「いじめ」ではないか。

もちろん、現在私はアヒル肉も鶏肉もことごとく避けているわけではない。特に日本の友人と韓国に行くと、彼らの好きなサムゲタンを一度ならず一緒に食べる。しかし、やはり鴨や鶏肉をわざわざ食べにはいかないので、一種の忌避心理が今も残っている。こう考えると、私の食性で、いわゆる翼の類つまり「空軍」はまれだということがわかる。残りの「陸軍」と「海軍」の中でも、海の幸が断然好きな私の食性は「海軍」を好む傾向だといえるかもしれない。

とにかく今、私は後天的牛乳アレルギーで、牛乳は絶対に飲まない。これは明らかに一九七六年に起きた「牛乳断食」と、それが身体の内外に与えた衝撃による小さなトラウマと私は考える。絶食を開始するとか終了したとか、リレーでハンストするとか、悲しい絶食のニュースを見るにつけ、昔の記憶がふとよみがえって、こんなことを書いてしまった。このような文を書いているだけでも、私の胸と私の胃は、まるで牛乳を一気に飲み干したかのように調子が悪くなりそうだ。

# 第5章　再び宗教を考える

## 出島、オランダと日本

韓国のキリスト教史を説明する際に、たまに使用する用語で「異体宣言」という言葉がある。これはプロテスタントが宣教を開始しつつ、「私たちプロテスタント（新教）はカトリック（旧教）とは違う」ということを主張する言葉だ。しかし、その「違い」は、教義や歴史が異なるという意味ではなく、当時の韓国の政治に関与していないという意味であり、韓国民族を脅かしていないという善隣の立場を示す言葉だ。このような宣言が必要だったのは、朝鮮王朝後期まで続いたカトリック迫害つまり「血の歴史」を意識したからであり、韓国内のキリスト教の立場を考えて、それを乗り越えるためのレトリックといえるだろう。

ところで、日本の鎖国の歴史において、プロテスタント国はカトリック国とは異なるとする異体認識を幕府が持っていたことを示す証拠が残っている。長崎の「出島」である。日本が初めて西洋と交流したのは、スペイン、ポルトガルなどのカトリック国だった。最初のキリスト教伝播もカトリックによるものであった。しかし、幕府がカトリック布教を全面禁止して西欧との交易を断絶し、鎖国の道に入ったきっかけは、カトリック国の洗練された政教一致による外交と、強力な布教、政治的脅威を敏感に意識したからである。

一六三四年から長崎に人工島「出島」を構築し、西洋との貿易は、ただここでのみ限定的に実施するという「条件的鎖国」が開始された。一六四一年以降、一八五九年までに幕府から交易許可を得て商業交流を継続した国は、唯一オランダのみであった。オランダは欧州の代表的なプロテスタント国家である。当時、日本がオランダを選択した理由は、オランダの商人たちが、日本との貿易によって得る利益だけに関心を持っていて、キリスト教布教は眼中にないと考えたからである。つまり、日本は、当時アジアで、スペインとポルトガルに代表されるカトリック国と、オランダに代表されるプロテスタント国との違いをきっちりと把握していたということだ。

日本の近代史は、キリスト教に対する認識の歴史である。西洋文明を取り入れることはあっても、キリスト教だけは禁止しないと、「和」の精神を保つことができなくなる、キリスト教を禁じなければ西欧の精神に日本が支配されてしまうとの認識を早くから持っていたのだ。このように考えてみれば、すでに「和魂洋才」という日本の近代化政策が、明治維新よりはるか以前、出島の造成時期にまでさかのぼって存在していたといえよう。

プロテスタント国であったオランダは、このような日本の認識をいち早く察知し、素早く動いて日本貿易の独占権を勝ち取った。実は出島も、当初はポルトガル商人のために建設したもので、オランダが買収した後、もともと平戸にあったオランダの東インド会社の商業拠点を一六四一年にここに移し、その後二一八年のあいだ交易を独占した。狭い人工島で、出入りを許可された日本人たちと交流することが原則であったが、後には、オランダの商人が日本の女性と結婚して、贅沢な生活を営む例もあった。特にオランダとの交易の独占期間に、幕府の最高権力者である「将軍」は、年に一回オランダ商人の国際情勢報告によって世界の動向を把握した。

それにしても、オランダの教会は、この出島にプロテスタント神学校を開校しているのだから、政治的容認後にミッションを拡張するという、したたかなプロテスタント宣教の例証もうかがうことができるのである。

近代帝国主義と世界情勢、カトリックとプロテスタント、欧州と米国それぞれのプロテスタント福音派、アジアでの日本の立場と役割、韓国と中国の対外政策の比較などを再確認する必要がある。したがって、研究テーマは山ほど残されている。今後は、日本が韓国より鎖国を早く解いたから韓国を支配するようになったとか、日本は〇・八％のキリスト教人口だからキリスト教とはほとんど無関係な国だと考えて、むやみに日本宣教の必要性を強調するような考えは、あらためてほしいと思う。歴史的に見ると、韓国よりも日本が、はるか以前に西欧とキリスト教に接触している。そんな歴史の中で、日本は鋭いキリスト教認識と大いなるコンプレックスによって、然るべき宗教政策を駆使してきたということを理解すべきであろう。

日本におけるキリスト教宣教に関心がある場合、そもそもの最初の部分からじっくり学ばなければならないと思う。

## 読み直す日本の宗教と近代史

日本列島は梅雨に入った。昨日から始まった関東地域の雨も、一向にやむ気配はない。体が少し重い。妻が作ってくれたお弁当を持って研究室に出勤した。窓の外に灰色がかった富士山が見えるはずなのに、今日はまったく視野から消えている。今日は「教文館」からまもなく刊行される共著の該当部分の初校を一日かけて校正しなければならない。日本の出版方式は、著者が初校、再校、最終校了までもれなくチェックする。返信用封筒を同封した郵送形式で、紙の「ゲラ」を往復させる。考えてみれば、最近のようなデジタル時代に、いたって古典的な手法と感じることもあるが、どこか確実で信頼ができるし、本を作る醍醐味が感じられる方法である。

今日は校正だけでなく、来週の講義内容も整理しなければならない。最近、宗教史の授業に、キリスト教の歴史を照合しながら日本の宗教伝統と現状を考えるという少し難解なテーマで、学生とゼミ形式の議論をしている。

その内容を概観してみると、このようなものである。最近、日本のほとんどの若者が確信していることがある。「宗教」についてほとんど、あるいは全く関心を持っていないのと同様に、日本という社会と文化が「宗教」とは疎遠である、まさに「宗教以降の時代の社会」の典型であるという確信である。「宗教」があちこちに登場するのは、単なる文化現象にすぎず、しかもごく一部のことであり、通常の日本人の大多数とはあまり関係がない話だというわけである。宗教は、年中行事化した通過儀礼、家族や自分の誕生、成年、成婚、死などの生活サイクルにおいて、生活にちょっとした味付けをするかのようなものにすぎないと考えられている。

これに対して、私は、日本が他の国や地域の文化に比べて、きわめて活発な宗教文化の地域であり、宗教の生産国であり消費国でもあるということを、何度も力説する。既に日本が保有している「神々」の幾何学的な数字、一定の時代を通して現代に至るまで、日本の中で繰り返し生産されて、他の文化圏にまで伝播しているユニークな「新宗教」が生まれている実態、そして様々な外来宗教の受容と普及などを、その事例として挙げている。そのような例として、韓国のキリスト教系の新宗教の一つ「統一教会」の最大の普及国であり最大の献金国となった日本社会の流れ、そして事件発生二十年以上になった疑似犯罪宗教「オウム真理教」の実像を分析することもその手がかりの一つである。結局、日本は韓国と同様、宗教的に最もダイナミックな国であり、そのような文化を持つ国なのだという理解を促しながら、討論を進めていく。

そして、学生たちと進めていく議論のテーマは、「日本のキリスト教とは、いったい何なのか?」という点である。そのように宗教的にダイナミックな日本では、長い間ミッションの投資と積極的な活動にもかかわらず、「キリスト教はなぜ他の宗教に比べて存在感や影響力が弱く、布教の成果がかんばしくないのだろうか」という疑問を解いていく。

まずは、先に議論したテーマを引き続きしばらく論議する。まず日本はとにかく世界の宗教に対してたいへん開放的な姿勢を見せる。端的な例として、仏教を見ると、中国あるいは韓国を経て日本に伝播したが、最終的な結実は日本で成就している。長い間日本の中心であり首都であった奈良、京都には計り知れないほど多くの寺が今も健在で、ここは仏教国ではないかという錯覚が生じるほどだ。また、それらの日本仏教は、日本文化と密接に交流して土着化を果たし、さらには「日本宗教化」の様相まで見せた。仏教だけでなく、初期のカトリックが流入する際にも日本は、ごく短期間でそれを受容して消化し、迫害時代には「潜伏キリシタン」という日本独自のキリスト教のかたちを創出した。

しかし、一定の時期以降のカトリック・キリスト教と、それ以降のプロテスタント・キリスト教は日本の政治指導者たちにとって、宗教として認識されなかった。一つの宗教として認識されていれば、それなりに受容され、日本化して完全に自分たちのものとして再生産していくという可能性も高かった。しかし日本の政治指導者、社会のリーダーたちには、ひじょうに強い「キリスト教コンプレックス」があった。キリスト教は宗教ではなく、西欧諸国の侵略イデオロギーであると考えたのである。近づけば近づくほど、危険な政治的イデオロギーであり、それに傾倒した日本人はいつか自らのアイデンティティを忘却して、西欧諸国の精神的奴隷に転落するかもしれないと危惧したことを、複数の歴史記録において確認することができる。

したがって、近代国家の設計後、いわゆる「信教の自由」は、憲法の次元では表面的な意味でキリスト教布教と信仰行為をしぶしぶ認めながらも、社会的圧力をかけることによってそれを抑制した。キリスト者は「非国民」という風潮を拡散させ、法的制裁よりも強固な共同体迫害を扇動したものである。そして、最終的に西欧諸国と直接戦争を行ったファシズム時代末期には、そうした警戒心が具体的に発動された。日本におけるクリスチャンとキリスト教会は、西欧諸国に本部を置く各教派のフランチャイズ（franchise）あるいはブランチ（branch）であり、最終的には敵性国のスパイに準じた存在として認識されたのである。

このように、国家レベルでの「キリスト教コンプレックス」が、日本社会のキリスト教認識の基盤になったことについて議論する。これは、宗教史的アプローチだけでは理解できない政治社会史の領域の議論にもなってくるだろう。

実は、私が最近集中的に講義する内容は、近代日本の宗教政策である。その中でも、キリスト教と日本の近代である。日本は近代化の過程で、西欧の文明をそのまま受け入れながらも、キリスト教だけは徹底的に排除しようとした。その理由を、私は「精神性」、「精神的価値」の重要性をよく認識した日本の近代指導者たちが、日本が西欧帝国主義の植民地になるかもしれないという危惧からであったと説明する。したがって、近代日本は、キリスト教に代わる日本の核心となる精神や宗教として「神道」を考え、「神道国教化」を夢想した。西欧諸国はキリスト教を国教化していると考えたからだ。しかし、日本はすぐに国教化政策を放棄して、いわゆる「信教の自由」に方向をとる。そこで、宗教の自由な新しい波に対する警戒とキリスト教の自由な布教などを懸念して、「超宗教」としての「近代天皇制イデオロギー」を創出した。社会的雰囲気を醸成して、一部には強制的なシステムも駆使して、キリスト教を抑制する社会的安定装置を用意したのである。すなわちキリスト教徒を「非国民」にして「いじめ」の対象とするものである。憲法としては「宗教と信仰の自由」をうたいながらも、その「自由」には、「臣民」として道理を尽くして「社会の治安維持に抵触しない範囲内で」という条件を付けたのである。

ところが、このように恐ろしい警戒と安全装置を幾重にも整備してまで、なぜ宗教の自由、すなわち「信教の自由」を可能にしたのか。当初のポリシーのまま「神道国教化」の方向に進むこともできたし、神道以外の宗教を非合法化することもできたはずなのだ。この点について、私はこのように説明している。それは、日本近代史の「アメリカ・コンプレックス」のためだ、と。事実、世界の近代宗教史において「信教の自由」を憲法として最初に明示した国はアメリカだ。

日本は、産業と鉄道など交通機関のような基幹インフラをイギリスから、法律や社会システムや文化芸術をフランスから、そして教育制度などをドイツから、それぞれ早い時期に吸収した。日本の自動車の走行方向と運転席の位置がイギリスのように右側なのは、イギリスで始まった馬車による交通制度の導入と関連がある。しかし、日本が追随する目標と考えた近代最後の西欧文明はアメリカだった。アメリカに追いつかなくては近代を完成することができないと考えたのである。論理の飛躍があるかもしれないが、近代化に成功したあかつきには、アメリカを相手に戦争をしなければならないというのが、日本の近代史であったともいえよう。

日本の「アメリカ・コンプレックス」は、今もなお継承されている。最も具体的な事例としては、日本各地にあるアメリカ軍基地問題である。そこには、沖縄のアメリカ軍基地移転問題と政治外交的葛藤がある。

私は、日本の未来は「アメリカ・コンプレックス」を完全に克服して「アジア認識」に回帰するところにある、と思って講義を進めている。

それにしても、この「アメリカ・コンプレックス」と、韓国「現代史」の話を始めたら、一夜を明かしてもまだ足りないほどになろう。

# キリスト教と日本

新しい宗教について、宗教の恐怖と警戒心を持って子孫を取り締まることを記録した資料は、宗教の歴史において多数存在する。新しいほうの例だけみても、韓国のカトリック迫害時代には、いくつかの家門の「両班」（貴族）たちが自分の家門の血縁が「邪学」（カトリック）に関係することを恐れて心配していた記録が多数ある。プロテスタント・キリスト教の宣教以後も、有力な家門ほど「チョンジュハクゼンイ」（カトリック迫害時代の呼び方を使って、クリスチャンを卑下する名称）に惑わされないかを心配している。クリスチャンになった「分家」が家門より破門された事例も少なくない。

日本でもカトリック迫害の時代が長く続いて、キリスト教に対する警戒が緩むことはなかった歴史がある。初期のキリスト教受容時代の日本の国家や社会がキリスト教を「いじめ」の対象として、イエスを信じる彼らを日本国民ではないと規定したことについて、私はいつも話に出す。韓国や日本など東アジアにおいて、自分たちの子どもに対してキリスト教を警戒した父兄たちの思いは、実際にその宗教自体のもつ弊害の問題ではなく、所属する国家社会の「禁教」という状況に起因する不安が主なものであった。すなわち、国家権力と社会の雰囲気から子孫がつまはじきにされたり、不利益を受けたり、受難を強いられたりするかもしれないという不安だった。

今、私のクラスの学生たちのレポートを読んでいると、課題のテーマは自由だから、このようなテーマでもよいのだが、「私の人生と宗教」、「私とキリスト教の問題」などのテーマがあまりにも多い。特に地方出身の学生である場合、実家の両親や親戚が、子どもたちが東京に行って勉強に励み、健康を願うのはもちろんのこと、宗教には慎重になるように、と願うことが多い。日本社会に大きな衝撃を与えた「オウム真理教事件」、そして最近は少しおとなしいが「統一教会」に惑わされて、親の目から見たときに、そのような宗教に心酔してしまってはたいへんだとの心配から生じる現象である。

学生たちは、「宗教＝恐怖」、「宗教信仰に染まること＝恐ろしく、抜け出せない泥沼に陥ること」と、耳にたこができるほど聞かされてきたと告白している。だから教会が宣教に熱心であればあるほど、キリスト教にも拒絶反応が大きい。しかも韓国のキリスト教が危険だという。しかし、その学生たちや彼らの親たちは、韓国キリスト教と「統一教会」との区別もできていないだろうと思う。

このように見ると、親や家門で「宗教」を信じるのはだめだと言うときの理由が以前と変わってきたことに気づく。かつては新しい宗教思想が国家や社会に容認されていない革命的タブーなので、その安全を確保するためのものであったが、最近の宗教を禁じる理由は、薬物のような中毒性の常習者となることを恐れ、反社会的幻想となることを懸念するものが多い。かなり変化しているのではないかと思う。

韓国の親たちはどうだろう。韓国キリスト教は歴史的信頼性が過度に高く、表面的にキリスト教を装う「カルト」が若者たちを魅了しているかもしれない。その親たちは「キリスト教は大丈夫」という安心感で大怪我をしてしまう場合も多いだろう。ただ、韓国でも「宗教は恐ろしいこと」、「キリスト教に陥ることは泥沼に陥ること」とされる場合もある。

あるとき、キリスト教研究所のセミナーで講義をした後、質問を受けた。韓国キリスト教史や日本キリスト教史と関連する話をしたときに、論旨とは直接関連なくても、時々受ける質問である。私の大学の先輩の教員の一人に尋ねられた。

「なぜ韓国ではキリスト教が盛り上がって、日本では低調なのでしょうか」

この質問への答えには「マニュアル」が数種類あるが、その日はこのように答えた。

「韓国は、特にプロテスタントの場合、その歴史のほぼ全時期にわたって、民族的に政治的に社会的に経済的に、クリスチャンになることがそれほど不利ではなかったですね。一定の時期すなわち日帝末期の受難期、分断と戦争時期、北朝鮮政権下で苦難の歴史がありましたが、それも結局はむしろ殉教の栄光として、名目的にはすでに勝利した歴史とされています。しかし、日本には、いつの時代においても、政治的、社会的にクリスチャンはいつも不利であり、『非国民』とされて『いじめ』を受けなければならないという歴史があります」と。

質問した先輩教授は納得してくれた様子だった。しかし、こうした質問のとき、多数のクリスチャンが答えるように「すべて神様の摂理です」と答えるのはいかがなものかと思う。信仰的な次元では、これが完全な答えなのかもしれない。しかし、そのような答えがあった瞬間、学術的議論としての歴史は一瞬にして終了してしまう。神の意志を前提にした歴史理解は最も優れた方法といえなくもないが、神の意志を持ち出すならば、歴史の説明も理解も無用となる。このような思考構造では、私たちが献身を尽くすミッションでさえ意味をなさなくなる。そうなると、すべて「神がなさること」で結論づけられてしまい、思考停止状態になるのである。

セミナー後の談笑では、「歴史のキリスト教」とはいったい何なのかという議論が続いた。特に土着化はどこまで正しいのか？　中国のいわゆる「本色化」（中国の神学的命題で、「土着化」に近い）とは、厳密にどのような意味なのか、「アジア的視点」とは何なのか、「アジアのキリスト教」と「西欧の宣教師が伝えたキリスト教」の違いは何なのか、…。すべて大きな命題で、一筋縄に答えるわけにはいかない。

私は、そうした疑問すべてをひっくるめて、結論的に次のように述べた。

伝承は縦軸であり、状況は横軸である。種子は縦軸であり、畑は横軸である。伝播してきたのは縦軸であり、具体的に普及させていく力は横軸である。福音の播種は縦の作業であり、受容と展開は横の作業である。「土着」も「本色」も「アジア的視点」も、結局は横軸としてのダイナミック性を示すものであり、それに力を与えようというものである。結局、縦軸と横軸とを座標軸のごとく交差させて、「十字架」を完成することができてこそ、「キリスト教史」というものが成立するのだ、と。

## キリスト教の立ち位置

キリスト教をはじめとして宗教というものが、歴史の中で苦難に直面している人たちと共に存在したとき、それはたいへん美しかった。これに反して、宗教が強者や権力の側に立ったとき、すべて自ら腐敗して崩壊の道をたどった。この事実を忘れてはならない。キリスト教にかんして言えば、キリスト教がマイノリティとともにあることができないのであれば、キリスト教の歴史は理解しがたいものになるように思う。

最近は、日本のキリスト教もますます右傾化、保守化しているという懸念をあちこちで耳にする。私も、日本のキリスト教が確固たる問題意識に立脚して積極的に活動していた時期と今現在とを比較すると、このような評価もありうると思う。しかし私は、少なくとも一九六七年以降の日本のキリスト教には確固たる希望と期待をもっている歴史家である。

「まことにわたくしどもの祖国が罪を犯したとき、わたくしどもの教会もまたその罪におちいりました。わたくしどもは『見張り』の使命をないがしろにいたしました。心の深い痛みをもって、この罪を懺悔し、主にゆるしを願うとともに、世界の、ことにアジアの諸国、そこにある教会と兄弟姉妹、またわが国の同胞にこころからのゆるしを請う次第であります」

（「第二次大戦下における日本基督教団の責任についての告白」（一九六七年三月）から）

この告白が「教団」の公式声明ではなく、総会議長名でしかないことへの是非があり、発表されるまで複数の紆余曲折もあった。しかし、日本のキリスト教の共同体レベルの文書で、このような真の懺悔はそれ以前に例がない。特に私が研究者として注目するのは、これがただ言葉だけで終わってしまう告白であったならば、失望していたかもしれないという点である。それまでの日本のキリスト教は少数つまり自らがマイノリティでありながら、敗戦後一九六〇年代前半に至るまで、その主流は常に多数の日本社会の動向、世論、国家の基調に同調するメジャー志向の態度を示してきた。ところが、この告白の後、日本のキリスト教は日本社会のマイノリティに注目して、そこに中心をおいた社会宣教プログラムを開始した。対象とされた日本社会のマイノリティは、第一に在日韓国・朝鮮人、第二に、被差別部落民、第三に、アイヌ民族、第四に、沖縄の人々であった。そして、こうした認識は今も持続している。もちろん以降のプログラムで、日本のキリスト教内外の消極性、反対の傾向と本質的な問題意識と成果の問題などは、複数の次元では別の見方をすることもできるだろう。しかし、ミッションの方向として、告白の前と後とでは明らかに大きな変化を示した歴史があると考えている。

しかし、韓国のキリスト者たちが日本のキリスト教を新しいパートナーとして受け入れることができた本当のきっかけは別のところにあった。つまり軍部独裁政権下で行われた「民主化運動」の協力者であり、同志としての働きのことである。暗鬱の時代、韓国の一部の少数の進歩的キリスト教勢力が「反独裁」、「人権運動」を闘っているとき、本当に近くで手を差し伸べて、自分自身の痛みのごとく共にアジアと世界の民主勢力、クリスチャンネットワークで連携して献身的に苦難を分かち合った同志たちは、日本のキリスト者たちであった。彼らとの協力関係は、民主化運動から南北の統一運動に至るまで、深い信頼と友情のもとに継続された。関連資料と複数の証言を収集して、歴史研究としてこのテーマに戻って、その事実を刻まなければならない時がきた。これは「日韓キリスト教関係史」の中で最も明瞭で新しい歴史研究の主題である。私の後輩、弟子たちが、その研究活動の中心になってほしい。彼らはある意味、幸せである。葛藤と敵対の時代の関係史ではなく、友情と協力のキリスト教関係史を伝えることができるからだ。

これもすべて両国の進歩的キリスト教がマイノリティと共に歩むというアイデンティティに新たに目覚めたからこそといえよう。

## 自由と隷属――お金の問題

お金を受け取ることさえなければ、すべてが自由になると言われるが、これは正しい。学者も研究費を多く受けると、何かといろいろな面で制限される。神学者も教会や団体から多くの研究費を受け取ると、自らに制限をかけてしまい、正しい予言的提言ができなくなる。「宣教された地域の教会」も宣教する側の資金を継続的に受けると、隷属性から抜け出せなくなる例が多い。

一八九五年の「日本組合教会」の決定は、この原理を鋭く見抜いて、大英断を実行した。その年の五月に行われた「日本組合教会」第十回総会では、組合教会の伝道母体である「日本キリスト教伝道会」が「アメリカン・ボード（American board）」の支援金を断ることを決議したのである。当時の日本では、キリスト教は西洋への従属だという世論が大勢で、キリスト者は、真の日本国民ではない「非国民」扱いされていた。「日本組合教会」は、まず、アメリカからの宣教費を拒絶して、決して従属的ではないことを証明した。事実、当時多数の「日本組合教会」の伝道者たちは、「アメリカン・ボード」の支援金で生活費まで受けて教会の開拓と伝道に取り組んでいたから、宣教費を断れば生活も自主的にしなければならなかった。しかし、日本の伝道は、日本のキリスト者が責任を持って、伝道者は自立して現実の問題を解決しなければならないという精神で、これを決意したのだ。その後いくつかの段階と過程を経て、「日本組合教会」は、この支援金を断ったことを皮切りに、自給自立教会としての体制を整えた。お金の受け取りを拒絶することは、独自の自由を勝ち取ることだという証左を残したのである。

ここまでは素晴らしいと賞賛することができる。ところが、そんな「日本組合教会」が、日本国家と並進しながら「帝国のキリスト教」へ積極的に移行する過程では、全く逆の選択をしてしまった。一九一〇年「日韓併合」以来、「日本組合教会」は「朝鮮伝道論」を唱え、韓国宣教に着手した。キリスト教会のミッションとしての伝道活動は、自明の必要不可欠な使命であり、それ自体が問題なのではない。しかし、このとき、「朝鮮総督府」から巨額の宣教支援金を受けたのである。「日本組合教会」が韓国宣教を実行するなら、あくまでも自らの宣教資金で、日本のキリスト者の信仰的情熱と犠牲に拠って立つべきだった。ところが、彼らは「政教分離」原則も、お金がもたらす隷属性も無視したまま、巨額の「官用宣教費」を受け取ったのである。やはり巨額のお金には、現実的な力があった。韓国宣教は着手後ごく短期間で目覚しい成果をあげ、全国各所に教会を建て、信徒を集め、韓国人牧師を養成して配置することができた。

しかし、この事実は、彼ら自身が一八九五年に決断した自給自立教会としての決断を忘却してしまったことを意味する。アメリカからの宣教費支給を拒絶して教会の自給自立をもたらした「日本組合教会」が、政府のお金を受け取る「帝国主義伝道」の教会に変身したのである。ミッション資金が朝鮮総督府から支給されるのだから、教会は常に総督府の顔色をうかがわなければならなかった。政治背景によって急激に建てられた教会は、その地に根を下ろすことができなかった。朝鮮全域での成果を誇示していた「日本組合教会」は、一九一九年の3・1独立運動以来、突然消えてしまう。

そして、朝鮮総督府の政策も変化し、支援金の支給も中断され、これらのミッションは有名無実化するしかなかった。「日本組合教会」は、自分たちがお金を受け取るということの本質を鋭く見抜いて決断した「教会の自立自給」をくつがえし、朝鮮伝道では逆に「国家に隷属する教会」の道を選んだのだ。このような同じ教会の成功と失敗の史実を見るだけでも、歴史は私たちに確実に何か大切なことを教えてくれている。

## 戦争と宗教

世界の戦争史を振り返ると、戦争の原因として最も多いのは、やはり宗教間の対立である。現代戦争史になると、直接的に宗教のために戦ったわけではなくとも、宗教的な問題は依然として重要な戦いの要因となっている。実際に、まだまだあちこちの国で、キリスト教とイスラム教、キリスト教内部では新・旧教の間、イスラム教内部では、スンニ派とシーア派との間で内戦が起きている。戦争という活火山が今まさに噴火している中東の各地域、そしてイスラエルとパレスチナの争いも、もとをたどれば宗教の問題に行き着く。

ところで、日本の近代宗教史において特異なことが一つある。いわゆる「三教会同」というものである。一九一二年二月に当時の内務大臣であった原敬は、伝統的な主要な宗教として、仏教と神道とキリスト教の三宗教を選んで、それぞれの代表者を招集した。共に会食をしながら、原敬は、日本の国家目標すなわち富国強兵と「皇運扶翼」に、宗教界も積極的に協力するように要請した。

ここに参加した宗教界の代表は、続いて会合を持って、それぞれの教義を発揚して天皇の治世を大幅に拡大して国民道徳の振興に寄与するという点で一致した。政府が各宗教を尊重して、宗教間の融和を導き出し、各宗教は国運伸張に大きく貢献することを期待する、との内容に仲良く合意したのである。めずらしい「宗教間対話」の事例である。特に七人のキリスト教界の代表が招待を受けて参加したが、当時の日本のキリスト教の主流は、これを喜んで受け入れた。

それまでの日本社会で「非国民」視されてきたキリスト教が、堂々と「主力三宗教」の一つとして選ばれ、国家目標の実現に協力を呼びかけて、これに積極的に貢献する絶好の機会を得たと喜んだのだ。

ここには、近代国家としての日本の巧妙な宗教政策の一環がうかがえる。国家は、宗教を見事に管理し、宗教の自由な布教と信仰の自由を「天皇の恩恵」という情緒的体系に組み込むことに成功したのである。

中国における宗教に起因した問題、たとえば「太平天国の乱」や「義和団事件」、韓国の歴史の王朝の盛衰と主力宗教の変更などの例を除けば、東アジアにおいて「宗教戦争」と名づけられる事件はほとんどない。東アジア各国の「政治」が「宗教」を巧妙に利用したからであり、私たちはこの側面に注目する必要がある。近代日本の宗教政策、特に「三教会同」のような事例は、政治の宗教に対する優位性を示す事例であり、宗教の国内融和政策に宗教が迎合した事例である。

ところで、「三教会同」を喜んでいる日本キリスト教界に向かって、ことの本質を見抜いて批判の一喝をした柏木義円、内村鑑三らは、やはり優れた見識を持っていた人物たちだといえるだろう。特に、地方の牧師であった柏木義円は、この会同は、政府が宗教を利用する政教癒着であり、明らかに腐敗への道であり、宗教の堕落をもたらす、として厳しく批判した。驚くべき予言である。この予言は、今現在にも、そのまま通じる真理だと言えるだろう。

## ミッション投資と当期純利益

東京は今五月だが、四月初めから中旬の寒さである。ソウルもまた劣らない花冷えだというニュースもある。今日は、日本の憲法記念日で「ゴールデンウィーク」の真ん中の祝日である。日中に原稿を書くか、「コリアンタウン」にある新大久保へ冷麺でも食べにいくか迷うところだ。数回言及したことがあるが、日本の関連学会で発表をしたり講演をしたりするとき、あるいは通常の大学の講義の中でも、よく質問を受けるテーマは韓国と日本のキリスト教における教勢の違いについてである。全人口におけるクリスチャンの割合は、日本はずっと長らく〇・八％、韓国は危機と言われながらも二〇％は超えている。なぜそのように大きな違いが出たのか、という疑問である。

「プロテスタント」のみに限定してみても、日本におけるミッションの起点は、韓国に比べて数十年以上早かった。また、アメリカの宣教師が韓国宣教を準備してサポートするとき、日本は「ベースキャンプ」の役割も果たした。宣教のために投じた資源の集中力も、日本は韓国をはるかに上回る。つまり宣教師と宣教費の投与、経済用語で言えば、投資が集中されたということだ。同じ系列のプロテスタント教派が日本と韓国で相次いで宣教しても、韓国には行かずに日本にのみ宣教師を派遣した教派もかなり多い。たとえば、「アメリカ会衆教会（AB）」、「オランダの改革派教会（アメリカ系、RCA）」、「ドイツの改革教会」（アメリカ系、RUC）、「アメリカ聖公会（PE）」、「カナダ監理会（MC）」、「スコットランドの長老会（UP、韓国では満州で聖書の翻訳と間接ミッションだけ主導）」などである。他にも列挙するならまだまだある。つまり、多くの教派が日本での宣教に全力をかけたのである。今でも多数の割合を占めている日本の私立学校の中で「キリスト教主義」教育機関の割合とか、キリスト教神学や神学教育のインフラなどは、そのように集中したミッション投資の成果である。

しかし、教会だけを見れば赤字の状況が続いている。その理由について、明快にまさにこれだと答えるのはなかなか難しい。時には聖書翻訳で「神」の称号を誤って翻訳したからだと言われることもある。つまり、日本の「神様」は、キリスト教だけでなく、他の宗教や民間信仰でも使用されているので、「神」は単なる一般名詞だからだ。しかし、本当にそんなことが理由だろうか。

一方、経済的論理で考えた場合、企業経営において投資を行うときも、投資規模だけで利益を計算するわけではないだろう。投資先の市場状況、労働状況、生産性、何よりも市場の傾向、すなわち需要の切迫性のレベルに応じた物品の供給、マーケティング、流通構造、積極的な投資原則、CEOの適切な判断と決定、市場の健全な拡大と既存市場管理のための徹底したアフターサービスなどが、直接的または間接的に関係するだろう。投資と当期純利益の関係を単純な計算だけで考えている企業経営者は一人もいない。したがって、最終的にその結果は、市場に左右されることは確かである。

ミッションでの市場とは、ミッションのコンテキスト（context）の問題である。いくら良質の宣教が日本に投与され続けても、日本のキリスト教受容の状況を検討しなければ計算は違ってくる。歴史的に、日本の国家社会はクリスチャンを「非国民」として認識した。これは「いじめ」である。

それに反して韓国では、今は違うにしても、初期の段階では「イエスを信じること＝国を救うこと」という考えが根強かった。日本では、初期プロテスタント受容者の多くが没落した武士階級であり、ほとんどは知識人指導者の立場で政治的目標のための改宗が主な動機であった。

しかし、韓国においては、いくつかの指導者グループが民族社会運動を目的として改宗した場合もあるが、多数の民衆「クリスチャン」は、内憂外患のときに、自らの生命と最小限の財産を死守するための「生計型改宗（Rice Christian）」だった。そして、韓国には、相次いで起きた「大復興運動」という過程があり、「信仰のみ」に拠って立つという「内在化」の過程があった。しかし、日本にはそのような大リバイバル運動の例はほとんどない。

キリスト教の歴史はまるで生き物のようであるから、日本のキリスト教勢力が弱いからといって無視してよいものではないし、韓国のキリスト教が盛り上がっているからといって当期純利益が高いものだということでもない。むしろ成功した企業として責任を負うところが多いわけだし、いつ急激に衰退するかもしれないという危険性も高い。韓国キリスト教が危険なのは、「成功神話の記憶」のためであるかもしれないのだ。

いずれにせよ、経済論理でいうミッション投資と純利益の計算が、日本と韓国の間でなぜそれほど違ってしまったのかという点については、引き続き歴史の問題としてじっくり熟考すべきテーマであることは確かである。

## 事業モデルとしての韓国キリスト教

今日は、昨日より十度以上気温が下がった。午後からは雨が霧のように降り、奇妙な天候である。研究室の窓の外は、富士山はもちろんのこと、周囲のキャンパスの森も、まるでうっすら描かれた水彩画のようだ。

日本では教会に通う人をあまり見かけないが、韓国では教会に通う人が多い。韓国の人はなぜ宗教を必要としているのか、と質問されることがある。これは韓国に比べて日本のキリスト教はなぜ根づかなかったのかという大きな主題にも通じる質問である。もちろん、日本人の多くは宗教への依存度が韓国に比べてかなり低いとか、日本には広く浸透している神道や、世俗文化と融合した大衆仏教などが宗教としての役割を果たしているからだ、などと常識的に答えることもできる。

しかし、よく考えてみると、日本の民衆の宗教的必要性、特に韓国の都市型プロテスタント・キリスト教が熱心な宗教性向を日本社会で体現している宗教は、まさに「新宗教」である。「新興宗教」ではなく「新宗教」と呼ばれるのには、それなりの理由がある。韓国語の「新興宗教」は、その言葉本来の意味合いよりも、「疑似宗教」あるいは「反社会的宗教」のような別のニュアンスをもつからである。

日本にも、世間を揺るがしたオウム真理教のような「新興宗教」がある。しかし、文字通り「新宗教」に分類される「天理教」、「創価学会」、「日蓮正宗」、「救世教」、「立正佼成会」、「幸福の科学」などは、日本社会全体で見ると、ほとんど社会的確執や倫理的問題を起こさない。むしろ、いくつかの「新宗教」は、社会的信頼をもとに多くの信徒を集めており、大衆の宗教需要に応えていると思われる。だからといって、これらの宗教の教義や倫理、思想などを私が肯定的に論じることはありえない。あくまで日本社会の宗教的な需要と供給の社会現象として述べているにすぎない。だから、私は「韓国でプロテスタント・キリスト教の教会に通う人々は、日本では社会倫理的に健全である『新宗教』の集まりに通っている」と答えている。

「日韓併合」直後、韓国宣教に着手して十年ほどで中断した「日本組合教会」（後の朝鮮会衆教会）については先述したとおりである。ところが、そのころから朝鮮総督府の黙認と支援で、比較的伝統ある日本の「新宗教」も韓国に多数進出した。もちろん、これらも一時的なことでしかなく、特に朝鮮の解放とともに、その主流はすべて退散した。しかし、彼らから得た土地を解放後、韓国キリスト教がアメリカ軍政から払い下げて教会を整備したことは周知の事実だ。ソウルの南山の「京城神社」などに「長老神学校」が入ったが、その一部が再び平壌から移転した「崇義女子校」（現在崇義女子大学）の校地となった。永楽教会（ヨンラク、ソウル中心部の長老会の教会）、京東教会（キョンドン、ソウルの基長教団の代表的な教会）、城南教会（ソンナム、ソウルの基長教団の教会）なども、昔の日本の「新宗教」の敷地に立てられた。

ところがいつのころからか、韓国で「日系新宗教」が盛況だという事実が、日韓の宗教学者たちの間で広く知られるようになった。「日蓮正宗」や「国際創価学会」などは比較的知られているほうである。「世界救世教」という日本の新宗教団体が密陽に本部を置いて全国各地に支部を置いていることは、あまり知られていない。

「世界救世教」の国際化について詳細に研究した岩井洋教授は、特に韓国における「救世教」の拡張に大きく注目していた。先生との会話の中で忘れられない言葉がある。「徐教授、韓国で宗教事業がうまくいくということは、その道の『プロ』はみんな知っていることです。日系『新宗教』も事業として大成功していますよ。これらの〈事業コード〉を見ると、ほとんど韓国のプロテスタント・キリスト教の方式をモデルにしていて、その手法そのものです…」と。

私は今、何か異端、教義の問題や社会あるいは個人の倫理のことを問題にしているのではない。「宗教の現状と展開」を「事業」と表現しうることについて言うものである。

ところが、日本の国内外、アジアそして世界へ展開する「日系新宗教」も、〈事業コード〉は「韓国キリスト教」をモデルにしている。確かに韓国は「輸出立国」であり、その意味で「強国」であるといえるかもしれない。

## キリスト教＝宗教なのか

キリスト教神学の正統的な思考の一つに、キリスト教は宗教ではないという見方がある。キリスト教というものは、宗教という次元のものではなく、別の絶対的なものであって、それは「福音」であるというわけだ。ここでのキリスト教は他の宗教とは違う絶対的な真理であり、宗教といっても「真の宗教」として君臨する、他の宗教とはまったく次元を異にするというのが大前提である。西欧のキリスト教史を見ると、伝統的にそのような捉え方が主流となってきた。

また、これに関連して、西欧で「宗教」といえば、それはそのまま「キリスト教」を意味する。すなわち「レリジョン（religion）」はそのまま「クリスチャニティ（Christianity）」を意味するのである。私の学部時代、キリスト教科目のタイトルは「宗教教育」、「宗教心理学」、「宗教倫理」などとなっていた。今はすべて「キリスト教教育」、「キリスト教心理学」、「キリスト教倫理」に変わった。千数百年間キリスト教世界であった西欧社会は、他の宗教は存在しないか抹殺されたかのどちらかである。彼らにとって、宗教＝キリスト教であって、他のものは宗教ではありえない。もっと言えば、キリスト教は宗教ですらなく、全く別の真理すなわち「福音」なのだと考える立場が相も変わらず存在しているのが西欧なのである。

私は、アジアとキリスト教の基本的な認識について、このように答えている。

まず第一に、キリスト教も多数ある宗教の中の一つということだ。ここで誤解があってはならない。キリスト教だけが「真の宗教」とか、キリスト教は宗教などではなく「絶対的福音」なのだというような告白をどう捉えるかである。それはキリスト教信仰を告白するという、個人の内面の次元では、それでよいともいえるだろう。敬虔なクリスチャンがそのように信じて告白し、個人として自らそのような強い信条を持つことは、それでよい。それをどうこう言うつもりはないし、それならよい。一人ひとりの個人の内面の次元だからである。ただし、それが自分以外のすべての者に適用されるべき絶対的なもので、それ以外は宗教とは言わないのだとなると、話は別である。歴史的にみて、そして世界の現状として、明らかに、キリスト教も多数ある宗教の中の一つでしかないからである。宗教相互の関係、葛藤、協力、相違などがあるわけだが、仏教、イスラム教、ユダヤ教、そして他の信仰体系も、すべてキリスト教と同様、宗教なのである。

したがって、キリスト教を「宗教」と翻訳したり、「religion」をそのまま「Christianity」にしてしまったりしてはならないのである。

第二に、「アジアのキリスト教」は、キリスト教本来の伝統を「テキスト（text）」として位置づけ、アジアに固有な文化や伝統を「コンテキスト（context）」として、この二つを結びつけようと試みることが肝要なのである。

そのように言うと、すぐに、それは「土着化神学」ではないか、という質問がでるはずだ。若干の思考の違いかもしれないが、韓国と日本で行われてきた、いわゆる「土着化神学」のパラダイムを、私なりに考えると、あまりにも性急にキリスト教の核心と自分たちの宗教的文化的伝統を直結し融合しようとする愚を発見する。

尹聖範（ユン・ソンボム、一九一六―一九八〇、韓国の土着化神学者）先生には申し訳ないが、なぜそのように性急にキリスト教の三位一体教義、すなわち「聖父聖者聖霊」と「桓因（ファンイン）・桓雄（ファンウン）・壇君（タンクン）」（韓国の建国神話に登場する神たち）を直結するのか理解に苦しむ。なぜ一部の日本のキリスト教神学者たちは、「現人神」（天皇）と「受肉」のイエス・キリストを直結しようと意図しているのかも理解しがたい。その他にも、「大慈大悲なる神様」と言ったり、「神様」を「仏」としたり、「仏」が「神様」になることを宣言したりすることも、理解しがたい。その他にも「土着化神学」の性急なことを例に挙げると、きりがない。

私が「アジアとキリスト教」と言うとき、それは「同心円」の周辺から共に議論をしながら円の中心に近づいていこうという意味だ。「平和」を語るには、キリスト教でも仏教でもイスラム教でも神道でも、大きな「ギャップ」はない。「生命」がそうであり、「人権」がそうである。それは「真の価値」だからである。信念として一致することについてまず先に価値を共有し、そのうえで実践目標を共感していくというところから、対話は始まる。仏教は仏教の「テキスト（text）」からスタートして、キリスト教との「関係（context）」を読みとっていく。キリスト教は、その逆を読みとろうと試みる。それぞれの信仰の違いを大切にして生き抜くとともに、それぞれの「ミッション」に最善を尽くしていく。ただし「平和」を図ろうとし、「生命」を生かそうとし、一人ひとりの人間の尊厳の価値の前に謙虚になるときに、それはおのずと手を取り合って一緒に進んでいくということになる。

アジアでは、キリスト教が、ミッションはミッションとして、それとは別に、他の認識と実践のパラダイムを持たなければならない。まずキリスト教教育においては、キリスト教信仰を強要するのではなく、「キリスト教思想」と、その「価値観」を教えるべきだろう。「キリスト教学」や、「キリスト教主義」、「キリスト教哲学」の存在価値もそこにある。そして、「キリスト教史」は、反省的に省察されなければならない。独善的であったり、強制であったり、帝国主義的であってはならない。私たちは、西欧の「十字軍の歴史」を反省しなければならない。そうでないと、キリスト教は説得力を回復することはできない。そして、「キリスト教倫理」には、実践的アプローチが求められる。

イエスの思想と教えをそのとおり実践するクリスチャンであれば、それがアジアであろうがヨーロッパであろうがアフリカであろうが、何の関係があるだろうか。イエスの教えを理解し、それをごく一部であっても実践するキリスト教ならば、どこにおいてもだれに対しても相通じるはずだ。ミッションは「イエスを実践」することによって、自然に行われていくものなのだ。

これからは本当に、「イエス」というものが、「頭」（思考）にも、「胸」（精神）にも、「手足」（実践）

にもないのに、むやみに「イエス天国、不信地獄」だけを叫んで、「イエス現世福楽、不信現世詛呪」の祝福信仰をうたうだけの、脅迫するような宣教は、自制しなければならない。

アジアにおけるキリスト教は、イエスの思想の実践、イエスの生きざまを自分も生きること、そのために、アジアの伝統、思想、価値とも共存しながら、平和の構築をめざそうとする「隣人愛」がなければ、希望がないように思う。

## 清貧たるべきキリスト教会

私が韓国の延世大学に在職しているときのことである。日本の先輩の一人と、韓国で行われた学会に参加したときに、一緒にいくつかのプログラムに参加したことがある。神学関連の学会で、神学者はもちろん、韓国教会の牧師たちも参加した学会だった。

会が終わって別れるとき、複数の神学者たちがその場に参加した大型教会の牧師を見送った。著名な教会の牧師だと、ほとんどの場合黒塗りの最高級乗用車が玄関まで乗り入れて、運転手が急いで車から降りてドアを開けると、牧師はいかにも颯爽と乗用車に乗り込んで、私たちに手を振る。韓国の神学者たちは、みんなそろって頭を下げて見送りの挨拶をした。当時、私はそのような光景を何回も見てきたので、特に違和感なく見守っていた。

その場に一緒にいた日本の先輩が私に質問をした。いかに大きな教会の牧師であるといっても彼の車があまりにも高級すぎる、その振る舞いがまるで大物政治家や大企業の社長のようだ、そして、彼らが去るまで、なぜ教授たちは立って挨拶をするのか、と尋ねた。そのような質問をされて、私もそれが異常な光景なのではないかと思い始めた。少し困った私はあんな車に乗る韓国教会の牧師は、非常にごく少数であり、大半は毎月の生活費を心配しなければならない貧しい牧師である、と答えた。そして笑いながら、神学者たちが最後まで残ってそれらを見送ることは、おそらくジェントルマンとしてのマナーを実践しているのだろう、と。そうごまかしながらも内心は実に気まずい感じがしたことは事実である。

私の考えの中で、研究費をたくさん受け、大学からも多額の基金を受け取っているのだろうという理由も考えたが、それは話さなかった。すると、その日本人の先輩は、日本では、ほとんどの牧師が、自動車を持っていないか、持っていたといっても普通は軽乗用車だと言った。おかかえ運転手が運転する乗用車に乗ることは想像もできないことだとも付け加えた。遠方で集まる会議のために車で行くしかないことがあっても、そこに集まった車の中で最も古くて最も小さい車が牧師の車のはずだとも言った。彼の言葉を聞いて、私は、なぜか顔が熱くなって赤くなるのを感じた。

日本の教会はまだまだ貧しい。非常に貧しい。だから教会の運営もさらに縮小して伝道費用もない。牧師は貧しくて現実的な影響力もほとんどない。大学が支援したり、神学者の研究費を出したりということは全くできない。だからといって、このような日本のキリスト教会と牧師からは、何の希望も権威も見い出せないというわけではない。おかかえ運転手が運転する黒塗りの最高級乗用車に乗っている韓国の牧師たちよりも、日本の牧師たちのほうが権威のある場合が多い。それがキリスト教の本質により近いからかもしれない。日本の教会は、歴史的に批判を受けなければならないことも多いが、私の考えでは、清貧な日本の牧師が、むしろ本来の姿なのだ。彼らはキリスト教が果たすべき本来の役割と可能性をまだ失っていないからである。

## 「政教分離」とは何か

人文学系、すなわち世界がどのようにまわり、人間が何を考え、歴史をどう考えるかというテーマで講義するクラスでは、まさに周囲でいま起きていることに味付けをしながら説明することが多い。私のクラスが今最も関心を持つ韓国と日本のニュースは断然、韓国関連では「大統領は辞任せよ」という問題であり、日本関連では「秘密法案」を強行する政府与党の問題である（このエッセイは二〇一六年ごろ書いたもので、韓国では「キャンドル革命」で政権退陣運動、日本では「秘密法案」の審議のときのものである）。

今日は、韓国キリスト教の民主化運動の歴史とそれに協力した日本のクリスチャンたちとの関係について話すついでに、専門ではないが「教会と国家論」を説明することになった。宗教と政治は、歴史的に整理すると、政教一致の時代、宗教国家の時代、国家宗教（国教）の時代、そして信教の自由と政教分離の近代思想の時代へと変遷する、と、まずは教科書的に説明し、最後に「政教分離」のテーマに集中する。

「キャンドル革命」の盛り上がる中、韓国の「カトリック教会の正義を実現する司祭団」を筆頭にプロテスタント、仏教、円仏教（韓国で生まれた新仏教の宗派）、天道教（韓国の宗教で元の東学）まで、大統領の辞任要求を始めた。宗教者たちが政治問題に取り組んでいることは、日本でも周知の状況である。そして日本のニュースは数日しか残っていない議会の会期内に衆議院で強行した「秘密法案」を参院まで終えてしまおうとする保守与党の動きがニュースの中心になっている。これに対して議会内外で反対する声も少なくはない。激しいデモシーンを久しぶりに見た。もちろん宗教団体や宗教と関連している市民団体も、この反対運動の隊列に加わっていることは明らかだ。

そこで、学生たちと討論した。これは政教分離の原則に反するのではないかという問題提起から始まった。

「先生、いったい政教分離というのは、どういう意味ですか？　宗教者もみな政治の話をして、政治も宗教に干渉しているものもあります。宗教団体の捜査もたくさんありました。このようなことと政教分離とは、どのように理解すればよいのでしょうか？」

どこにでも、本質の部分を問題提起してくれる学生がいるのは、うれしいことだ。このような質問が出てこないと困ると思っていたのだが、案の定予想どおりの質問が出た。ところが、このような大きな主題について答えるときに、宗教学や政治学の理論など学者たちの見解を引用しながら理論的に説明し始めると、確実に失敗する。特に神学の分野でよく使うような聖書の言葉を使うと、その瞬間に討論は終わってしまう。こういう時、まさに「アドリブ」つまり即興で瞬発力を発揮しなければならない。そのためには、最も具体的な事例を提示して説明するのがよい。ローマではローマの例を話すのが、もっともわかりやすいのである。

まずは、最初に国家権力が宗教問題に干渉して関与しなければならない理由について「オウム真理教」を例にとって話した。オウム真理教事件は、日本で一般的な痛みとして国民の記憶に残る苦しい回想だが、その効果は満点だ。麻原彰晃のような、とんでもない宗教家が追従者たちを集めて、宗教結社を作った。富士山麓に本部を置いて、奇妙な儀式を行ったり理解できない行動をとったりするだけでは、国家権力は介入できない。宗教が犯罪や反社会的な行動など不法な行為をしない限りその宗教を解散させたり、それらの行動に干渉したりすることはできない。信教の自由があり、政教分離の理由があるからだ。

しかし、それらのオウム真理教集団がとんでもない犯罪を準備して、東京のど真ん中の地下鉄にサリンガスを撒き散らして、多数の善良な人々を殺傷する事件が起きた。これらの行為は、宗教本来の行為を逸脱して、社会全体の安全を深刻に脅かす大事件となった。このようなとき、国家権力が法に基づき、その宗教団体を捜査して、問題があるときには強制的に解散させることもできるし、関係者を処罰することもできる。これに対して誰も、「政教分離」に違反する、国家権力が宗教を弾圧したなどと、異議を提起することはしないだろう。

逆に宗教には宗教としてそれなりの正当な活動とそれにふさわしい行為がある。宗教行為は、礼拝堂で祈り、儀式を執行することだけではない。各宗教には宗教として自らが設定したより良い価値の創出と倫理実践という命題がある。たとえば正義、公正、平和、人権尊重、生命重視などを説いて、その改善のために積極的に活動することである。

ところが、もし国家権力が正義や公義を廃棄し、戦争を起こすとき、あるいは生命を軽視して、特に弱くて力がない人たちの人権を蹂躙したときに、宗教は宗教人としての良心と倫理に立脚して勇敢に異議を提起し、その是正を促すべきである。これは正当な宗教行為であり活動である。それを政教分離に反する行為だと批判すれば、それ自体が不当な政治的意図と目的によるものと考えるしかない。

韓国で行われている政治的不正に対して、日本で行われている国家権力による一方的な秘密法案推進に対して、宗教界の批判と関与、宗教者の反対運動などは正当な宗教活動の一環である。「政教分離」というのは、政治と宗教間の相互尊重という基本原理を表現する言葉なのである。

そして、政教分離の原点は、現実的な権力を握った国家権力が宗教の正当な自由を制限することを防止しようとする精神から生まれた概念である。したがって、宗教が政治の不正に対して「預言者的発言と実践」を行うことは極めて正当なことであり当然のことである、と説明した。学生たちはほとんど首を縦に振ってくれた。

## 「政教分離」と「政教癒着」

ここで「政教分離」と「政教癒着」の問題について考えてみよう。

私は政教分離の意味を説明するときに、政教分離の対立概念として、逆に「政教癒着」を定義してみる方法を用いることがある。歴史を熟考してみると、宗教が最も本来でない様相を示す時代は、宗教が政治や国家権力と癒着して追従し依存している状態の時代である。単純に、これを「政教癒着」の状態と考えればよい。

たとえば、国家主義教会や御用教会、政治の侍女として存在していた宗教がそれに該当する。ナチズムに追従していたドイツの「国家教会」、国家機関であるかのように依存したが、決して国家権力の権威を越えなかったファシズム統治下の「日本の教会」などである。残念な話だが、韓国の李承晩（イ・スンマン）独裁政権下の韓国教会、そして軍事政権後も常に権力に近づいて取り入ってきた韓国教会の多くも、すべて政教癒着の典型である。

この場合、国家権力は、自ら徹底的に追従する宗教を優遇して利便を図り、仲良きパートナーとして宣伝に協力する。そして政治、特に選挙や世論拡散のために宗教を徹底的に利用することはもちろんのことである。

このような癒着状態にある宗教は、一筋の権力に目がくらんだのか利権のみにこだわるのか分からないが、国家権力を支持してただひたすら追従することしかしない。彼らは、神がこの政権を選択したと信じて疑わない。考えただけでも身震いしそうな恐ろしいことだ。

相手を正しく洞察し、その善し悪しを把握するためには、一定の距離が必要である。互いに少し離れた地点で相手を眺めてみないと、その全貌を知ることができないことも事実である。国家権力も、宗教に対してある程度距離を置いてみることができれば、その宗教が反社会的であるか、反人倫的な行動がないかどうか、彼らが世人を惑わしたり、特に宗教的なカリスマを持って民衆を抑圧して威嚇したりしていないか、把握することができる。時には、宗教人の犯罪や不正への監視が求められているのはもちろんである。

善良な国民を地獄に落として法律に抵触する場合があれば、法の手順に従ってその責任を問わなければならない。

一方、宗教も、やはり一定の距離を維持して、国家権力を観察することができれば、その政権の是非を把握することができる。そこから自らの信仰信条と実践倫理に立脚して、いわゆる「預言者」としての使命と責任を果たすことができる。

このように、「政教分離」とは、お互いがお互いの責任と役割を果たすことができる最小限の距離を意味する。互いに厚い壁を作って、あなたはあなた、自分は自分という無関係、無関心を意味するものではない。政教分離はお互いの役割をより良く果たすために、少し離れてお互いがお互いをまっすぐに見つめ合い、いざとなれば行動を起こすという概念である。

だから、「政教分離」の逆は、「政教癒着」なのである。

# あとがき
## E・M・フォースターのことば　―本書に寄せて―

かんよう出版代表　松山　献

徐正敏先生と私とは同年の生まれである。本書を読ませていただきながら、しばしば先生と同じとき同じ場所にご一緒にいるような錯覚に陥った。同年であるゆえに、時代の出来事や動きが、歴史的事件から流行歌にいたるまで、すべて一致するからである。

今回、私は通常の編集というレベルを超えて、すでに十分な先生の日本語文をネイティブとして読み直し、日本語としてさらに充実させるというお手伝いをさせていただいた。その作業をしながら、まるで自分が書いているような錯覚にも陥った。時代が合致することに加えて、先生の回想やお考えに共鳴するところがあまりにも多いからだ。いや、それだけならよいのだが、そのために作業が遅々として進まないのである。原稿を読みながら、こちらはこちらで自分の回想にふけってしまうからである。自分のそのころその時代はどうだったのか、作業を中断して、その時代に読んだ本を懐かしく読み始めたり、その時代に聴いた音楽をこれまた懐かしく聴いてみたり…、となってしまうのである。結局、寄り道だらけの作業となった。そんな理由から、すべての作業が大幅に遅れてしまい、先生にはたいへんご迷惑をおかけした。しかし、この「寄り道」は、まさに先生のおっしゃる「人文学的思考」を実践したわけであり、私としては、楽しみながら作業をさせていただいた。このような機会を与えてくださった徐正敏先生の友情に、心から感謝する次第である。

さて、先生はちょうど一年前に『日韓関係論草稿』（朝日新聞出版）を上梓された。そのとき、今回の私と同じ作業をされたのが先生の同僚かつ親友であられる嶋田彩司先生なのだが、「あとがき」で藤原定家の言葉を引いて、先生の人となりやお考えを実に見事に解説された。

それでは、小生もそれにならって、というわけではないが、やはり私にも、先生のことを表現するに全くもってふさわしいと思う言葉がある。それをここで紹介したい。E・M・フォースター（Edward Morgan Forster,1879-1970）の言葉だ。フォースターは、日本ではあまり知られていないイギリスの作家だが、一言でいえば、「信条」だとか「信念」だとか「主義」だとかいわれるようなものを徹底して毛嫌いした人物だった。彼の『私の信条』（"What I believe", 1938）というエッセイに、こんな語りがある。

「信条というのは、おそらく硬化というか、いわば心の糊付けであって、糊はなるべく少ないほうがよい。私は糊はきらいである。こういう突っ張るものはそれだけで嫌なのだ」

（小野寺健訳、岩波文庫）

フォースターは、凝り固まって、これだけが正しいのだ、これしかないのだ、これ以外はすべて間違っている、などと言い張って、他者に自分の信じることを強制するような言動を、心から嫌悪した。そして、自らもそのような「心の糊付け」をすることなく生涯を生きた。彼が貫いたのは、絶対といえるようなものは人間世界には存在しないという姿勢である。彼には「信条」も「信念」も「主義」もない。あるのは「姿勢」であり「方向」だ。ただ、ここで誤解してはならないのは、それでは何にでも迎合して、何でもありでいいのか、自分の主張はないのか、となるのだが、全くそんなことはない。論争する必要があるときには徹底的に論争し、立ち向かうものには一切降伏することはなかった。どちらの極にも与しない、かといって中道、中庸ということでもない、とにかく糊のように硬化だけはしないのである。

これは、そのまま徐正敏先生の生きかた、考えかたなのではないか。というより、徐先生そのものだ。これが今回、僭越ながら「一緒に書く」というぐらいの思いで進めてきた作業の結論だ。いま、日韓関係は決して幸せな関係ではない。しかし、皆が「心の糊付け」をして硬化していたのでは、いつまでも道は開けない。

フォースターは言う。「Only connect ...」と。仮定形で訳せば「結びつけることさえできれば…」、命令形に訳せば「とにかく結びつけよ」とでもなるだろうか。これは、彼の長編作品『ハワーズ・エンド』(*Howards End*, 1910)の冒頭を飾るエピグラフである。フォースターは、あらゆる両極、あらゆる対立するもの、あるいは対立でなくとも二つ三つの異なるもの…、それらがことごとく「結びつく」ことを心から願った。あらゆるものを「結びつけることさえできれば…」と切に願ったのである。

徐先生もあらゆるものが結びつくことを心から願って、八八編のエッセイを執筆された。それも、肩ひじばらずにゆったりとした寛容な気持ちをもって、糊のように硬化することなくお書きになった。

韓国と日本を結びつけることさえできれば…、異なる宗教を結びつけることさえできれば…、さまざまなテキストとコンテキストを結びつけることさえできれば…、境界線のあるこちら側とあちら側とを結びつけることさえできれば…。これらは、徐正敏先生の心からの願いである。

生きた時代も洋の東西も異なるE・M・フォースターの語る「Only connect ...」という短い言葉。これこそ、歴史学者としての徐正敏先生の最大の願いなのである。いや、歴史学者としてだけではなく、韓国人として、アジア人として、そして人間として、「結びつくことさえできれば…」。この切なる願いが、本書全編に通奏低音のごとく鳴り響いている。本書に響きわたる低音部に酔いしれながら、読者の方お一人おひとりが、そのような先生の願いをそれぞれの内なる心の願いとしていただければ、本書はその役割を十二分に果たしたことになろう。

徐正敏（ソ・ジョンミン）

韓国生まれ。宗教と歴史学専門。延世大学卒業、同大学院修了。
同志社大学大学院で博士学位取得。延世大学、同大学院教授歴任。
現在、明治学院大学教授、同大学キリスト教研究所長。
多数の日本語と韓国語の著書がある。若い頃から文学と美術にも
関心を持ち、朝日新聞論座のコラムニスト、エッセイストとして
も活動。

東京からの通信

2021年12月25日　第1刷発行

著　者　徐正敏
発行者　松山献
発行所　合同会社かんよう出版
〒530-0012 大阪市北区芝田2-8-11 共栄ビル3階
電話 06-6567-9539 FAX 06-7632-3039
http://kanyoushuppan.com info@kanyoushuppan.com
装　幀　堀木一男
印刷・製本　有限会社オフィス泰

ISBN 978-4-910004-31-0 C0036　Printed in Japan